JN020531
転生王女 天才令嬢
The Magical Revolution of
Reincarnation Princess and Genius Young Lady....
魔法革命

CHARACTER

ユフィリア・マゼンタ［15歳］

マゼンタ公爵家の令嬢。
アニスフィアの弟、アルガルドの婚約者だった。
才女で、勉学、魔法、政治、武芸に至るまで
完璧だが、他を寄せ付けないクールな雰囲気を持つ。

アニスフィア・ウィン・パレッティア［17歳］

パレッティア王国第一王女。
奇行が目立つことから、キテレツ王女の名前を
欲しいままにしている。
先天的に魔法が使えないが、
魔法を疑似的に再現する魔法科学、
略して魔学を提唱し、日々研究をしている。

レイニ・シアン［15歳］

元平民の男爵令嬢。
そんな出自でありながら、
貴族学院で有力者の息子たちを魅了し、
騒動の発端になったが——？

イリア・コーラル［27歳］

アニスフィアの専属侍女。
従者でありながらも、姉のように
アニスフィアを見守ってきた。
過去、アニスフィアに助けられたことがあり、
彼女に深い忠誠を抱いている。

CONTENTS

Author
Piero Karasu

Illustration
Yuri Kisaragi

The Magical Revolution of Reincarnation Princess and Genius Young Lady....

転生王女と天才令嬢の魔法革命

鴉ぴえろ

ファンタジア文庫

2929

口絵・本文イラスト　きさらぎゆり

転生王女と天才令嬢の魔法革命

The Magical Revolution of
Reincarnation Princess and Genius Young Lady....

Author 鴉ぴえろ
Illustration きさらぎゆり

Author
Piero Karasu

Illustration
Yuri Kisaragi

The Magical
Revolution of
Reincarnation Princess and
Genius Young Lady....

オープニング

これより語られるのは、ある王国の王女様のお話。

魔法《まほう》に憧《あこが》れた王女様が、前世の記憶《きおく》を取り戻《もど》した事から始まる物語。

時に人を振《ふ》り回し、時に人を魅《み》せて、魔法の魅力と真理を追い続ける。

これは、そんな物語の始まり。

＊＊＊

ただ〝魔法〟という言葉が好きだった。誰《だれ》かを幸せに、笑顔《えがお》に出来るから。魔法という存在そのものを愛していた。永遠に届かない、実現しないからこそ。もしも願って叶《かな》うなら、きっと私は魔法使いになりたかったんだと思う。

ふと、ひょんな事からそんな〝前世の記憶〟の事を思い出した。

私の名前はアニスフィア・ウィン・パレッティア。パレッティア王国の第一王女。御年《おんとし》五歳、ぼんやりと空を見上げていた時の事だった。

魔法があるなら空を飛べるのに。何故《なぜ》かそんな事を思った、まさにその時だった。

そう思ったのは、はて、どうしてだろうか？　疑問を思い起こした時、私の記憶は忘れていたものを思い出すように前世を取り戻した。

パズルのピースが嵌《は》まっていくような感覚。まるで自分という存在に欠けていたものを見つけたように。この日をもって、私は人生の転機を迎《むか》える事になった。

蘇《よみがえ》った前世の記憶は摩訶不思議《まかふしぎ》と言わざるを得なかった。空を行く飛行機、アスファルトを敷《し》き詰《つ》められた道路、その道路を走る自動車を始めとして、次々と脳裏《のうり》に過《よぎ》る前世では当たり前にあった文明の産物。

それは私にとって未知でしかない。私が今生きている世界には飛行機もなければ自動車もない。空を飛ぶのは鳥や魔物であって、道路だってアスファルトではないし、走るのは自動車じゃなくて馬車だ。貴族なんてお話の中の存在でしかなかったけど、私は王族のお姫様《ひめ》。そうして私は浮《う》かび上がった記憶を思い返して息を吐《は》いた。

「……困ったわ」

口にしてしまう程《ほど》に困ってしまった。だって前世の記憶が蘇ってからの私の思考や価値観は〝アニスフィア〟として育ったものよりも、前世の影響《えいきょう》が色濃《いろこ》くなってしまったから。

王族としての責務だとか、貴族としての誇《ほこ》りとか。知識としてはある。

でも、共感が薄《うす》くなってしまった。だって前世だったら貴族がいなくても世界は回っていたのに。そう考えてしまうと違和感《いわかん》が酷《ひど》くて、王族として育てられた自分と噛《か》み合わない。おかしいのは自分だとわかってる。けど、そう考える自分こそが自分にとって正しい形なので曲げたくない。こうなると前世の記憶が蘇った所で何も良くない。

「まぁ、良いや！」

私は深く悩《なや》む事は止《や》めた。なにせまだ自分は五歳。価値観は時と場合だったり、あとは経験で変わるだろう。多分、なんとかなる。私はこの時、とても楽観的だったと後で振り返って思うだろう。そんな楽観的な私はこれから迫《せま》り来る問題より、今にも手が届きそうな望みを叶える事の方に意識が向いた。

「そう、だってこの世界は〝魔法〟がある！」

この世界において魔法は御伽話《おとぎばなし》の術や空想の類《たぐい》じゃなくて、現実に存在するものなのだ。火を操《あやつ》る者、水を操る者、風を操る者、土を操る者。理屈《りくつ》も理論も知らない。それでも記憶に確かに残るその光景は、私の心を摑《つか》んで離《はな》さなかった。

魔法が使えれば空も飛べるかも知れない。そんな魔法があったのなら。思えばもう止まらない。想像が膨《ふく》らんで、胸が高鳴る。

「善は急げだね」

私は拳《こぶし》を握《にぎ》りしめながら決意を新たにして、勢い良く部屋を飛び出した。勢いのままに王城の廊下《ろうか》を駆《か》け抜《ぬ》けていくと、曲がり角を曲がった所でメイドのお姉さん達と擦《す》れ違《ちが》う。私は軽く会釈《えしやく》して、そのまま横をすり抜けて行こうとする。

「ひ、姫様⁉ 廊下を走ってはいけません⁉」

後ろから抱《だ》きかかえられるようにして引き留められてしまった。私はあっさりとメイドの腕《うで》の中に収まってしまい、足をジタバタさせてみる。けれど所詮《しよせん》は子供の力だ。メイドが離すまいと力を込《こ》めれば流石《さすが》に逃《に》げられない。観念して力を抜く。振り返ってみれば知り合いのメイドだと気付いた。

「あら、イリア。ごめんなさい、ちょっと急いでるの」

「だからといって、お城を走り回るだなんてはしたないです」

「うう、いけず……」

脱出《だつしゆつ》は無理そうなので早々に諦《あきら》めた。私の抵抗《ていこう》がなくなったのを見て、イリアは下ろしてくれる。そのましゃがむようにして目線を合わせて来る。

「いきなりどうしたのですか、姫様」

「父上に直訴《じきそ》するの！」

「じ、直訴……？」

「魔法を学びたいと直訴するの！」

「……はぁ、魔法をですか」

ふんぞり返って言う私にイリアは、なんでまた、と言いたげな困惑《こんわく》した表情になる。

「イリア、私は魔法を使いたいの」

「意欲《いよく》がある事は良い事でございます。しかし、何故また唐突《とうとつ》に魔法を学びたいと？」

「空を飛びたいと思ったの！」

「はい？」

「空を飛ぶの！」

「魔法でですか」

「飛ぶのです！」

イリアに何を言ってるんだろう、という顔をされてしまう。それもそうだと思う。魔法で空を飛びたいなどと、私が知る限りは前例がない事だから。

「それはやりたいことの一つで、魔法を使えるなら良いのです。魔法を使って悪い奴等《やつら》をこらしめたり、民《たみ》の為《ため》に魔法を使えるようになりたいのです」

「それはそれは。立派な夢でございますわね。しかし、陛下もご多忙《たぼう》の身であらせられます。私からお伝えいたします故《ゆえ》、お部屋にお戻りになって頂けますね？」

「むぅ、仕方ないわね。ここはイリアに免《めん》じて直訴は止める！」

「ありがとうございます、姫様」

面倒《めんどう》な事にならなくて良かった、と胸を撫《な》で下ろすイリア。その胸は豊満だった。顔もよく見れば整った美人さんだ。目を惹《ひ》く美人さんなのは王城に仕えるメイドさんだからなのかな？

さて、部屋に連れ戻された私に出来る事はない。アニスフィアとしての記憶を浚《さら》ってみても、今日の習い事は終わってしまっている。それならば、と自分の部屋を漁《あさ》ってみる事にした。それだけでもう期待に胸が高鳴った。

後の転換《てんかん》を振り返るのならば、この時こそが私、アニスフィアの始まりとも言えた。

私はなります！　憧れの魔法使いに！

＊　＊　＊

そうして、少女の目覚めより時は流れた。

パレッティア王国。それは魔法によって発展した大国である。そんなパレッティア王国には国が運営している貴族や王族が通う学院が存在する。その名もパレッティア国立貴族学院。他国からの留学生も招き、学院という小さな社会を形成した社交界の縮図である。

勿論《もちろん》、学び舎《や》としての意味もある。だが、幾《いく》ら身分の差を気にせず、成績を高める事で研鑽《けんさん》を促《うなが》す目論見《もくろみ》があっても貴族は貴族で、王族は王族なのだ。

身分が高い者には人が集まり、身分が低い者はそんな身分が高い者に取り入らなければそもそも学院内での地位や居場所を失うなどよくある事。

かといって親が子供の争いに介入《かいにゅう》すれば新たな諍《いさか》いに発展する恐《おそ》れもあり、パレッティア国立貴族学院は一種の閉鎖《へいさ》空間となっている事は周知の事実であった。

さて。今日は学院にとっては目出度《めでた》き日であった。間もなく卒業を迎える卒業生達の最後の試験が終わり、その成績と今までの努力を称《たた》え合う祝いのパーティー。

楽団による優美な音楽が奏《かな》でられ、社交へと勤《いそ》しむ生徒達。煌《きら》びやかなパーティーは思《おも》惑《わく》を孕《はら》みながらも、表向きは絢爛豪華《けんらんごうか》な一時を楽しむ。……その筈《はず》だった。

＊＊＊

「――この場を以《もっ》て宣言する。私はユフィリア・マゼンタとの婚約《こんやく》を破棄《はき》すると！」

高らかに力強い宣言が響《ひび》き渡《わた》りました。その宣言を告げたのはパレッティア王国の王太子であるアルガルド・ボナ・パレッティア様。

まるで陽光を思わせるような白金色の髪《かみ》は王族によく現れるとされた色で、青色の瞳《ひとみ》は穏《おだ》やかな色合いに反して、強い意志を秘めて私を睨《にら》み付けています。

アルガルド様の口から紡《つむ》がれたのは婚約破棄を知らしめるものでした。アルガルド様の宣言一つで、煌びやかなパーティーの場は瞬《また》く間《ま》に祝いの場から弾劾《だんがい》の場へ変貌《へんぼう》しました。

私、ユフィリア・マゼンタは驚《おどろ》きのままに呆然《ぼうぜん》とする事しか出来ませんでした。恥《は》ずかしながらも目を見開き、声も出せずに唇《くちびる》を噛みしめる事しか出来ません。ただ信じられないという一心でアルガルド様を見つめる事しか出来なかったのです。

私はパレッティア王国のマゼンタ公爵《こうしゃく》家の娘《むすめ》。それ故に次期国王であるアルガルド様の婚約者として、次期王妃《おうひ》として今日までやってきました。……それなのに。

「……アルガルド様。何故、婚約の破棄を？」

ようやく絞《しぼ》り出せた言葉は、アルガルド様への問いかけでした。婚約者としては不甲斐《ふがい》ないばかりなのですが、私はアルガルド様から好ましく思われていませんでした。

それでも私達の結婚は国王によって定められたもの。国の為には必要な婚約なのです。だから私は、いつかはアルガルド様にご理解頂けると。そう思っていました。

正直な気持ちを話せば、国王の責務を背負う事になるだろうアルガルド様へ恋慕《れんぼ》の情はありませんでしたが、その支えでありたいと己《おのれ》に誓《ちか》っていました。それがアルガルド様の婚約者として、私がこの国で果たすべき役割なのだと。

そう信じて、たとえ冷遇《れいぐう》されようとも気にする事はないとやってきた筈ですのに。

「貴様は我が婚約者に相応《ふさわ》しくないと判断した。貴様がレイニへ行った非道の数々、よもや言い逃《のが》れはすまい！」

レイニ・シアン。そう呼ばれた少女がアルガルド様の傍《そば》にいる。彼女はシアン男爵《だんしやく》家の娘ですが、最近まで平民として育った子でした。シアン男爵も元平民であり、功績を積み重ねて貴族の末席に連なる事を許された成り上がりの貴族です。

そんな彼女の容姿はとても愛らしいと表現すべきでしょうか。艶《あで》やかに濡《ぬ》れた黒髪は夜空の色のようであり、伏《ふ》せがちなその目は愛嬌《あいきょう》の良さを感じさせます。素朴《そぼく》でありながら目を離せない。そして目を向ければその愛らしさに気付く。その容姿と出自故に何かと注目を集める相手だというのは知っていました。

何故、私が彼女の事を知っていたのかと言うと私の婚約者であるアルガルド様が気にかけていたご令嬢《れいじょう》だからです。元々、アルガルド様の婚約は国王陛下が求められた政略結婚でした。それ故なのか、私もそうであるようにアルガルド様からも恋慕の情を感じた事はありませんでした。互《たが》いに国を担《にな》う義務感と責任があるだけと言われれば否定出来ません。

恐らくそんな私達の関係が良くなかったのでしょう。シアン男爵令嬢は私にはない魅力《みりょく》を持っていました。

愛嬌の良さ、愛らしい少女としての可憐《かれん》さや、つい見守りたくなってしまうような直向《ひたむ》きさは正に彼女の美点と言えます。

そんな彼女の面倒をよく見ているのがアルガルド様だと、そう噂《うわさ》されるようになっても私は危機感というものを抱《いだ》いていませんでした。シアン男爵令嬢はその出自故に、学院に馴染《なじ》めない様子をよく見かけたからです。そんな彼女を気遣《きづか》ってか、アルガルド様はよくお声をかけているようでした。それ自体は良いのです。ご学友を思う気持ちを私が咎《とが》める事が出来ましょうか。

ただ、それでも私とアルガルド様は婚約している身です。婚約者がいる男性への過度な接触《せっしょく》を見て幾らか苦言を零《こぼ》した事もありました。彼女との接点はただそれだけです。だからアルガルド様の言う非道の数々というのに私は心当たりがありません。

「もしもレイニ嬢に対する苦言の事を仰《おっしゃ》っているのであれば、そこに彼女を害そうとする意志など私にはございません！　そもそも何故このような事を、今この場で!?」

むしろ衝撃《しょうげき》を受けてしまっていたのはアルガルド様の短慮《たんりょ》な行いにです。私達の婚約は国によって定められたもの。一個人の意志で覆《くつがえ》せるものでは無いのです。ましてや、このような祝いの席で宣言していいものでもありません。何故ならば、この夜会には臣下となる貴族達もまた集《つど》っているのですから。

そんな事をアルガルド様が理解出来ない筈もないのに、どうしてこんな行動を起こしたのかが私には理解出来ないのです。

「アルガルド様。もしやとは思いますが、この話は陛下に了承《りょうしょう》を頂いているのですか？」

「父上には後で承諾《しょうだく》を頂く」

「何故、親が定めた婚約を貴方《あなた》の一存で解消などと！　ご自分が何をしているのか理解されているのですか⁉」

「父上にも母上にも文句は言わせない！　私は、私の意志で己の道を定める！」

アルガルド様の反論に私は息を呑《の》んでしまいました。本当にアルガルド様はどうされてしまったのかと、私はただ混乱するばかりで首を左右に振《ふ》ってしまいました。

「それは守るべき節度があってこその話です！　お考え直しくださいませ、アルガルド様！　よもやそこまで盲目《もうもく》になられましたか⁉」

「言うに事を欠いて盲目だと⁉　盲目は貴様だと知れ、ユフィリア！　王妃の地位欲《ほ》しさに目を覆《おお》う所業を繰《く》り返す貴様に王妃の資格などない！」

「ですから、心当たりなど……！」

私が弁明しようと声を上げましたが、遮《さえぎ》るようにアルガルド様が一喝《いっかつ》しました。その目にはありありと私への敵意が込められていました。

「レイニに対する過度なイジメ、所持品の盗難《とうなん》や損害、更《さら》には暗殺の企《くわだ》て！　その全《すべ》ては貴様が裏で糸を引いている事は調べがついているのだ！」

アルガルド様から突《つ》きつけられた言葉に私は何の事なのか、心の底から理解が出来ませんでした。私はそんな事をしていない、と。そう反論しようとした時でした。

「証言します。普段《ふだん》からレイニ嬢に対する彼女の悪行の数々は我等が目にしました！」

アルガルド様の横に並ぶように男達が並びました。その並んだ姿に私は思わず歯噛《はが》みをしてしまいました。

「ナヴル・スプラウト様、モーリッツ・シャルトルーズ様、サラン・メキまで……！」

並び立った方々はこの国でも注目を集める地位の子息様達でした。

ナヴル・スプラウト様は王都を守る近衛騎士《このえきし》団長のご子息です。好青年と呼ぶべき人です。陽《ひ》の当たり方で黒髪にも見える深い緑色の髪色、蜂蜜《はちみつ》色の瞳は今は鋭《するど》く、私を睨むように細められています。

横に並ぶのは神経質そうな青年。癖《くせ》がついた銀色の髪に、妖《あや》しい色をした紫《むらさき》の瞳を持つ彼はモーリッツ・シャルトルーズ様。我が国の国家機関である〝魔法省《まほうしょう》〟の長官を務める伯爵《はくしゃく》家のご子息様です。

そんな二人から一歩、引くようにして立つ溜息《ためいき》を零す程に美しい彼はサラン・メキ。

大人しく落ち着いた色合いの金髪《きんぱつ》に赤茶色の瞳を伏せ気味にしている彼は貴族ではありませんが、大きな影響力《えいきょう》を持つ商会のご子息で特待生として入学していました。

いずれも学院では注目を集める者ばかりで、息を呑んでしまいました。唇を嚙んでしまいそうになりながら私は彼等を睨むように見据《みす》えます。

彼等がアルガルド様に追随《ついずい》したのはわかります。彼等もまたシアン男爵令嬢と行動している所を度々《たびたび》目撃されていたのですから。ここに来てようやく私はレイニ嬢を虐《いじ》めたとして私を陥《おとし》れたいのだと理解しました。

「レイニは確かに平民上がりで貴族としての振る舞《ま》いが未熟な事もあるだろう。だが、それにしてもユフィリア嬢の叱責《しっせき》は度が過ぎているとしか思えない」

義憤《ぎふん》に駆《か》られたように強い口調でナヴル様が私を糾弾《きゅうだん》する。

「ええ、ええ。叱責というのにはあまりにも酷《ひど》いと我等も日頃《ひごろ》から思っていたのです。それに、自分の手は汚《よご》さずに取り巻きのご令嬢に嫌《いや》がらせを強要したとか！」

大袈裟《おおげさ》な身振《みぶ》りを加えながらモーリッツ様が告げます。高みから私を見下ろすその瞳には明らかな蔑《さげす》みが込《こ》められている。

「レイニもまた努力をしていたのに……幾ら身分の違《ちが》いはあっても、流石《さすが》にあんまりだ」

首を左右に振りながら残念そうに告げるサランに、一部同意するような声が紛《まぎ》れ始める。

それが切っ掛《か》けだったのか、周囲から私へと向けられる視線に鋭い気配が増えていくのを私は感じました。そんな空気の変化に息を呑みつつも私は叫《さけ》びます。

「私は、シアン男爵令嬢を指導しただけで傷を負わせようなどとした覚えはありません！」

「それが貴方の傲慢《ごうまん》だと言うのだ！　ユフィリア嬢よ！　由緒正《ゆいしょただ》しき公爵令嬢、誉《ほま》れ高き次期王妃様！　その身分に甘んじた貴方の心の甘えが咎《とが》を生んだのだ！」

非難するかのように叫ぶモーリッツ様の声が私の耳によく通りました。すると会場内から同調するかのように、そうだ、と続く声が嫌でも耳に入ってきます。思わず私は周りの声に信じられない思いで視線を巡《めぐ》らせてしまいました。

「それでも！　それに私は他《ほか》のご令嬢にそのような指示などしておりません！　ましてやシアン男爵令嬢を貶《おとし》めようなどという意図もございません！」

「見苦しいぞ、ユフィリア嬢！　貴方に指示されたと、そう涙《なみだ》を流しながら訴《うった》えた令嬢もいたのだぞ!?」

怒《いか》りに満ちた声でナヴル様が一喝します。私はそんな指示を出した覚えなどないのに。その訴えをした令嬢は誰《だれ》なのかと問い質《ただ》したいのですが、彼等が答えるとも思えません。

一体、何故このような事になったのかわかりません。ただ周囲には私への疑惑《ぎわく》や義憤が向けられる空気が蔓延《まんえん》していきます。

広がり続ける空気に私はそれでもやっていないと、そう訴えようとしました。しかし、喉《のど》が引き攣《つ》って声が出ない。唇だけが言葉をなぞるように震《ふる》えただけでした。

「残念だ、ユフィリア」

「アルガルド様……」

「今までの行いを悔《く》い、レイニへと謝罪せよ！　ユフィリア・マゼンタ！」

何を謝罪すると言うのか。私には、もうわかりませんでした。何が間違いなのかすらも。

自分の無実を訴えなければとは思うのに、声は引き攣ったまま出てきそうにありません。

私は今まで様々な嘲《あざけ》りを受けてきました。次期国王であるアルガルド様の婚約者《こんやく》という地位は良くも悪くも人の注目を集めていたのですから。決して自分は弱いとは思っていませんでした。むしろ強くあろうとすらもしました。出来る事をこなして、皆《みな》の規範《きはん》になろうと今まで自分に課してきました。

(でも、私は……本当に、皆の規範となる令嬢として振る舞えていたのでしょうか……？)

一度、疑問に思ってしまったら私の膝《ひざ》から力が抜《ぬ》けていきました。誰からも理解されず、言葉が通りません。どんな時でも、己が正しいと信じて振る舞えれば結果はついてくると思っていました。けれど現実は私の思うようにはなりません。

自分に不利な事はありました。陥れようとする悪意に立ち向かった事だって初めてではないのです。けれど彼等に悪意はなく、己《おのれ》の信念に沿っているとわかってしまいます。

それが私には理解出来ません。だからこそ衝撃を受けて立ち竦《すく》んでしまい、ただ何故《なぜ》と思う事しか出来ずにいます。そんな現実に足下《あしもと》が崩《くず》れ落ちそうで。

……そんな時でした。この場の空気を一変させる気配が忍《しの》び寄ってきたのは。

「……ん？」

その気配に気付いたのは私だけではなかったのでしょう。アルガルド様も訝《いぶか》しげに耳を澄《す》ませ、その音の発生源であるパーティー会場の窓へと視線を向けたようでした。

それは、何と言えば良いのでしょうか。風を勢い良く裂《さ》いて突っ込んできそうな音というか、それに混じって聞こえて来る誰かの悲鳴というか。

「――ァァァアアアアアアアアアアアアアアアアアアッッッ⁉」

悲鳴そのものでした。そして悲鳴だと認識《にんしき》した次の瞬間《しゅんかん》、窓が勢い良く破砕《はさい》したのです。

「……は？」

私は力が抜けそうだった事も忘れて棒立ちになってしまいました。窓を粉砕《ふんさい》した何かがその勢いのままに、丁度私とアルガルド様の間を勢い良く転がっていきます。

弾劾《だんがい》の空気は塗《ぬ》り替《か》えられ、破砕された窓の付近から逃《のが》れた者も含《ふく》めて、誰もが呆気《あっけ》に取られながら窓を突き破ってきた何かに視線を奪《うば》われていました。

「いたたた……制御《せいぎょ》失敗、まだまだ研究が足りないなぁ」

ぱんぱん、と硝子《ガラス》の破片《はへん》を払《はら》って立ち上がるのは美しい少女でした。

身に纏《まと》うのは動きやすさを重視した上着とズボン。この社交の場においてどう見ても似つかわしくありません。その筈《はず》なのに、彼女はどこまでも魅力に溢《あふ》れていました。

どこか幼げな顔は煤《すす》で汚れても、その気品を穢《けが》す事は出来ていません。活力に満ち溢れた魅力と例えるのが正しいでしょうか。私はそんな彼女の顔に奪われるように視線を注ぐ事しか出来ませんでした。

彼女は足下に転がっていた箒《ほうき》のような形をした、けれど箒とも言えない器具を拾い上げます。瞳《ひとみ》は優《やさ》しい新緑を思わせる薄緑《うすみどり》色で、どこか間の抜けたような愛嬌《あいきょう》を感じさせます。

そして、その髪《かみ》の色には誰もが息を呑みました。それはアルガルド様とよく似た王族の証明と言える白金色だったからです。アルガルド様に比べれば、どこか柔《やわ》らかな陽だまりを思わせるような色の髪を彼女は揺《ゆ》らしました。

「貴方は……！」

そんな彼女の姿を見て、震える声で反応を示す者がいました。それはアルガルド様です。

その表情は驚愕《きょうがく》から憤怒《ふんぬ》へと変わっていきました。そんなアルガルド様の変化に、騒《さわ》ぎの中心となった彼女は気安げに片手を上げてみせます。

まるで今までの緊張《きんちょう》が嘘《うそ》だったかのように、明るい調子のままに彼女は口を開きました。

「あー、アルくん！　……これは、もしかしてお邪魔《じゃま》しちゃったかな？」

「ッ、姉上ッ‼」

どこまでも場に似つかわしくない彼女、パレッティア王国きっての〝問題児〟の称号《しょうごう》をほしいままにする王女、アニスフィア・ウィン・パレッティアは爽《さわ》やかに微笑《ほほえ》みました。

＊＊＊

パレッティア王国にはある〝王女〟がいる。

パレッティア王国史最強の問題児、王国一の奇人《きじん》変人、王族の煮詰《につ》めたアク等の様々な称号で呼ばれる王女。彼女こそが、アニスフィア・ウィン・パレッティア。

彼女が行う奇行の数々は月日を重ねる毎《ごと》にネズミ算式で増えていき、今となっては彼女が起こす騒ぎは、またアニスフィア王女の仕業《しわざ》か、と言われる程《ほど》だ。

曰《いわ》く、空を飛ぶ為《ため》に風を利用して自分を吹《ふ》っ飛ばして城壁《じょうへき》にめり込んだ。

曰く、風呂《ふろ》を作るといって湯を沸《わ》かそうとして全身火傷《やけど》を負った。

曰く、王都から新たに道を開拓《かいたく》する際に襲《おそ》ってきた魔物を一人で壊滅《かいめつ》させた。

曰く、結婚《けっこん》したくないからという理由で王の心が折れるまで奇行を繰《く》り返した。

叩《たた》けばどこまで出てくるのかと、奇行の逸話《いつわ》の数々を持つのがアニスフィアだ。

正に〝キテレツ王女〟。馬鹿《ばか》と天才は紙一重《かみひとえ》を行く唯我独尊《ゆいがどくそん》の奇人。だと。

しかし、それとは別に彼女を言い表す言葉がある。

──〝誰よりも魔法を愛し、魔法に愛されなかった天才〟と。

この国では王族や貴族が当たり前に使える魔法を使えない王女。それがアニスフィア・ウィン・パレッティア王女。魔法を使えないからこそ〝魔法科学〟、略称《りゃくしょう》〝魔学〟を編み出した異端《いたん》の天才である。

＊＊＊

(えーと、これは不味《まず》い状況《じょうきょう》かもしれない……?)

私、アニスフィア・ウィン・パレッティアは考えた。目の前には着飾《きかざ》った貴族の子息や子女と思わしき子達がいっぱいいて、どう見てもパーティー会場の真《ま》っ直中《ただなか》。

私に向けられる視線は奇異の視線そのもので、正直に言えば居心地《いごこち》が悪い。もしかすると久しぶりの大失態かもしれない。

ちょっと飛行魔道具《まどうぐ》の夜間飛行のテストに出て、星が掴《つか》めそうなんてロマンチックな事を考えてたら、制御に失敗して窓に突《つ》っ込んだとか。うん、これは流石に許されない失敗なんじゃないかな？

そんな事を考えながら飛行用魔道具の〝魔女箒《まじょほうき》〟の調子を確かめてみる。よし、壊《こわ》れてはいない。流石にこれまで壊れてたら泣きを見ていた所だ。まだ私の評判以外に傷ついたものはない！　よし、問題なし！

改めて会場を見れば、自分と同じ血を引く弟、アルくんがいた！　うーん、アルくんは私の事を苦手にしてるから悪い事をしちゃったなぁ。

（ん？　なんでアルくん、そんな守るように私が知らない令嬢《れいじょう》を抱《だ》き締《し》めてるのかしら？）

アルくんの婚約者の筈のご令嬢は、なんか見下ろされる位置にいるし。んん？　これはどういう状況？　気になった私はつい声に出して聞いてしまう。

「ちょっとアルくん。どうしてユフィリア嬢がいるのに別の女性を侍《はべ》らせてるの？」

「……ッ、貴方《あなた》には関係ない！」

うん、とても怒《おこ》ってらっしゃる。いや、怒るだろうけどさ、そりゃ。凄《すご》い形相で睨《にら》まれてるんだけど。いや、色々と私達の間にはあったから仕方ないんだけど。それとこれとは別の話でしょうに。

私が〝王族として出来損《できそこ》ない〟なのは良いとして、次期国王ともあろうものが婚約者であり次期王妃《おうひ》様の傍《そば》にいないのはどういう事なのか、と。そんな疑問から私はユフィリア嬢へと視線を向けてしまう。

「ええと、ユフィリア嬢？　これはどういう事？　あれ、妾《めかけ》候補とか何か？」

ユフィリア・マゼンタ公爵《こうしやく》令嬢。マゼンタ公爵家のご令嬢である彼女はとても、と頭につけてしまう程に美しい少女だ。その見目の麗《うるわ》しさに溜息《ためいき》を吐《つ》いていた者もまた多い。

まるで白い月の光を吸い込んだような、薄い銀色の手触《てざわ》りの良さそうな髪。令嬢らしい白く美しい肌《はだ》、薔薇《ばら》のようなピンク色の潤《うる》んだ瞳。身に纏っている空色のドレスと合わせて社交会の華《はな》と言うに相応《ふさわ》しい出《い》で立ちだ。

「え……？」

アルくんから視線を移して呆気に取られていたユフィリア嬢へと問いかけてみる。すると、途端《とたん》に表情を翳《かげ》らせて視線を落としてしまった。

「？　どうしたの？」

「いえ、その……」

ユフィリア嬢までどうしたの？　思わなかった反応に私は目を丸くしてしまう。大人にも物怖《ものお》じせずに意見を言える子で、将来の王妃として立派だなぁ、って思ってたのに。なのに今にも泣きそうというか、あれ、もしかして実際に泣いてた？　そんなに私がいきなり窓をぶち破ってきたのが怖《こわ》かった？

……いや、なんか違《ちが》うな？　それにこの立ち位置と状況、なんか記憶《きおく》がちりちりとするような気がする。すると、脳裏《のうり》に過《よぎ》ったものがあってつい口を開いてしまう。

「……あぁ、成る程。言いがかりでもつけられて婚約破棄《こんやくはき》でもされたの？」

「――ッ!?」

何故、と言うようにユフィリア嬢が視線を上げる。その瞳は驚《おどろ》きで揺れていて、普段《ふだん》は鉄仮面をつけたように変わらない表情が変化してしまっている。

ええ、どうしてさ。〝前世〟ではそういう〝お話〟があったのは知ってたけど！　実際に現実でも起きるような事なの？　いやはや世界はいつだって奇妙《きみよう》だね。私が言うのもなんだけど。あれ、もしかして笑える状況ではない？

「んー、状況を見る限り、ユフィリア嬢が孤立《こりつ》してる感じかな？」

「え、あの、なんで」

「うーん……よし、決めた！」

女の子、虐《いじ》めるの良くない。どっちに正義があるのかわからないけど、とりあえず仲裁《ちゅうさい》に入ろうか。なんか味方がいなさそうなユフィリア嬢を庇《かば》っておく事にしよう。

状況がよくわからないけど追及《ついきゅう》すれば後でもどっちが正しいのかわかるだろうし。仮にユフィリア嬢に一方的な過失があったのだとしても、私がここで庇っても私に都合の悪いような事にはならないだろうしね。

「さてユフィリア嬢、行こうか。私が攫《さら》ってあげる」

「……え？」

「ユフィリア嬢は私に攫われるので、何の責任もなし！　さぁ、行こう、すぐに行こう！」

「え？　……え？　あの……？」

「という訳で、アルくん！　この話は私が持ち帰らせて貰《もら》うわ！　後で家族会議ね！」

そのまま呆気に取られたままのユフィリア嬢に近づいて、肩《かた》に担《かつ》ぐように抱《かか》える。ははは、ごめんね。本当は攫うならお姫《ひめ》様抱っこなんかが良いんだろうけど、今は両手が塞《ふさ》がれると私が何も出来なくなっちゃうからね！

私がユフィリア嬢を抱えると、ユフィリア嬢が間の抜《ぬ》けたような声を出す。アルくんも焦《あせ》ったような表情を浮《う》かべ始めた。まぁ、待たないけどね！

「待て、姉上――」

「――それじゃあね、アルくん！」

アルくんに見せ付けるように笑みを浮かべて、私はユフィリア嬢を抱えながら走り出す。

一気に床《ゆか》を蹴《け》り、私がぶち破った窓から飛び出す。そのまま宙に身を投げ出せば、体が重力に引かれて落ちていく。するとユフィリア嬢が元気に悲鳴を上げた。

「ぃ、いやぁぁぁあああああああぁッッ⁉」

「楽しいノーバンジージャンプだよ！　空の旅へようこそ、ユフィリア嬢！」

手に持った〝魔女箒〟を足にひっかけるようにして掴む。同時に勢い良く魔力を注ぐと、そのまま空を滑《すべ》るように下がりつつあった高度が地を舐《な》めるようにして上昇《じょうしょう》していく。

ユフィリア嬢が悲鳴を上げたままだけど、このまま父上の所に訪問と行きましょうか！

＊＊＊

魔法に愛されなかった王女がいた。王族や貴族なら誰《だれ》でも得意、不得意はあっても使える魔法をまったく使えなかった彼女は蔑《さげす》まれ、後ろ指を指されて嘲笑《ちょうしょう》の的になった。

だけど、それでも彼女は魔法を愛した。そして彼女が行き着いたのは〝魔法と同じような効果を、或《あ》いはそれを越《こ》える魔法の道具〟を生み出す事。

これは後の歴史で様々な偉業《いぎょう》と奇行の数々を残した王女の伝説、その一幕である。

1章　転生王女様は急には止まれない

「……ふぅ、やれやれだな」

　ごきり、と硬くなった肩を解《ほぐ》す。目の前には書類の山、今日の目標であった政務を終えた事で気を張っていた緊張が幾分《いくぶん》か解れるようだった。まったく、国王の仕事は日々どんなに頑張《がんば》っても減る事がないものだな。

「陛下、本日の政務お疲れ様でございました」

「良い、グランツ。そう畏《かしこ》まってくれるな」

　私にそう声をかけたのは、この国の代表貴族と言っても過言ではないマゼンタ公爵家の当主であり、パレッティア王国の宰相《さいしょう》を務める親友、グランツ・マゼンタ。

　そしてグランツに声をかけられた私が、パレッティア王国の現国王、オルファンス・イル・パレッティアである。丁度、国王としての激務に一段落が付いた所だった。

「グランツ、茶を淹《い》れよう。お前も飲んでいけ」

「それではご一緒《いっしょ》させて頂きます、陛下」

「固いと言っているのだ、ここからは国王ではなく友として語らせてくれ」

「……承知した、オルファンス」

口調を崩《くず》したグランツに私は満足げに頷《うなず》く。同じく三十代半ばを過ぎたというのにグランツの若々しさは衰《おとろ》えを見せない。

私の方はすっかり白髪《しらが》などが目立ち、疲労《ひろう》が原因か、年よりも老《ふ》けて見られるというのに。この差に思わぬ所がない訳ではない。私だってまだ老人と呼ばれる齢《よわい》ではない。

グランツの実家たるマゼンタ公爵家の歴史は長い。王家の血を継《つ》いだマゼンタ公爵家は王家の象徴《しょうちょう》である白金色と近しい髪《かみ》の色を受け継ぐ。だが世代を重ねた事によってその色も王家の色とは異なる色合いとなりつつあった。どちらかと言えば白金と言うよりは銀色に近いだろうか。

そして、何よりグランツの特徴《とくちょう》はその目だ。赤茶色のその瞳《ひとみ》は燃ゆる焔《ほのお》を宿したように圧の強い鋭《するど》さで、見る者によっては目を合わせただけで震《ふる》え上がる。幸か不幸か、この目付きは娘《むすめ》や息子《むすこ》にも受け継がれているようで、なんともわかりやすい親子だと何度思った事か。

「……子は親に似るものだがのぅ」

鈴《すず》を鳴らし、王城付の侍女《じじょ》にお茶の用意をさせながら私は溜息と共に呟《つぶや》きを零《こぼ》す。

私の呟きを聞いていたのか、グランツが対面の席に座りながら視線を向けてくる。

「どうした？　また子供についてでも頭を悩《なや》ませているのか？」

「頭を悩ませなかった事などないわい！」

からかうように僅《わず》かに口元を上げて問うたグランツに私は苛立《いらだ》ち混じりに言葉を返す。

グランツの子供、特に娘であるユフィリアは私も実の娘のように可愛《かわい》く思っている。

息子であるアルガルドの婚約者だからというのもあるのだが、それ以上にそう思ってしまうのは実の娘である、あの〝うつけ者〟の所為《せい》だ。

「最近は大人しいが、嵐《あらし》の前触《まえぶ》れではないかと戦々恐々《せんせんきょうきょう》とするばかりだ」

「アニスフィア王女は、それこそ嵐の申し子のような気質があるからな」

「何面白《おもしろ》そうに笑ってるんじゃ、私は何も面白くはないぞグランツ」

ノックの後、侍女が一礼と共に部屋に入ってお茶を淹れて去っていく。淹れたばかりのお茶を飲み、一息を吐く。

「あいつももう十七歳だと言うのに、落ち着く気配が見えないのはどうしたものか……」

「落ち着いてしまえば、それはもうアニスフィア王女ではないだろう？」

「止《や》めよ、気が滅入《めい》る……」

「致《いた》し方あるまい。アニスフィア王女の振《ふ》る舞《ま》いを許したのは我々なのだからな」

グランツが優雅《ゆうが》な仕草でお茶を口に運ぶ。グランツの言葉に私は苦虫《にがむし》を噛《か》み潰《つぶ》したように表情を歪《ゆが》める事しか出来なかった。ストレスの為《ため》か、胃のあたりがずしりと重たくなるのを感じる。苦々しく思いながら、私は深々と溜息を吐《は》き出した。

「世の中、何故《なぜ》問題というのは尽《つ》きないものなのかのぅ」

私はすっかり四十代どころか、五十代にすら見えかねないと言われる程《ほど》に老け込んでしまった。王家の証《あかし》である白金色の髪はくすみ、白髪が目立つようになっている。

顔の皺《しわ》も気苦労の為か増える一方であり、最近では鏡で自分の姿を見れば気が滅入ってしまうようになってしまった。それだけに国王という重圧と責務は私にとっては負担なのだろう。それなのに容赦《ようしゃ》もなく面倒《めんどう》事を巻き起こす実の娘を思えば胃が痛くなる。

「しかし、その気苦労ももう少し楽になるのではないか？」

「む……。それはアルガルドとユフィリアの事か？」

「間もなくあの子達も卒業だろう。今後、本格的に次期国王と次期王妃《おうひ》として立って貰う事が増える。そうすれば自分達で他《ほか》を導く機会も増える」

「……そうすんなりと行ってくれると良いのだがな」

「……例の噂《うわさ》を気にしているのか？」

私のぼやきにグランツは目を細めながら問いかけてくる。私は返事をするように頷く。

「ユフィリアにも確認《かくにん》は取ったが……アルガルドの奴《やつ》め、男爵令嬢《だんしやくれいじよう》を囲うのは良いのだが節度というものを持って貰わなければ困るな」

「学院内部の情報は入りにくいが、それでも耳に入る程だからな。つまりはそれだけ表に出てしまっているという事に他ならん」

例の噂というのは、アルガルドがとある男爵令嬢を囲い込んでいるという話だ。ユフィリアが見咎《みとが》め、何度も注意をしているという話は噂好きの貴族達の間では広まっている。

貴族学院はその性質上、どうしても閉鎖的《へいさ》で外部に情報が広がる事が少ない。それでもアルガルドの噂がここまで届くという事は、それだけ騒《さわ》がれているという事でもある。それを思えば胃がじくじくと痛むばかりである。

「……すまん、グランツ。王家が無理を言って叶《かな》えた婚約だったのだが……」

「婚約者の心を繋《つな》ぎ止めるのもまたユフィリアの務めだ。アルガルド王子も節度を持って貰うというのはご尤《もつと》もだが、これも良い薬となる事を祈《いの》るしかない」

グランツは淡々《たんたん》と答えているが、それはこの男が職務に忠実なだけであって愛情がないという訳ではない。むしろ愛するが故《ゆえ》に次期王妃として立つ事になるだろうユフィリアに厳しい教育を施《ほどこ》している。

表向き、パレッティア王国は平和そのものだ。だが、目が届きにくい所で多くの問題を抱えている。将来を思えば、アルガルドだけでこの国を支えて行くのに不安を感じた私は婚約者として、幼少の頃《ころ》から才能の片鱗《へんりん》を見せていたユフィリアを婚約者として望んだ。

しかし、どうにもあの二人が互《たが》いに想《おも》い合っているような関係には見えない。どちらにも義務以上の感情はないように見える。別に貴族の婚約ではそれも珍《めずら》しい事ではない。

だが、そんな二人に不安を感じていた時にこの噂だ。流石《さすが》に私も頭を抱えたものだ。

「しかし、ユフィリアがどうにかすると言ったのだろう？」

「それは、そうだが……王家が望んだ婚姻《こんいん》とはいえ、ユフィリアにだけ負担を強《し》いるならば婚約を白紙にするしかあるまい」

簡単に頷く事が出来る訳ではないが、ユフィリアが望むなら婚約を白紙にする事も考えるしかない。元より婚約を望んだのは王家側なのだから、王家側の不始末を尻拭《しりぬぐ》いさせたままというのは筋が通らない。

故にユフィリアに婚約破棄《はき》をするかどうか尋《たず》ねた事がある。それでもユフィリアが自分に任せて欲しいと言った。結局、私はユフィリアの厚意に甘えてしまった事になるのだが上手《うま》く行っているのだろうか……？

そんな不安を感じた瞬間《しゅんかん》だった。突如《とつじょ》、部屋の扉《とびら》が勢い良くノックされたのだった。

「国王陛下！　火急の報《しら》せにございます！」

「火急の報せだと……？　何があった！」

「アニスフィア王女が、例の飛行用魔道具《まどうぐ》を使って王城へ訪問されました！　陛下に謁見《えつけん》を求めるとの事です！」

「何をやらかした、あの馬鹿《ばか》娘は⁉」

思わず声を荒《あら》らげて叫《さけ》んでしまった。何故、あの娘《むすめ》は大人しくする事が出来ない……！

「それで、その……」

「その、何だ⁉　間を開けるのは止めい、疾《と》く報告せよ！」

「失礼致しました！　アニスフィア王女なのですが、何故かユフィリア・マゼンタ公爵令嬢を同伴《どうはん》させており、状況《じょうきょう》を見るからに……誘拐《ゆうかい》してきたものと思われます！」

その報告を受けて私は目を回して一瞬、意識が遠退《とおの》いてしまった。なんとか気を取り直そうと首を左右に振る。それでも湧《わ》き上がる憤《いきどお》りは収まらず、声に出てしまう。

「……何をやっとるんじゃ、あのじゃじゃ馬娘ェッ！　今すぐここに連れて来させよ‼」

＊　＊　＊

「ご機嫌麗《きげんうるわ》しゅう、父上！　急な訪問、真に申し訳なく思ってまーす！」

「アニスッ！　貴様、今度は何をやらかした⁉　何故ユフィリアも連れている⁉」

うわ、父上が完全に怒《いか》り心頭《しんとう》状態です。いや、そうなるのも無理はないと思うけど。貴族学院の夜会会場からユフィリア嬢を拉致《らち》……ごほん、連れ出した私はそのまま王城に向かい、父上に謁見を申し込んだ。ユフィリア嬢は目を回していたので、背負ったままだ。流石にあの完璧《かんぺき》な公爵令嬢だと言われたユフィリア嬢でもいきなり空を飛ぶのは恐怖《きょうふ》体験だったんだなぁ、なんて思ってしまう。

「落ち着いてください、陛下。アニスフィア王女殿下《でんか》、ご無沙汰《ぶさた》しております」

「あれ？　グランツ公もいらっしゃったのですか？　好都合と言えば好都合ですね」

父上の執務室《しつむ》には思わぬ人もいた。それはユフィリア嬢の父親であり、父上の懐刀《ふところがたな》としても名高いグランツ公だ。さっきの話をするなら好都合かな。

「……ユフィリア、いつまでそうしているつもりだ？」

「……うぅ……？　ッ、お、お父様!?　し、失礼しました！　アニスフィア王女！」

グランツ公の咎めるような声に反応したユフィリア嬢が勢い良く顔を上げて私の背から降りようとする。私がユフィリア嬢から手を離《はな》せば、跪《ひざまず》く勢いでユフィリア嬢が頭を下げてしまう。

「あぁ、気にしなくていいよ。グランツ公も、今はちょっとユフィリア嬢に優《やさ》しくしてあげてください。ちょっと今、不安定でしょうから」

「アニス、説明せよ！　今度は何をやらかした？　何故ユフィリアを連れている？」

「いやぁ、実は〝魔女箒《まじょほうき》〟の夜間飛行のテストをしてたら、星が綺麗《きれい》で余所見《よそみ》をしてしまいまして。そのまま貴族学院の夜会に急遽《きゅうきょ》参加してしまいました！」

「……このッ、馬鹿者がぁっ‼」

私が素直《すなお》に報告すると、父上は勢い良く立ち上がって私の頭に拳骨《げんこつ》を叩《たた》き落とした。

思わず目の前に星が散りそうな程の痛みだ。あまりの痛さに目の奥がカッと熱くなって頭を抱《かか》えてしまう。

「痛いです、父上！　酷《ひど》い！」

「やかましいわ！　お前という奴は、お前という奴は！」

「私だって反省してるんですよ⁉」

「反省しているならば繰《く》り返すな！　何度過《あやま》ちを繰り返せば学習するというのだ！」

「父上、失敗を恐《おそ》れては人に進歩など有り得ませぬ！」

「予防をしろと言うのだ！　繰り返しては愚《ぐ》の骨頂《こっちょう》だろうが、この愚《おろ》か者が！　その頭は飾《かざ》りではなかろう！」

二度目の拳骨が私の頭に叩き込まれる。あまりの痛さに頭を抱えて蹲《うずくま》ってしまう。

うぅ、父上の拳骨は痛いんだって……！　本当に酷いなぁ、もう！

「……ごほん。よろしいでしょうか？　アニスフィア王女」

咳払《せきばら》いをしてグランツ公が声をかけてくる。怒り狂っていた父上も、グランツ公の存在を思い出して落ち着いたのか、怒りを収めてくれた。というか、むしろ顔色が悪い。

グランツ公の鋭い目付きが私を睨《にら》み据《す》えるように向けられる。ちょっと居心地《いごこち》が悪いけれど、グランツ公だしいつもの事だと思って居住まいを正す。

「何でしょうか？　グランツ公」

「それで、何故ユフィリアと共に王城へ？」

「あぁ、そうそう！　その報告に来たんでした！　父上！」

「なんだ、アニスよ」

「アルくんがユフィリア嬢との婚約を破棄するって言ってたんですけど」

「…………は？」

たっぷり間を開けて父上が完全に動きを止めてしまった。横に立っていたグランツ公も思わぬ事を聞いたと言うように目を少し見開かせている。

「……すまぬ、アニス。どうも疲《つか》れからか聞き間違《まちが》ったと思うのだが、何があったと？」

「ですから、アルくんがユフィリア嬢との婚約を破棄するって」

「は？」

「婚約破棄です」

「誰《だれ》と誰が？」

「アルくんとユフィリア嬢が」

何度も繰り返すように父上に事実を突《つ》きつけると、父上があんぐりと口を開けて呆然《ぼうぜん》と立ち尽くしてしまった。父上の前で手を振ってみたりするけれど反応はない。

ようやく再起動した父上は眉間《みけん》を揉《も》みほぐしながら、震《ふる》える声で問いかけてくる。

「アルガルドが、そう言ったと？」

「さっきからそう言ってるじゃないですか！」

「……すまない。悪い夢だと言って欲しいのだが、事実なのか？」

明らかに信じられないといった声色《こわいろ》で父上はユフィリア嬢へと視線を向けた。父上から改めて視線を向けられたユフィリア嬢は萎縮《いしゆく》しきった様子で、肩《かた》を落として視線を下げたまま小さく呟《つぶや》いた。

「……はい。私の力が及《およ》ばず、大変申し訳ありません」

そのまま力なくユフィリア嬢は頭を下げてしまった。あまりの儚《はかな》さに肩に手を添《そ》えてしまう。肩に触《ふ》れた手から震えを感じ取って、私は唇《くちびる》を尖《とが》らせてしまった。

こうもなっちゃうよね。あんな夜会の会場でいきなり婚約破棄なんて突きつけられて。

どんなにユフィリア嬢が優秀《ゆうしゅう》でも、いや優秀だからこそショックも大きい筈《はず》だ。

「……なんという事だ！　アルガルドの奴め、一体どういうつもりだ⁉　何も聞いてはいないぞ⁉　しかも夜会の最中にだと⁉」

「落ち着いてください、陛下」

「これが落ち着いていられるか！」

「あー、父上。お怒りになられる気持ちもわかるんですけど、ユフィリア嬢もショックを受けたばかりなので大きな声はあまり……」

私が指摘《してき》すれば、父上は苦虫《にがむし》を噛《か》み潰《つぶ》したような表情で声を抑《おさ》えてくれた。隣《となり》に立っていたグランツ公が静かに溜息《ためいき》を吐《つ》いて、ユフィリア嬢へと視線を向ける。

「……ユフィリア」

「ッ、申し訳ありません、お父様……私が不甲斐《ふがい》ないばかりに、このような……」

グランツ公の呼びかけにユフィリア嬢はもう頭が上がらないと言うように頭を下げてしまっている。震えは少しずつ強くなるばかりでいたたまれない。

「話を持ち込んだのは私ですけど、とにかくユフィリア嬢もあまり具合が良くないですし座っても良いですか？」

「う、うむ。そうだな……」

私の提案に父上が頷《うなず》いて、私達は来客用のソファーに座った。私の隣には父上が、私達の対面にはユフィリア嬢とグランツ公が座る。

一度、腰《こし》を下ろして少しは落ち着いたのか、父上が咳払いをしてから話し始める。その顔には明らかな苦悶《くもん》の色が浮《う》かんでいる。まぁ、無理もないんだけどさ。

「……先程《さきほど》は取り乱してすまなかった。しかし、信じられぬ……」

「でも実際起きた事なんですよ、父上」

父上が本気で頭を抱えてしまった。そりゃそうだよね、アルくんとユフィリア嬢の婚約って次期国王と次期王妃《おうひ》の婚約だった訳で。この二人の婚約にはとても大きな意味がある。

だからこそのマゼンタ公爵《こうしやく》家の令嬢《れいじよう》であるユフィリア嬢が相手だったのに。

だから婚約破棄なんてそう簡単に認められる筈がない。なのにアルくんが宣言したというのは常軌《じようき》を逸《いつ》しているとしか言えない訳で、父上がこうなるのも無理はない。

「……すまない、グランツ。私の見立てが甘かったと言わざるを得ない」

頭痛を堪《こら》えるように項垂《うなだ》れた父上が心底、胃が痛そうに手で押さえながら呟く。だけど父上に謝罪を告げられたグランツ公は静かに首を左右に振《ふ》った。

「陛下ともあろう方がそう簡単に謝罪を口にしてはなりません。……ユフィリア」

「……はい」

「お前とアルガルド王子の仲が進展していないという話は聞いていた。このような事になったのは残念ではある」

「……申し訳ありません」

「謝罪は不要だ。今、お前が考えなければいけないのは今後の振る舞《ま》いだ」

「どのような罰《ばつ》でも甘んじて受けるつもりです」

グランツ公の言葉にユフィリア嬢は悲痛な表情を浮かべて、まるで罪を言い渡《わた》されるのを待っているように見えた。そんなユフィリア嬢に視線を向けるグランツ公の眉《まゆ》がぴくりと上がった。何とも緊張感《きんちょうかん》のある二人の会話に私は思わず口を挟《はさ》んでしまう。

「こほん。……グランツ公、少しよろしいでしょうか？」

「何でございましょうか、アニスフィア王女」

「恐らくですけど、グランツ公は叱責《しっせき》しようという訳ではないと思います。ですがユフィリア嬢も突然《とつぜん》の事で前後不覚になってると思われます。もう少し柔《やわ》らかく接してあげたら如何《いかが》でしょうか？　それにユフィリア嬢も。突然の事で驚《おどろ》くのはわかるけど、もっと気を楽にして良いんだよ？　私も含《ふく》めてここにいる人達はきっと貴方《あなた》の味方だから」

私の言葉を受けてユフィリア嬢が顔を上げる。まるで何を言っているのかわからないという表情で私を見ている。そんなユフィリア嬢に私は笑いかけてみる。

「とりあえず！　まず状況《じょうきょう》を整理しましょう！　父上達も幾《いく》らか把握《はあく》している事もあるのでしょう？」

「……お前がまともな事を言うと釈然《しゃくぜん》とせんな」

「酷くないです⁉」

「自業自得だろうが、愚か者が！」

解《げ》せない。まぁ、良いけどさ。思わず唇を尖らせてると父上が私に礼を告げて来た。

「アニスよ。お前が貴族学院の夜会に乱入した件は後で追及《ついきゅう》するとしてだ。偶然《ぐうぜん》とは言え、ユフィリアを保護してくれた事には礼を言う」

「ええ、本当に偶然でしたけれどね」

「アルガルドへの追及は行わなければならんな。まずはアルガルドに謹慎《きんしん》を言いつけなければ……」

「あぁ、父上。なんか他《ほか》にも関《かか》わってる人達がいたみたいなので、その人達も押さえた方が良いと思いますよ？」

父上が嫌《いや》そうな顔をした。懐《ふところ》に手を入れて、中から愛用している胃薬を取り出してる。そのまま薬を飲み込む父上の姿には哀愁《あいしゅう》が漂《ただよ》っているように見えてしまう。事が事なのもあるけど、私を相手にしてると疲れるんだと思う。流石《さすが》に自分が悪い自覚はあるよ？

でも本来だったら私はこの件に関しては部外者だ。王族ではあるけど、私は王位継承権《おういけいしょうけん》を放棄《ほうき》してる身だし。

だから王位に関係するような揉め事には関わるつもりもなかったんだけど、流石に今回は不可抗力《ふかこうりょく》というか、事故というか。まぁ、それは後にして。

「事件の内容や経緯《けいい》を調べるのも大事ですけど、後始末もあります。具体的に言うとユフィリア嬢の今後についてですけど」

「……ユフィリアの今後、か」

父上が心底、悔《く》やむように苦々しい声で呟きを零《こぼ》した。この際、アルくんが告げた婚約《こんやく》破棄《はき》の正当性があるかどうかは問題じゃないとして。公《おおやけ》の場で起こしてしまった為《ため》、この一件が人目に触れてしまっているのが問題だ。

何がダメかって、ユフィリア嬢の今後の結婚についてが難しくなってしまうから。一度口に出してしまった以上、婚約破棄の宣言はなかった事にはならない。そんなアルくんとよりを戻《もど》せと言う訳にもいかない。

そうなると次に問題になってくるのがユフィリア嬢の今後だ。婚約破棄なんて社交会では良い嘲笑《ちょうしょう》の的だ。それも次期王妃ともされていたユフィリア嬢なら尚《なお》のこと。更《さら》には生家のマゼンタ公爵家は公爵の名に恥《は》じない功績を残している名家でもある。

そんなユフィリア嬢が婚約破棄をされてしまったなんて、嘲笑の的にするのには格好の餌食《えじき》だ。こうなると次の婚約相手を決めるのにも問題が出てしまう。

一度、王家から袖《そで》にされてしまった令嬢を婚約させるとなると相手がかなり限定されてしまう。これは大きな問題だ。つまりユフィリア嬢の今後の令嬢人生に致命的《ちめいてき》な傷を負わされてしまったという訳だ。それも王家側の一方的な都合で。……うん、色々とまずい。

「……ユフィリアの才覚では、下手に外に出す訳にもいかぬ……」

「ユフィリア嬢を外国に嫁《よめ》に出すのはそれはそれで難しいですね。何せ天才公爵令嬢！　稀代《きだい》の天才児！　精霊《せいれい》に愛された申し子！　ユフィリア嬢のお噂《うわさ》はよく耳にしました！」

ユフィリア嬢は同年代の中でもずば抜《ぬ》けて出来が良い令嬢である。礼儀《れいぎ》作法だけではなく魔法《まほう》や武芸においても優秀な才能を示す、まさに天才児という奴《やつ》だ。

そこにユフィリア嬢の美貌《びぼう》も加わるのだ。公爵令嬢としての威厳《いげん》を見せ付ける佇《たたず》まいに相応《ふさわ》しい白銀の髪《かみ》に白い肌《はだ》、強《し》いてあげるなら目付きがキツい事が欠点だけど、次期王妃として振る舞うなら威厳なんて幾らでもあった方が良い。

だからこそユフィリア嬢は次期王妃として相応しいなんて声がそこかしこから聞こえてきた訳で。私も噂は良く聞いてたし、遠目で見た時は流石に女としての敗北感を覚えたよね。いや、私は別に女を磨《みが》いている訳ではないんだけどね。

自分と懸《か》け離《はな》れてるからこその尊敬というか、そんな感じ？　幼い頃《ころ》から才能の片鱗《へんりん》を見せ付けた結果、ユフィリア嬢は王家に望まれて婚約者になった。その実力は計り知れないと、ユフィリア嬢の凄《すご》さはこれでもかと語られている。

だからこそ、外国に嫁に出すなんて事も出来ない。ユフィリア嬢の力がそのまま外国の力になり得るからだ。こうなると、もう目も当てられない。

だからと言って国内に相手がいるのかというと、王家と一度揉めてしまった令嬢と婚約をしても良いという相手がどれだけいるのかという話になる。加えてユフィリア嬢は公爵令嬢なのだから、その身分に見合う相手となると狭《せま》い門がただでさえ狭くなる。

端的《たんてき》に言うと、色んな意味で詰《つ》んでる状況だ。ちらりとユフィリア嬢へと視線を向けてみると、項垂れて視線を下げたまま暗い影《かげ》を背負ってしまっている。

無理もない。それだけ王妃教育っていうのは重いものの筈だし。将来、国を背負う者として育てられて、それ以外の多くのものを捧《ささ》げたに違《ちが》いないだろうし。私はその責務から全力で逃《に》げちゃったからなぁ。

正直、私が逃げた事で廻《まわ》り巡《めぐ》ってユフィリア嬢に向かった可能性があって、私としてもこのままユフィリア嬢を放《ほう》っておけないって気持ちになるんだよねぇ。

指摘するまでもなく父上はユフィリア嬢の今後の展望の暗さには気付いているだろう。

そうなると無言のままのグランツ公の威圧感《いあつかん》がちょっと怖《こわ》くなってきた。でも、簡単に解決できる問題ではないしなぁ。それこそ大きな功績でも立てないと。……ん？　功績でも立てないと？　そこで、ぴこん、と音を立てて私の頭の中に名案が浮かんだ。

「父上！」

「なんじゃ、いきなり大きな声を出しおってからに！」

「ユフィリア嬢の今後についてなのですが、認識《にんしき》としましては今後のユフィリア嬢の婚約についてなどで悩《なや》んでいると見て良いでしょうか？」

「……それはそうだが、どうした？　なんだか凄く嫌な予感がするのだが」

「このアニスフィア、名案がございます！」

明らかに父上が嫌そうにげんなりし始めた。さっきから失礼だよ、父上！　すると静かに控《ひか》えていたグランツ公も私へと視線を向けて来た。グランツ公の視線の圧が強い。穴が空きそうな程に見つめられて居心地《いごこち》が悪い。

「アニスフィア王女、その名案とは？」

「はい。現在、ユフィリア嬢には婚約破棄を突《つ》きつけられ、貴族令嬢として決して浅くない傷を負ってしまいました。更にユフィリア嬢は稀有《けう》な才能の持ち主。次の婚約者を宛《あて》がおうにも相手が厳選される可能性が大きく、なかなか先の見通せない状況かと思います」

「そうなってしまうだろうな。……それで妙案《みようあん》というのは何だ？　何故《なぜ》か途轍《とてつ》もなく嫌な予感がするのだが」

「はは、失礼な。今回の婚約破棄がアルくんの独断で王家側に一方的な過失があったのだとしても、ユフィリア嬢が婚約破棄の宣言を諌《いさ》められなかった事実までは無くなりません」

今回、アルくんに一方的に過失があったのだとしても、こうなる前に止められなかったんだからと、ユフィリア嬢の能力を疑う声はどうしても出てくると思う。もう事は起きてしまった訳だから、これればかりはどうしようもない。

「こう言っちゃうと、ユフィリア嬢にも責任が生まれてしまうのですが……」

「それは事実かと。実際にアルガルド王子をお諌め出来なかったのは、こちらの落ち度でございます」

「はい。一度してしまった失敗はそう消えません。しかし、失敗を取り戻す事は可能です。その為にはユフィリア嬢に功績を積んで頂けば良いかと思います」

グランツ公は目を私から逸《そ》らさずに一言一句、聞き逃《のが》しがないように見てくる。奇妙《きみよう》な緊張感が漂う中、気が急《せ》いたのか父上が私を胡乱《うろん》げな表情のまま問いかけて来る。

「……つまりお前は何を言いたいのだ？　回りくどい、結論を申せ」

「では単刀直入に。――父上、グランツ公！　私めにユフィリア嬢を下さいませ!!」

その場の空気を一言で言い表すのなら凍《こお》り付いたという表現が正しい。私の発言に父上は一気に顔を引き攣《つ》らせて、グランツ公は少しだけ目を見開かせた。

そして当事者であるユフィリア嬢は何事かと、顔を上げて私に視線を向ける。私はそんなユフィリア嬢に微笑《ほほえ》んでから、改めて父上とグランツ公に向き直る。

「私が全力でユフィリア嬢を幸せにしてみせます！　どうか許可を！」

「待て待て待て待てぃ！　何をとち狂った事を言い出すのだ、お前は⁉」

父上が顔色を青くさせながら勢い良く立ち上がって私を睨《にら》み付ける。誰《だれ》がとち狂ってるですか！　至って真面目《まじめ》ですよ、こっちは！

「アニスフィア王女。ユフィリアを求む、というのはどういう意図でございますか？」

グランツ公がいつもの調子に戻りながら問いかけて来る。私はそれに一つ頷《うなず》く。

「ユフィリア嬢を私の助手としてお招きしたいのです」

「……助手、ですか？」

ユフィリア嬢が困惑《こんわく》しきった様子で首を傾《かし》げている。ちょっと可愛《かわい》い。撫《な》で回したい。

私の内心を察したのか、父上の視線が鋭《するど》くなった。気を取り直すように私は咳払《せきばら》いをする。

「私が〝魔学〟の提唱者だというのは既《すで》にご承知の事かと思いますが、その魔学を研究したり、発表したりする際の助手としてユフィリア嬢が欲《ほ》しいのです」

「……まさかとは思いますが、アニスフィア王女。貴方《あなた》は魔学の功績をユフィリアに発表させる事で功績にさせようとするつもりでしょうか？」

「はい！　その通りです、グランツ公！」

魔学は私が前世の知識で垣間見《かいまみ》たものを再現しようとしたり、その発想を用いて魔法を解明していく私の研究の名前だ。魔法科学だから、略して魔学。私の魔女箒《まじょほうき》も魔法で空を飛びたいっていう発想から生まれた成果の一つだ。

「魔学は細々とながら、父上が確認をした上で認可したものは世に広められてきました。しかし、魔学は私の事情で公に大きな功績として喧伝《けんでん》する事を控えています」

「魔学は革新的な発想から生まれたもの。そしてその魔学から生まれた魔道具も。それはパレッティア王国へ与《あた》える影響《えいきょう》が大きすぎた。……そうですね？」

「はい。だから私は魔学の功績が大々的に広められないように父上に進言しました。次の国王は私が良いんじゃないかと、そう言われると面倒《めんどう》になりますから」

アルくんは弟だけど、男児だったから王位継承権はアルくんの方が優先される。だけど私も腐《くさ》っても王族だから王位継承権を〝持っていた〟。そう、過去の話ね。

ほら、私って魔法が使えないから。王女なのに魔法が使えないから魔学の功績があっても、この国の成り立ちからすると王様として受け入れて貰《もら》えないんだよね。

パレッティア王国は簡単に言うと魔法と共に発展してきた国だ。初代国王が精霊と契約《けいやく》し、共に歩んで来た。そして精霊から授《さず》けられた魔法で国を興《おこ》した。

そして貴族が臣下として王と一緒《いっしょ》に歩み、パレッティア王国が成立した。だから魔法を使えるって事が王族としてかなり重要視されるんだけど、その王族である私がまさか魔法が使えなかったんだよね。

誰もがそんな私の扱《あつか》いに困った。私は私で魔法が使えないなら自分が使える魔法を研究しようって決めた。だから私は魔学を研究するって決めた時から王位継承権を捨てたんだよね。だって持ってても余計な諍《いさか》いしか生まないって思ったから。

最初こそ父上も抵抗《ていこう》してたけど、私も当時はやりすぎなぐらいに突き抜けてみせたので諦《あきら》められたんだよね。それで無事に私は王家に籍《せき》は残しつつも、政務には関《かか》わらない名ばかりの王女になった訳なんだけども。

「なのに父上が最近色々と仕事を押し付けるから変に有名になったと思うんですけど」

「逆じゃ、逆！　お前が目立つから逆に組み込んだ方が手綱《たづな》を取れると考えたのだ、考え無しのキテレツ娘《むすめ》が！」

「えー……？」

でもだからって政務の面倒事を私に押し付けるのはズルくない？

私の趣味《しゅみ》にも絡《から》む事だから普段《ふだん》は文句も出ないけど。……おっと、話が逸れてしまった。本題に戻《もど》さないと。

「私は魔学が広まる分には良いんですけど、表舞台《おもてぶたい》に立つつもりはないです。それならユフィリア嬢《じょう》と共同研究にして、ユフィリア嬢の功績にしたらどうでしょう？」

「……確かに。婚約破棄《こんやくはき》の話題を打ち消してしまえるだけの価値はあると思います」

「でしょう？　ほら、あとはあれですよ。私、魔法使えませんから。魔法を使える助手が欲しかったんですけど、その点で言えばユフィリア嬢って喉《のど》から手が出る程《ほど》に欲しい人材なんですよ！」

「……私が、ですか？」

「そうだよ！　貴族令嬢としても有能で、武芸にも心得があって、更には使える魔法属性の適性数は歴代一と言っても過言ではないと言われる精霊に愛された寵児《ちょうじ》！　ユフィリア嬢はパレッティア王国の宝といっても過言じゃないんだよ！」

この世界の魔法は精霊からの恩恵《おんけい》とされている。ユフィリア嬢はその魔法を多種多様に扱えるとの事で有名なのだ。

ぶっちゃけ、凄く欲しい。さっきも言ったけど喉から手が出る程に欲しい人材だ。私の個人的な研究だし、私ってこんなんだから一般《いっぱん》的な貴族から評判が良くない。

だから助手なんて欲しいと思っても雇《やと》えない。そこにユフィリア嬢だよ！　婚約破棄に付け込んでと言えば聞こえは悪いけれど、この旨《うま》い話を逃す理由もない。結果的にはユフィリア嬢の為《ため》になる訳だし！

「……確かに理に叶《かな》ってる話だと、私も思います」

「でしょう！　ね？　だから父上、いいでしょ？」

「アニスよ。……お前は、私に王位継承権《おういけいしょうけん》を放棄《ほうき》すると伝えた時の話を覚えているか？」

父上が凄く渋《しぶ》い顔をして腕《うで》を組みながら問いかけて来る。その問いかけの内容に何だっけ？　と首を傾げたけど、すぐに思い当たる事があって掌《てのひら》の上に拳《こぶし》をぽんと置いた。

「……あぁ、あの例の宣言ですか」

するとグランツ公も気付いたのか、何故か溜息《ためいき》交じりに呟《つぶや》く。父上とグランツ公の様子にユフィリア嬢は戸惑《とまど》ったように視線を二人の間で彷徨《さまよ》わせている。

「お父様、あの……何のお話ですか？」

「……アニスフィア王女が王位継承権を放棄したいと言い出した時にこう言い放ったのだ。『男性との結婚などごめんです。愛《め》でるなら、私は女性を愛でたいです！』と、な」

グランツ公の言葉にユフィリア嬢が目を見開かせて私の顔を見た。その視線に少しだけ距離《きより》を感じてしまう。いや、うん。でも本心だしねぇ。

「だって結婚して子供とか生みたくないし」

「お前という奴《やつ》はぁぁぁァアアアッ!!」

「ギャァアアアッ!? アイアンクロー痛いッ！　痛いです、父上！　離《はな》してください!!」

父上が渾身《こんしん》の叫《さけ》び声を上げながら私に摑《つか》みかかって来る。父上の指が顔に食い込む！

しかも持ち上げられて足がつかない！　待って、本気で痛いから!!

「お前は王族としての心構えや責務を塵芥《ちりあくた》のように扱いおって……！」

「痛い痛い！　だ、だって……！　魔法《まほう》も使えない私の血を王家の血として残すのは……本末転倒《ほんまつてんとう》じゃないですか……！　私、間違《まちが》ってない！」

「大間違いじゃ、たわけ者！　お前の魔学は評価には値《あたい》するが、結婚まで嫌《いや》と抜《ぬ》かすな！」

「言質《げんち》取りましたもん！　結果を出したら一生結婚しなくていいって！　アイタタッ！

父上、顔が変形する！　変形しちゃう……！」

「あの頃《ころ》の私の胃痛に比べれば何倍もマシだわ！」

ぺい、と投げ捨てるように父上が私を解放した。あー、痛かった。潰《つぶ》されるかと思った。

確かにあの宣言をした時は阿鼻叫喚《あびきょうかん》の地獄絵図《じごくえず》になっちゃって、流石《さすが》にちょっと反省はした。でも、本心だからいつかバレるだろうし。だから先回りして芽を潰しただけだし。

それで私の噂《うわさ》が広まって、私が〝同性が好き〟って話が出回ってるんだよね。

女の子が好きなのは否定しないんだけどね！　別に男の人も嫌《きら》いって訳じゃないんだけど、恋愛《れんあい》とか婚約とか結婚とかが絡むと途端《とたん》に受け付けなくなるだけで。

「……アニスフィア王女。一つお聞きしてもよろしいでしょうか？」

「何でしょうか。グランツ公？」

「ユフィリアを助手として望むのは、助手という文字通りだけの意味でしょうか？」

グランツ公が視線を逸らすことなく真《ま》っ直《す》ぐに見つめて来る。その私を見透《みす》かそうとするような目に、ここまで来るといっそ慣れてきてしまった。

「んー。いえ、確かに貴族令嬢としても魔法使いとしても魅力《みりょく》で助手として望んでいますが、はっきり言いますと……」

「言いますと？」

「ユフィリア嬢は私の好みです！」

「もう頼《たの》むから黙《だま》ってくれんか、アニス！」

「お断りします！」

「腹立たしい表情をしおってからに……！」

今度は顔面を摑まれないようにグランツ公達のソファーの後ろ側に逃《に》げ込む。するとユフィリア嬢と視線がばっちり合って、ユフィリア嬢が少し距離を取った。

ちょっとショック。まぁ、仕方ないよね。私も噂の否定はしてないし。ただ、それだと勧誘《かんゆう》に困るのでフォローしないと。

「あー、その。同意がない相手には手を出さないというか、誰でも良いって訳じゃないよ？　私も別に遊び人って訳でもないからそういう心配はしなくていいから。ユフィリア嬢と仲良くなりたい理由はいっぱいあるんだ」

「……私と、ですか？」

「だってアルくんの婚約者だから迂闊《うかつ》にお茶にも誘《さそ》えないし！　正直に言ってこの状況《じようきよう》は良くないけど、私としては歓迎《かんげい》してるんだよ！　ユフィリア嬢も災難だったと思うけど、ねぇ、どうかな？　私と一緒に魔学を研究してみない？」

「……私だと都合が良いからですか？」

どこか自嘲《じちよう》気味に僅《わず》かに口の端《はし》を上げて視線を逸《そ》らすユフィリア嬢。いきなり婚約破棄を突《つ》きつけられて、落ち込む気持ちもわかるんだけどなあ。

「確かにそうだって言えばそうだ。でも、違うって言う事も出来る」

「……？」

「ユフィリア嬢が決めていいよ、貴方が選びたい理由を。ユフィリア嬢が辛《つら》くて苦しそうで助けたいから。この言葉を信じても良いし、別の理由だって構わない」

私の言葉にユフィリア嬢が目を見開く。私はユフィリア嬢の頬《ほお》に手を伸《の》ばして頬を撫《な》でる。頬に手を添《そ》えた手で、ユフィリア嬢を私の方へと顔を向けさせる。距離が近づくけれど、そのせいで尚更《なおさら》、ユフィリア嬢の美貌《びぼう》を確認《かくにん》してしまう。

ユフィリア嬢を遠目で見かけた時は、無表情か、絵に描《か》いたようなお手本そのままのような微笑《びしよう》を浮《う》かべている所ばかりだった。でも、今の彼女は素《す》の感情を隠す余裕《よゆう》がないのか困惑《こんわく》や不安で瞳《ひとみ》を濡《ぬ》らしている。

「私が信じられないなら、ユフィリア嬢が私にとって都合が良いからだって諦めても良いよ。それも否定しないから。もし、いつか助けたいという言葉が信じられるようになったら信じてくれればいいからさ」

労《いたわ》るようにユフィリア嬢の頭を撫でながら、私は言葉を続ける。どうか少しでもユフィリア嬢が抱《かか》える重みや痛みが楽になるようにと思いながら。

「別に信じて貰うのなんて後からでも良い。だからユフィリア嬢は好きな理由で、選びたい理由で私の所に来てくれるといいなって思ってる」

私の言葉にユフィリア嬢はただ呆《ほう》けたように私を見ている。まるで迷子のように、どうしていいかわからないといった様子で。

「ユフィリア」

そんなユフィリア嬢の視線を奪《うば》ったのはグランツ公だった。ユフィリア嬢の隣《となり》に座っていた彼は、ユフィリア嬢を挟《はさ》んで向こう側にいる。

能面《のうめん》のように思える無表情でユフィリア嬢を見つめていたグランツ公は、ゆっくり息を吐《は》き出すように告げた。

「……すまなかったな」

突然《とつぜん》のグランツ公の謝罪に私でさえも目を見開いてしまった。父上も目を見開いているし、何より反応が凄《すご》かったのはユフィリア嬢だった。何を言われたのか理解が出来ないという表情でグランツ公を見上げる。

「お父様？」

「ユフィリア。お前は次期王妃《おうひ》として、マゼンタ公爵《こうしゃく》家の令嬢として恥《は》じないように努力をしてくれた。だが、最初にお前にそうであれと望んだのは私だったのだろう」

言葉を選ぶように、ゆっくりと。確かに何かを伝えようとグランツ公は言葉を重ねる。

その姿は公爵というより、不器用な父親のように私には見えた。普段の鋭《するど》さを隠れさせて後悔《こうかい》を滲《にじ》ませたような表情と声色《こわいろ》で続ける。

「私が望んだ事にお前が応《こた》えてくれるならば、私は背を押す事こそが正しいと。厳格な父として、マゼンタ公爵家を背負う者として接する事を良しとした」

「……何を、何を仰《おっしゃ》ってるのですか⁉」

「私は、それが間違いだったのかもしれないと感じている」

ユフィリア嬢は信じられない、と言うように身を乗り出した。そのまま取り乱しながら首を左右に振《ふ》る。その瞳には怯《おび》えにも似た、動揺《どうよう》の色が浮かび上がっている。

「今の私があるのはお父様の教育の賜物《たまもの》です！　そこに後悔などございません！　ましてやお父様が間違いなどと、そのような事もございません！　全《すべ》て至らぬ私がいけなかったのです！　公爵令嬢として、次期王妃として至らないばかりに家の名に泥《どろ》を塗《ぬ》ってしまった愚《おろ》かな娘《むすめ》です！」

「愚か者など私の娘にはいない」

ユフィリア嬢の悲痛なまでの叫びを一刀両断で切り捨ててしまうような強い否定の言葉だった。私も吃驚《びっくり》したけれど、ユフィリア嬢はもっと驚《おどろ》いたようで肩《かた》を跳《は》ねさせた。ユフィリア嬢はグランツ公の言葉に小刻みに体を震《ふる》わせている。

ぱくぱくと開閉する口は何かを言いたげだけど、言葉にする事は出来ないようだ。言葉をなくしたユフィリア嬢を真っ直ぐに見つめてグランツ公は続ける。

「お前は私の期待によく応えた。それは最早《もはや》、応えすぎる程に、望んだままに。……今はそこにお前の意志があったのかと疑ってしまう。もしそうならば、それは私の咎《とが》なのだ」

淡々《たんたん》とそう告げるグランツ公の姿は、普段《ふだん》の威厳《いげん》からは想像も出来ない姿だった。とてもじゃないけど、あの筆頭貴族と言われたマゼンタ公爵家のグランツ公の言葉だとは思えない。それでも、その言葉は確かにグランツ公が紡《つむ》ぎ出した本心だったのだと私は思う。

それでも、ユフィリア嬢《じょう》は受け入れられないとばかりに悲痛に叫んだ。

「何を言うのですか……？　お止《や》めくださいませ、お父様。そのように仰らないでください。そんな事を言われたらどうして良いか、私にはわからなくなってしまいます！」

「そうだ。お前にはわからないのだ。自分が苦しい時は、助けを求めても良いという事を」

グランツ公が表情を崩《くず》した。僅かな変化だったけれど、だからこそ困ったように苦笑《くしょう》しているのがわかってしまった。グランツ公の伸びた手がユフィリア嬢の頭を撫でた。頭を撫でられて信じられないという表情でユフィリア嬢はグランツ公を見据《みす》える。

「まるで幼子《おさなご》だな、ユフィ」

不慣れだけれども、ユフィリア嬢を労るような手付きでグランツ公は頭を撫で続ける。まるで普通の親子がそうするように。

「お前の心は成長を止めてしまっていたのだな。苦しい時には苦しい、辛い時には辛いと、そう教える事も出来ないままにお前は大きくなっていた。お前は小さなユフィのままなのだな。私は、ただお前に外面を装《よそお》う事しか教えられなかった」

グランツ公の言葉にユフィリア嬢の顔が勢い良く歪《ゆが》んだ。それは泣きそうな、それでいて怒《いか》りを隠せないような、一言では言い表せない表情に変わっていく。

「お止めください、お父様。幾《いく》らご自身の事とはいえ、お父様を卑下《ひげ》する言葉など聞きたくありません……！　咎められるべきは不出来な私なのです！」

そのユフィリア嬢の叫びが、どれだけ彼女がグランツ公を慕《した》っているのかを示している。その告白は間違いだと、間違っているのは自分だと。そうでなければおかしいと言うように。けれど、そんなユフィリア嬢の訴《うった》えにグランツ公は苦笑を深めた。

「お前が不出来ならば、私もまた不出来なのだろう。親としても、人としてもな。将来、国を背負うだろうお前を想像し、大いなる期待を私は寄せていた。同時に待ち受けるだろう苦難を退けられるようにと己《おのれ》を律し、お前に厳しく接して来た。だが、それは鎧《よろい》を纏《まと》わせるだけでお前自身という中身を鍛《きた》えるには至ってはいなかった。情けない話だ」

「お父様……！」

イヤイヤと駄々《だだ》をこねるようにユフィリア嬢が首を左右に振る。首を振った勢いでユフィリア嬢の瞳からは涙《なみだ》が零《こぼ》れ落ちていく。

ユフィリア嬢が首を振った事で払《はら》われたグランツ公の手は、今度はユフィリア嬢の涙を拭《ぬぐ》うように触《ふ》れた。まるで壊《こわ》れ物に触れるように。

「私が許そう。王から望まれた婚約《こんやく》だとしても、お前が降りたいと思うならば私が叶《かな》えてみせよう」

「……ッ！」

「だから教えて欲しい、ユフィ。……王妃になるのは辛いか？」

グランツ公の問いかけにユフィリア嬢が唇《くちびる》を噛《か》み切らんばかりに歯を立てた。しかし、傷を負う前にユフィリア嬢はゆっくりと力を抜《ぬ》いた。まるで張り詰《つ》めていた糸が切れてしまったかのように。そしてその両手で顔を覆《おお》い隠してしまう。

「……申し訳ありません、お父様。もう、私には無理です……」

ユフィリア嬢は引き攣《つ》りそうな程《ほど》に張り詰めた息を吐き出して、消え入りそうな言葉を紡ぐ。それは今にも泣き出してしまいそうな声だった。そんなユフィリア嬢の言葉を受け止めたグランツ公は静かに頷《うなず》く。

「そうか……わかった。よく話してくれた」

「……はい。もっと私はお父様を頼《たよ》るべきでした。親の七光りなどと言われては次期王妃に相応《ふさわ》しくないと、そう思っていたのです」

「その心がけは大事だ。だが、時として人を上手《うま》く扱《あつか》うのも良き貴族の務めだ」

「……はい」

小さく頷いたユフィリア嬢に、グランツ公も安堵《あんど》するように息を零した。そしてグランツ公はユフィリア嬢の肩に手を置いて告げた。

「ユフィ、私からもアニスフィア王女の下《もと》に行くのを勧《すす》める。だが決めるのはお前だ」

「え……？」

「この状況では要《い》らぬ詮索《せんさく》を受けてしまう事は間違《まちが》いないだろう。そんな中でお前が見つかればどうなるのか、想像するのは容易《たやす》い事だ」

今の状況でユフィリア嬢が人前に出れば、それはもう騒《さわ》ぎにしかならない。良くて質問攻《ぜ》めにされるか、悪くて誹謗《ひぼう》中傷の的になるだろうと思う。言ってしまえば一大スキャンダルな訳だし、騒がれない方がおかしい。

「……それで何故《なぜ》、アニスフィア王女の下へ行くのが良いと？」

力なく顔を上げたユフィリア嬢に真剣《しんけん》な表情に顔を引き締《し》めたグランツ公がちらり、と一瞬《いっしゅん》だけ私に視線を向けてから続ける。

「アニスフィア王女の住まいである離宮《りきゅう》は王宮の敷地《しきち》内ではあるが、離《はな》れに建っている事は知っているだろう。我が屋敷《やしき》よりも人目に付きにくい。ましてや王宮敷地内での事だ。何かあれば私も駆《か》けつけやすく、身を隠すのに適している。更《さら》にアニスフィア王女の提案の一件もある。私はそう悪い話だとは思っていない」

「お父様……」

「お前は今日までよく頑張《がんば》った。一度、公爵令嬢としてでも、次期王妃としてでもない、そんな時間がお前には必要なのだろう。アニスフィア王女殿下《でんか》はお前の肩書きを求めてはいないのだからな」

「まぁ、それはそうですけど」

私がユフィリア嬢を望んでるのはユフィリア嬢個人の資質を見込んでの事だし。グランツ公は私の呟《つぶや》きが聞こえていたのか、ユフィリア嬢に見せるように大きく頷いてみせる。

グランツ公の顔に浮かんでいたのは、やはり父親としての顔だった。娘であるユフィリア嬢の幸せを願う、たった一人の父親の姿だ。

「今後の人生、お前がどう歩むのか少し私から離れて考えてみなさい。ユフィ」

「しかし、それでは家に迷惑《めいわく》を……」

「この程度で揺《ゆ》らぐ私でも、公爵家でもない。お前は私が信用出来ないのか？」

父親としての顔を公爵としての顔に切り替《か》えてグランツ公はユフィリア嬢に問いかけた。

一瞬、息を呑《の》んだユフィリア嬢はそっと首を左右に振る。

「……いえ、そのような事は」

「であれば、あとはお前の気持ち次第《しだい》だが……今のお前に決めよと言っても酷《こく》だな」

ユフィリア嬢から視線を外して、グランツ公が私に視線を移す。私はグランツ公の視線を受けて頷いてみせた。

「どの道、事の真相を詳《つまび》らかにはしなければならない。その間に余計な横槍《よこやり》を入れられるのも癪《しゃく》だ。故《ゆえ》にアニスフィア王女、暫《しば》しユフィを預かって頂けないでしょうか？　アニスフィア王女の申し出を受けるかどうかは、その間でも、後でも構わないでしょう？」

「ええ、むしろ私は喜んで！」

やった！　思わず小躍《こおど》りしそうな程に喜びを込《こ》めてグランツ公に返事をしてしまった。

そんな私を見て、父上が頭痛を堪《こら》えるような表情を浮《う》かべて呟く。

「……アニス。頼《たの》むから余計な事だけはしでかしてくれるなよ」

「本当に失礼ですね、父上！」

「普段のお前ほどではないわッ！」

思わず父上の言葉に抗議《こうぎ》すると、父上に疲《つか》れ切ったように肩を落とされた。解せぬ。

ユフィリア嬢もグランツ公にここまで言われれば否定する気もないのか、どこか不安げに私を見つめている。私はそんなユフィリア嬢に苦笑を浮かべながら手を差し出す。

「ユフィリア嬢、短い間になるかもしれないけれどよろしくね？」

「……はい。アニスフィア王女」

「アニスでいいよ。その代わり、私もユフィって呼んで良い？」

「え？　か、構いませんが……」

「やった！　じゃあ改めてよろしく！　ユフィ！」

おずおずと差し出された手を握《にぎ》って、軽く上下に振りながら私はにこやかに笑ってみせた。困ったように眉《まゆ》を下げながらもユフィも笑ってくれた。

いつか、この笑《え》みが心の底からの笑みになってくれればいいなと。私はそう願わずにはいられなかった。

＊　＊　＊

「……本当にこれで良かったのか？　グランツ」

話が纏まり、退室していったアニスとユフィリアを見送った後の話だ。私はグランツにそう問いかけた。グランツは何も言わず、二人が去った扉《とびら》を見つめている。

「これが最善だろう。ユフィが今後、表立って動くには婚約破棄《はき》を宣言された影響《えいきょう》は大きすぎるからな」

「本当に最善か？　あのアニスだぞ？　本当に大丈夫《だいじょうぶ》なのか？」

「そんなに信用がならないか？」

ならない、とは言い切れずに口を閉《と》ざす。実際、アニスの発想に助けられた事も多い。破天荒《はてんこう》で型破りな欠点こそあるが、それでも補って余りあるものがアニスにはあるのだ。それを素直《すなお》に認めるのが癪なのは、普段の行いのせいなのだが。

思わず眉間《みけん》に力がこもって皺《しわ》が寄るのを自覚する。眉間を指で揉《も》みほぐしながら深々と溜息《ためいき》を吐《つ》く。

「万が一、ユフィが手籠《てご》めにされるならば、それはそれで悪くはあるまい」

「グランツ!?」

「可能性の話だ。それにアニスフィア王女にユフィをつけておく事に意味はある」

「何だと？」

グランツの言葉に一瞬、意図が読み切れずに目を細めてグランツを見てしまう。グランツの視線が私に合い、視線が交《か》わされる。

「事と次第によっては、アルガルド王子には降りて貰《もら》わなければならんからな」

「……………まさか」

私はグランツの顔を見据えながら呟きを零してしまう。友である彼の考えを想像するのは容易い。しかし、その浮かんだ想像をまさか、と否定してしまうのはそれだけ突拍子《とっぴょうし》もない事だと私には思えたからだ。

驚《おどろ》く私を尻目《しりめ》に、グランツはいつもと変わらない表情のまま、しかし瞳《ひとみ》には決然とした光を宿していて。それが何よりもグランツの固い意志を表していた。

「必要であれば私は動くぞ、オルファンス。たとえアニスフィア王女が拒否《きょひ》しようともな」

はっきりと言い切ったグランツの言葉に、私はようやく反応をする事が出来た。それも濃《こ》い苦笑《くしょう》交じりのものにはなってしまったが。

グランツが想像している事が実現してしまような事があれば、あのうつけ者である娘《むすめ》はどんな顔をするだろうか。そんな想像をすれば容易くアニスフィアの反応が思い浮かんだ。

「……あやつは泣いて嫌《いや》がるだろうなぁ」

「だからこそ、今のうちに餌《えさ》を与《あた》えおくのだよ。首輪とも言うがな」

「猛獣扱《もうじゅうあつか》いか」

「むしろ珍獣《ちんじゅう》では？」

「違いない」

あれでも一応、この国の王女ではあるが、その扱いに関しては同意するばかりだ。

肩《かた》を竦《すく》めて友との会話に応じていると、自然と肩の力が抜けてきた。面倒《めんどう》な話が転がり込んで来てしまったが、この問題を放置する訳にもいかない。事と次第によっては、グランツが想像している未来が実現してしまう事になるのだろう。

それはアニスにとっては望ましくない事なのは想像に難《かた》く無い。アルガルドが降りるという事。そしてそれがアニスにとって何を意味するのか。それを想像すれば何とも言えない表情になってしまう。

そんな私の表情を見て、グランツも私が何を思っているのかを察しているだろう。それでもグランツは、私に笑うような口調で告げた。

「——私は見てみたいのだよ。あのアニスフィア王女が〝国王〟になる姿というのをな」

2章　転生王女様の家庭訪問

父上とグランツ公を交えた話し合いが終わって、私はユフィと一緒《いっしょ》に王城の廊下《ろうか》を歩いていた。話し合いで決まったのは、暫《しばら》くユフィを私の住んでいる離宮で預かる事。

元々、離宮には部屋も余ってるし、ユフィの部屋を用意すれば良いという事になった。

離宮とは言われてるけど、元々は私を隔離《かくり》する為《ため》に父上が作ったんだよね。建築の名目上としては離宮だから、人が住む為の部屋がいっぱいあるって訳だ。恐《おそ》らくだけど、私がいなくなった後とかは普通《ふつう》の離宮として活用する予定なんじゃないかな。

なので一人分の部屋を用意する事は苦でもない。ユフィが離宮に住むにあたって必要なものは後日、マゼンタ公爵《こうしやく》家へ挨拶《あいさつ》に赴《おもむ》いた時に運ぶ事に決まったし。

それで二人で並んで廊下を歩いてる所なんだけども、その間、ユフィから会話を振《ふ》られる事はなかった。ただ私の一歩後ろを付いて歩くだけで、どうにも落ち着かない。

「ねぇ、ユフィ。今日から離宮に泊《と》まる事になるけど、何か気になる事とかある？」

「いえ、特には。必要な決められ事があれば守りますので……」

「細かい決まり事とかはないよ。私と専属の侍女《じじょ》しかいないし、色々と自由だよ？」

「はぁ……」

うーん、どうにも気のない返答。緊張《きんちょう》しているのか、元々口数が多くない子なのか。アルくんの婚約《こんやく》者って事で遠目に顔を見たりとか、軽く挨拶ぐらいはした事はあるけれど、こうして直接話すとなるとどうにも話題への食いつきが悪いから話題に困るなぁ。

婚約破棄なんてあった後に明るく振る舞《ま》うなんて出来る訳ないのもわかるけど。やっぱりユフィは放《ほう》っておけないんだよ。こうなったら強硬《きょうこう》手段かな！

「よし！　ユフィ、早く離宮《りきゅう》に行こう！　こういう時は気分転換《てんかん》だよ！」

「え？」

呆気《あっけ》に取られるユフィを私は素早く抱《だ》きかかえてお姫《ひめ》様抱っこをする。お姫様は私だって？　そんな細かい事は気にしない！　私はそのまま勢い良く駆《か》け出す。

「あ、あの!?　アニス様！　何故《なぜ》抱きかかえるのですか!?　お、下ろしてください!!」

「いいから、いいから！　ほら、善は急げだよ！」

「じ、自分で歩けますから！　そ、それに人目が……！」

そんなの気にしない、気にしない！　私はユフィの抗議は聞かないフリをして、そのまま勢い良く王城の廊下を駆け抜《ぬ》けていく。

抵抗《ていこう》しようとしたユフィだけど、走り始めたらしがみつくように私の服を摑《つか》んでいる。

「ひ、人を抱きかかえながら廊下を走るなんて……！　貴方《あなた》は本当に非常識です！」

「あははは！　今更《いまさら》、今更！」

ほら、王城勤めの騎士《きし》とか侍女とかと擦《す》れ違うけれど、皆《みんな》は苦笑《くしよう》して見なかった事にしてくれてるし！　いつもの事、いつもの事！

ユフィは少し顔を赤くして、なるべく顔が見られないようになのか私に抱きかかえられながら丸くなってしまった。それはそれで運びやすいので私も何も言わない。

道中の視線を振り切るように走っていく。そして辿《たど》り着いたのは王城の敷地《しきち》内の外れにある私の離宮。入り口に辿り着いた所でユフィを下ろすと、勢い良く距離《きより》を取られた。

「ここが私の離宮だよ、ユフィ」

「……存じ上げております」

はぁ、と溜息を吐きながらユフィが頷《うなず》く。私はそんなユフィの反応を見つつ、扉を開けようとした。すると私が開くまでもなく、離宮の扉が開かれる。扉を開いたのは侍女服を纏《まと》った女性だ。赤茶色の髪《かみ》をひっつめ髪に結んでいて、その青色の瞳は感情の色を見せずに私を見つめている。

「ただいま！　イリア！」

「おかえりなさいませ、姫様」

一礼をしてから淡々《たんたん》とした声で出迎《でむか》えてくれたのは、私の長年の付き合いになる専属の侍女であるイリア。愛想がないのもいつも通りの平常運転だね。

「姫様。質問をよろしいでしょうか？」

「何かな？　イリア」

「何故、アルガルド王子の婚約者であるユフィリア公爵令嬢《れいじょう》様がご一緒で？」

「今日からウチに泊める為だよ！」

「なるほど。何一つわかりませんが、部屋の用意はしておいた方が良いですか？」

肩を竦めてイリアはそれだけ呟《つぶや》いた。ユフィが奇妙《きみょう》なものを見る目でイリアを見ている。

いや、これがイリアの素《す》なだけだよ。

「んー、今日はもう遅《おそ》いし、私の部屋でいいよね？　ユフィ」

「……えっ？　ア、アニス様!?」

「大丈夫だって、変な意味で言ってる訳じゃないから！」

「いや、だからって良い訳じゃないんですが……！」

「イリア、まずはお茶出してー！」

「畏《かしこ》まりました」

イリアが私達を部屋に入るように促《うなが》したので、私はそのまま離宮へと足を進める。

ユフィはまだ何か言いたげだったけど素直に入ってくれた。そのまま私達が向かったのは離宮のサロン。ここは客が来た時に活用される部屋で、お茶の一式が用意されている。

「ユフィリア様、どうかお掛《か》けくださいませ」

「……ありがとうございます」

王城の離宮らしい立派なソファーに座るように促されて、ユフィが腰《こし》を下ろした。私もユフィの対面のソファーに座ると、イリアがお茶の用意を始めた。

イリアがお茶の準備をしているとユフィが興味を示すように視線を向ける。ユフィにとっては馴染《なじ》みがないだろうけど、この離宮では当たり前に使われている〝保温ポット〟だ。特殊《とくしゅ》な細工をした台座に設置して使用するタイプの魔道具《まどうぐ》で、お湯を温めておける一品だ。お湯はお茶に適した温度を保っているので、すぐお茶を提供出来るという訳だ。

「……これはお湯ですか？　火は焚《た》いてないようですが、この台座に何か仕組みが？」

「火の精霊《せいれい》石を使用している保温用の魔道具だよ。温度を一定に保つように設定してあるから、こうしてお茶とか出す時にすぐにお湯を用意しておけるのが利点だね」

いちいちお湯を沸《わ》かす必要がないからね。この仕組みを利用して、この離宮では前世で言う所の水道の蛇口《じゃぐち》の様にお湯を出せるようにしてある。

「温度の調整の設定をする細工は手間だけどね。一度作ってしまえば火の精霊石があれば何度でも繰《く》り返して使えるから便利だよ。お茶用の他《ほか》にも浴場にも利用出来るしね」

「お陰《かげ》で洗い物の際に冷たい水に手を入れなくても済みます」

「なるほど……」

感心したようにユフィが頷いてるのを見て、私は得意げに胸を張る。前世の記憶《きおく》を元にして魔学の研究を進める内に、前世の記憶にあるような便利さをこの世界でも求めてしまった結果なんだけどね。保温ポットはその内の一つだ。

魔学の研究過程で産まれた発明品である魔道具。父上も幾《いく》つか気に入っていて、個人的に使用していたりする。この保温ポットも父上が気に入っている品の一つで、政務で遅くまで仕事をしている時とか、侍女を呼ぶのも手間だと思った時に自分で湯を沸かして茶を淹《い》れてるらしい。

「どうぞ、ユフィリア様」

「ありがとうございます」

イリアが手早く用意したお茶を飲んで、ユフィがホッと一息を吐《つ》いた。私の分も出されたので、喉《のど》を潤《うるお》すように一口飲む。うん、美味《おい》しい。

「この保温ポットは便利で良いですね。他にも活用方法が多そうです」

「そうだねぇ。離宮ではもう当たり前に使われてるしね」

「はい。便利ですが、便利過ぎるというのも考えものではあります」

「そう、なのですか？」

便利過ぎる、というイリアの言葉にユフィが不思議そうに首を傾《かし》げた。

「当たり前の話ですが、この離宮のような魔道具が出先で揃《そろ》っている訳でもないですから。ここの生活に慣れてしまうと出先で困る事もあるのですよ」

「イリアは私の専属侍女なんだから良いじゃない」

「お陰様でここ以外の職場への配置換《はいちが》えも望めないので、完全に囲われている訳です」

よよよ、と嘘《うそ》くさい泣き真似《まね》をするイリア。でも表情が無表情のままなので不気味だ。演技するならもうちょっと真面目《まじめ》にやりなさいよね。

「ずっとイリアが面倒《めんどう》を見てくれて、私は嬉《うれ》しいよ？」

「私が逃《に》げられないように外堀《そとぼり》を埋《う》めた方は言う事が違《ちが》いますね」

「ははは、酷《ひど》い事をする奴《やつ》がいたものね！」

「ええ、まったく。悪魔《あくま》のごとき人間がいるものと感心するばかりでございます」

「私は人間だよ、イリア。視力は大丈夫《だいじょうぶ》？」

まったくイリアと来たらすぐこれだもの。一番、魔道具の恩恵《おんけい》を受けている癖《くせ》に。

でも、こんな風に言い合えるのもイリアとは長い付き合いだからだ。イリアは昔から私好みな女性で、王宮勤めだった頃《ころ》から何かと声をかけていた。それが理由なのか、いつの間にか父上からお目付役を言いつけられてしまったのが切っ掛けだ。

それから私達も色々あり、今ではこうして不敬混じりな軽快な会話を交《か》わす仲になった。イリアの態度は私も望んだ事でもある。堅苦《かたくる》しいのは苦手だからね、本当に得難《えがた》い人だと思ってる。ただ、そんな私達は他人から見れば変に思われてしまうのも当然だ。

実際、私達の会話にユフィは目を丸くしている。私の専属侍女とはいえ、身分の差がある相手にこうもフランクに話してるのは驚《おどろ》かれても仕方ない。

「それで姫様。何故、アルガルド王子様の婚約者であるユフィリア様をここに？」

「うん。なんかアルくんがユフィに婚約破棄《はき》を公衆の面前で突《つ》きつけちゃったから、保護の為に拉致《らち》ってきた」

「……相変わらずの意味のわからなさですね。何故その現場にいたのかがわかりませんし、公衆の面前で婚約破棄とは。あのアルガルド様が？　冗談《じようだん》にしては質《たち》が悪いですね」

イリアは訝《いぶか》しげな表情になって感想を零《こぼ》している。普通はそういう反応になるよねぇ。ユフィと言えば次期王妃《おうひ》として認められていたマゼンタ公爵令嬢で、周囲の期待も大きかった筈《はず》なのにアルくんが婚約破棄を突きつけてしまった。父上も頭が痛いだろうに。

「残念な事に現実なんだよね。ほら、現実はいつだって人の想像の斜《なな》め上に行くんだよ？」

「なるほど、頭のおかしい筆頭が言えば説得力が違います」

「不敬ー！　不敬ー！」

不敬、とは言いつつもイリアとのやりとりはいつもの事。じゃれ合いのようなものだ。あまり身内のノリで話していると、ユフィは肩身《かたみ》が狭《せま》そうな気配を出していた。ユフィの様子に気付いたイリアが場を取り成すように咳払《せきばら》いをする。

「それで？　何故ここにユフィリア様を連れてきたので？」

「私の助手として功績を積んでもらって、婚約破棄で受けた風評を相殺《そうさい》させようかなぁ、って計画を立てたのよ！」

「……正気で？」

死んだ魚のような目を向けてくるイリアに私は頷く。するとイリアが沈痛《ちんつう》な表情を浮《う》かべてユフィに視線を向ける。それは、まるでこれから出荷されていく牛を見るような目だ。

そんな視線にユフィは困惑《こんわく》しきったような表情を浮かべている。イリアは溜息《ためいき》を吐いて私に視線を向け直す。その瞳《ひとみ》は憐《あわ》れむような、蔑《さげす》むかのような色が見えた。

「……遂《つい》に気が狂ったのですね。大変残念にございます、姫様。貴方は無自覚で人を不幸にするとは思っていましたが、まさか遂に己《おのれ》が率先して人を陥《おとしい》れようとするなどと」

「ええ……？　むしろ逆なんですけど!?」

「うわぁ、これは善意ですね。善意で言い切ったのですね、この悪魔は。ユフィリア様、心よりお悔《く》やみ申し上げます……」

イリアが心底申し訳なさそうに頭を下げた。頭を下げられたユフィはオロオロするばかりで、困ったように私とイリアを見比べている。私はちょっとだけ口元を引き攣《つ》らせた。

「イリア。流石《さすが》に酷くないかな？」

「はぁ……。いいですか、姫様《ひめ》？　私は既《すで》に逃《のが》れられぬ身故《ゆえ》、それが何を引き起こすのか誰《だれ》よりも理解していると自負しています。その上で言わせて頂きます」

こほん、と咳払いをしてからイリアが改めて私に語りかける。なんだかイリアの態度が聞き分けの悪い子供に言い聞かせるようで、大袈裟《おおげさ》なまでに肩《かた》を落としてみせる。

「姫様、ついにお狂いになりやがったのですね？　いえ、元からでしたね。イリアは大変残念に思います」

「イリアの発言が残念だよ!?　私の評価が酷すぎるよね！」

私が抗議《こうぎ》しても、気にした様子もなくイリアが視線を逸《そ》らした。相変わらず図太い神経してるよ、本当に。だからこそ気に入ってはいるんだけど。

すると、今度はイリアがユフィへと鬼気迫《ききせま》るように視線を向けた。

「ユフィリア様、どうか早まらないでください」

「は、はい？」

「この悪魔の甘言《かんげん》に耳を傾《かたむ》けてはいけません。良いですか？　一度手を取ったら最後です。魂《たましい》まで引き摺《ず》り込まれて戻《もど》れなくなりますよ？」

「え、えぇ……？」

「私の評価が酷すぎる件についてちょっと話し合わない？　イリア」

ジト目を向けて抗議をしてみたけれども、イリアがまるで残念なものを見るように見て来た。解《げ》せない。

「……そんなに警告される程《ほど》の事なのですか？」

ちらり、と私を疑うような視線を向けてくるユフィ。あぁ、私の信用が大暴落してる！

ユフィの問いかけに、イリアは深々と溜息を吐いて眉間《みけん》を指で押さえる。

「〝結果的に〟、とはつきますが。ただ、色々と複雑な問題があるんですよ」

「だから貴方《あなた》は推奨《すいしょう》をしていないのですか？」

「ええ。ですがユフィリア様が心より望んで、理解した上でこちら側に来ると言うのなら私から言う事は何もありません。ですが、何も詳《くわ》しい説明をしていないのでしょう？」

イリアからの指摘《してき》に私は思わず目を逸らしてしまった。そ、そんな事はないし？

「……いや、それは、ほら。これからちゃんと説明しようかなって思ってたんだよ。離宮《りきゅう》になら実物もあるしね？　その方が説明しやすいでしょう？」

「いい加減、行き当たりばったりの考え無しで行動を起こされるのは頭が痛いのですが」

「何も考えてなかった訳じゃないよ！」

「はいはい。とにかく、ユフィリア様。姫様が劇薬だという事はご理解されていますか？」

「……そうですね、否定出来ないかと思います」

私、劇薬って言われてる。いや、それについては否定するつもりはないんだけど。何より私自身が理解している事でもあるし。だからイリアが危惧《きぐ》する事もわかる。

「ユフィリア様。まず間違いなく言えますが、姫様の申し出は善意です。多少、私欲《しよく》こそ混じっているでしょうが、ユフィリア様を思っての事でございます」

「ええ、それはなんとなく理解はしていますが……」

「しかし、問題はそこではありません。姫様が劇薬だという意味をユフィリア様が正しく理解されているかどうかが問題なのです」

「……それはどういう意味ですか？」

ユフィが訝しげに眉《まゆ》を寄せた。いまいちイリアが何を危惧しているのかわからないって感じだよね。その反応がイリアの危惧が正しいって証拠《しょうこ》でもあるんだけど。

「姫様の魔学による発明品は素晴《すば》らしいです。この保温ポットひとつ取っても様々な用途《ようと》が考えられるでしょう」

「ええ、素晴らしい発明だと思います」

「はい。これが広まれば民《たみ》の生活も向上する事でしょう。しかし、問題はそこなのです」

「……え？」

ユフィが戸惑《とまど》ったように声を漏《も》らした。まぁ、それもそうだよね。だって魔道具《まどうぐ》の発明は素晴らしいって話をしていたのに、いきなりそれ自体が問題と言われるんだから。

ユフィの反応を見てからイリアがそっと息を吐《は》きながら瞼《まぶた》を閉じて、瞳を隠《かく》してしまう。

「一度、知ってしまえば人は忘れられないでしょう。この便利さを、快適さを。だからこそ知らなかった頃には戻れなくなります。つまりは一方通行なのです」

「そこまで言う？」

「一度、火の使い方を覚えた人の文明から火を奪《うば》えるのかという話と同じですよ」

私の指摘をイリアは華麗《かれい》に無視をした。ユフィは悩《なや》ましげに眉を寄せて顎《あご》に手を添《そ》えて考え込んでいる。そして納得《なっとく》したように顔を上げた。

「……あぁ、成る程。だから一方通行、戻れない道だと言うのですね。魔道具がある生活を知ってしまえば、不便な生活には戻りたくないと」

「はい。だからです。魔道具は〝便利過ぎる〟のです。姫様の見ている世界はあまりにも私達には理解し難《がた》い。故に、一度知ってしまえば戻れないのです。その価値を知る故に」

イリアの言いたい事もわかる。魔学の発明品はこの世界にまだない発想や概念《がいねん》を元にして生み出されている。魔法があるこの世界は、前世の文明の発展とは流れが違う。魔法があるからこそ貴族や王族の権威《けんい》は衰《おとろ》える事はない。

だけど魔法があるからこそ、私の前世と比べて発展していない技術がある。だからこそ私の魔道具は誰からも注目されるし、同時に異端視《いたんし》もされる。誰も魔法で空を飛ぼうなんて考えないように。

この世界にはこの世界の常識があって、文明がある。この世界では私の持つ知識は異質なんだ。この世界にまだ生まれていない概念や発想を持ち込む事が出来るからこそ。だから魔学には婚約破棄《こんやくはき》の風評なんて覆《くつがえ》す可能性がある、というのはそういう事な訳で。

「なので、軽いお気持ちでこの道を進むのは推奨しません」

イリアが話を締《し》め括《くく》るように言い切った。ユフィは悩ましげな表情を浮かべたままだ。

私はそんな重くなりつつあった空気を打ち払《はら》うように手を叩《たた》いた。

「まぁまぁ、考えるのは後にしようよ。今日はもう疲《つか》れたでしょ？　休もう！」

私は勢い良く立ち上がってユフィをお姫様抱《だ》っこで抱《かか》え上げる。

考え込んでいたユフィは反応が遅《おく》れて、抵抗《ていこう》する間もないまま私の腕《うで》の中に収まった。

「ちょっと、アニス様、また……！」

「それじゃあおやすみ、イリア！　また明日ね！」

「はい、おやすみなさいませ。姫様、ユフィリア様」

抗議するようにジタバタと暴れようとするユフィを抱えたまま、私は自室に向かう為《ため》に離宮の廊《ろう》下《か》を駆《か》け抜《ぬ》けていった。

最初は抵抗していたユフィだったけど、もう無《む》駄《だ》だと思ったのか抵抗を諦《あきら》めて大人しくなった。大人しくなったユフィを抱え直して、私は笑《え》みを浮かべてみせた。

「大丈夫《だいじょうぶ》だって、本当に何もしないから」

「…………」

「そんな信用が出来ないって目で見られてもねぇ……」

多分、イリアに言えば部屋自体はすぐに用意して貰《もら》えると思う。無駄に優秀《ゆうしゅう》だし。でも私は今のユフィを一人にしたくはなかった。どうも見てて気になっちゃう。

そんな事を考えながら走っている内に私の部屋についた。ユフィを下ろして、扉《とびら》を開いてユフィを招き入れる。私の部屋は王族の一室らしく豪《ごう》華《か》ではある。ベッドも二人が寝《ね》ても十分すぎる程に広い。

テーブルには本や紙の資料が雑多に積まれた状態になっている。他《ほか》に目に付くと言えば衣服を収納している無駄に大きなクローゼットや、保温ポットを始めとした魔道具が所狭《せま》しと置かれている。

この部屋で使われている魔道具は前世の記憶《きおく》を頼《たよ》りに日常的に使われていたものを再現したものばかりだ。例えば〝ドライヤー〟とか。基本的、私の身だしなみはイリアが整えてくれるんだけど、手が空いてない時とかは自分でやらないといけない。

ユフィは私の部屋にある魔道具が珍《めずら》しいのか、興味深そうに見ている。

「さぁ、ユフィ。着替《きが》えようか！　私が脱《ぬ》がしてあげる！」

「えっ、いや、アニス様にそんな事をさせる訳には……！」

「いいから、いいから」

ドレスって一人で脱ぐのは大変なんだよね。だから私はドレスを着るのがあんまり好きじゃない。それでも王族だからってドレスを着る事を求められるんだけど。

だから私は普段《ふだん》、騎士《きし》服をモチーフにしたドレスと騎士服を組み合わせたオーダーメイドな服を着てるんだけど。前世の記憶で言う所の軍服ワンピースみたいな感じだ。

それはさておき、私はユフィを着替えさせる為に彼女のドレスを脱がせていく。最初こそ、抵抗してたユフィだったけど渋々《しぶしぶ》と諦めてくれた。

ドレスは皺《しわ》などがつかないようにしないと。流石、マゼンタ公爵家《こうしやく》だけあって生地《きじ》とか触《さわ》り心地《ごこち》がよくて高そうだ。

「あ、これ。私の寝間着《ねまき》だけど、どうぞ。ちょっと小さいかもしれないけど」

ユフィの身長は私よりも高い。私が少し小柄《こがら》なのもあるけれど、ユフィはすらっとした体型で凄《すご》い。胸の大きさは控《ひか》えめだけど、それがむしろ綺麗《きれい》なバランスを描《えが》いてるんだから溜息が出てしまう。まったくの無駄のなさって言うか、黄金比って奴《やつ》？

私？　私はチビってイリアに鼻で笑われた事があるけど。……気にしてないやい。

「よいしょっと、私も着替えるから先にベッド行っていいよ」

「……そうさせて頂きますね」

もう反論する気も起きないのか、着替え終わったユフィがベッドに向かっていく。

ユフィがベッドに向かったのを確認《かくにん》してから私もさっさと着替えてしまう。ユフィに貸したのと色違《いろちが》いの寝間着に着替えて、部屋の灯《あか》りを消す。

一気に暗くなる部屋の中。私はベッドの傍《そば》に備え付けていた魔道具のライトに魔力を込《こ》める。するとぼんやりとした淡《あわ》い光が室内を照らしていく。

灯りがついたのを確認してから、私はベッドの上でユフィと向き直る。先にベッドの上にいたユフィは目を細めて、警戒《けいかい》するように見つめている。

そんなユフィに苦笑《くしょう》しながら私は先に布団《ふとん》の中に入って、ユフィを手招きする。

「ほら、ユフィもどうぞ」

「……失礼します」

距離《きょり》を置きながら布団の中に入って横になるユフィ。互《たが》いの顔を照らすのは淡い光だ。

私は改めてユフィの顔を見てみる。本当に綺麗な顔をしていて、いつまで眺《なが》めていても飽《あ》きそうにない美人さんだ。すると、私の視線にユフィが居心地が悪そうな表情をしている事に気付いてしまった。

「ごめん、ごめん。こんなに見つめてたら寝づらいよね」

「……貴方は」

「ん？」

「……貴方は、何なのですか」

ぽつりとユフィの小さな問いかけが私に投げかけられる。抽象的《ちゅうしょうてき》な、何を聞きたいのかよくわからない質問だ。ユフィの表情は不安と困惑《こんわく》に彩《いろど》られている。そんなユフィの様子に私は口元を緩《ゆる》めた。

「私は私だよ。この国の問題児でキテレツなお姫《ひめ》様。何を考えてるのかわからないと噂《うわさ》の突拍子《とっぴょうし》もない変人」

「……色々言いたい事はありますが、そうではなくて」

「そんなに不思議に思う？　例えば、厚かましいぐらいにユフィに構ってみせたりとか」

私の指摘が図星だったのか、ユフィは黙《だま》り込んでしまう。それでもユフィの視線が私から逸《そ》らされる事はない。見透《みす》かそうとするような視線を向けてくるユフィに、私は思わず笑い声を零《こぼ》してしまう。

「理由は色々だよ。個人的な好意もあるし、打算だってある。言葉でなら理由は色々並べられるけど、それは今の所、私にとって重要じゃないかな」

「……重要じゃない？」

ユフィが戸惑うように呟《つぶや》き返す。私は頷《うなず》いてから、ユフィから視線を外し、天井《てんじょう》を見る。

「人間って笑うし、悲しむし、怒《おこ》るし、とにかく感情を動かす生き物だと思うんだ。だからユフィを放《ほう》っておけなくなっちゃったんだよね」

「……何故《なぜ》ですか？」

「泣くのも、怒るのも、笑うのも下手に見えたから！」

私が断言するように言ってからユフィに視線を向け直すと、ユフィは驚《おどろ》いたように目を見開いて、口を小さく開けながら私を見ていた。そんなユフィの表情を見て、私は目元が緩むのが自分でもよくわかった。

「遠目でなら、何度でもユフィを見た事があるんだよ、私」

「……そうなのですか？」

「うん。ユフィはいつだって完璧《かんぺき》だったよね。皆《みんな》の模範《もはん》となるように微笑《びしょう》を浮《う》かべてたし、必要ない時は完全に無表情だった。まさに完璧な公爵令嬢《れいじょう》様！　……だからかなぁ、あそこでユフィを見つけちゃったから、放っておけなくなっちゃった」

「……意味がわかりません。あの会場で私を見つけたからなのですか？」

「だってあの時のユフィも、今のユフィも完璧でもなんでもないから。泣き方も、怒り方も。だから感情を抑《おさ》えて取り繕《つくろ》う事は出来ても、その逆は難しいのかなって思ったの」

ユフィは完璧だった。次期王妃《おうひ》として、公爵令嬢としても。洗練された動作、身につけた教養、溢《あふ》れんばかりの才能。どれを取っても令嬢としてユフィは完璧だったと思う。

でも、その完璧である事が傷つけられて、意味をなくしてしまったのなら。もし、自分でそう思ってしまったら。果たしてこの子には何が残るんだろう。才能は消えはしない。努力だって無くなる訳じゃない。でも、もしも積み重ねた時間の意味を自分で見失ってしまったら。そこに一体何が残るんだろう。

「自分で泣ける子なら、自分で怒れる子なら、私だって頑張《がんば》れって言うよ。好きにすれば良いって言う。でもユフィにはそれが出来てないように見えた。じゃあ、無視出来ないよ」

「……そんな理由なんですか？」

「それだけじゃないけどね。何度も言うけど好意も打算もある。だけどユフィが本当に、心の底から望みを言えるようにしたいって思ったんだ。だから、それが一番重要な理由」

私は布団の中で手を伸《の》ばしてユフィの手に触《ふ》れた。一瞬《いっしゅん》、びくりと手が跳《は》ねたけれども振《ふ》り払われる事はなかった。

そのままユフィを引き寄せるように抱き締める。自分の胸の中に顔を埋《うず》めさせるように抱き締めて、その背中をあやすようにリズムをつけて叩く。

「よく頑張ったね。お疲れ様、今はゆっくりお休み」

「――――」

胸に顔を埋《うず》めたユフィがどんな顔をしたのか、私に見える事はなかった。ただ、ユフィの手が私の服を弱々しく掴《つか》んだのはわかった。

私を押しやろうともしない。そんなユフィを私は抱き枕《まくら》にするように目を閉じた。

小さく震《ふる》えていたユフィの体は、いつしか力を抜いたように眠《ねむ》りに落ちていったようだった。それを確認して、まどろみに意識を委《ゆだ》ねていた私も眠りへと落ちていった。

＊　＊　＊

ユフィを離宮《りきゅう》で泊《と》めた翌日、私はマゼンタ公爵家へと向かう準備を進めていた。

お泊まりしていたユフィは、一足先にマゼンタ公爵家へと戻《もど》っている。着替えや出迎《でむか》えの準備もある。だから人通りが少ない朝の内に迎えが来て、先に向かってる。

「姫様、お召《め》し物の準備を。マゼンタ公爵家に失礼のないように」

「はいはい、わかってますよーだ」

イリアが深々と一礼をしてから私のクローゼットを示してみせる。今日は正装をしなさい、というイリアの意思表示に私は大袈裟《おおげさ》に肩《かた》を竦《すく》めながら溜息《ためいき》を吐《つ》く。

「マゼンタ公爵家の大事な娘《むすめ》さんを預かるのだもの。アルくんの件もありますし、今回は大人しく従ってあげましょう」

「あぁ……！　いつもは手がつけられない野生動物か魔物《まもの》か何かの姫様が大人しくされておられるとは……明日、私は死してしまうかもしれません……！」

「大袈裟すぎるわよ」

「それはそれとして、まずは湯浴みからでしょうかね」

まるで歌劇の女優の如《ごと》き大袈裟な演技で嘆《なげ》いてみせたかと思えば、次の瞬間にはいつものように無表情に戻って澄《す》ましているイリア。いや、本当になんなのよ……。

「湯浴みが終わったら後にドレス選び、それから化粧《けしょう》ですね。あぁ、それから……」

「イリアってさ、私を着飾《きかざ》らせる時って随分《ずいぶん》と生き生きしてるわよね……？」

はっきり言って私は着飾るのは苦手なんだよ。そもそも正装をする時は大体、出たくもない社交会にどうしても出なきゃいけなかったりする時だから。それで社交会に悪い印象もついてしまっているのか、とにかく着飾るという行為に私は良い印象はなかった。

そんな思いからげんなりとする私に、イリアはいつもの無表情のまま頷いてみせる。

「花は愛《め》でたくなるものです。姫様がそうしたように、ですわ」

「……はいはい、わかったわよ。大人しくしてるからさっさと済ませましょう」

イリアの言葉に何か言い返す気力も無くなって、私は苦笑をしながら頷いた。あれよあれよという間にこれでもかと身を磨《みが》かれた。

昔はよく抵抗《ていこう》したものだけど、今となっては抵抗しても意味がない事を既《すで》に長い付き合いで悟《さと》っているので為《な》すがままにされる。

そうして私は鏡の前で自分と思えぬ程《ほど》に化粧で飾られた自分自身を見ている。イリアの情熱は凄いと思うよ、本当。私が魔法にかける情熱のようなものなのかもしれないけど。そう思えば着飾らされる苦労も我慢《がまん》が出来るというもの。

ふと、鏡越《ご》しにイリアを見る。年齢《ねんれい》も三十代が迫《せま》ってるというのに肌《はだ》は若々しいままだ。まるで老いを感じさせない。ひと目見た時から気に入ったあの日から変わらない。

むしろ日々磨かれた美貌《びぼう》は目の幸福とも言える。イリアは本当によく働いてくれるし、気楽に付き合える稀有《けう》な人だ。本当にイリアが私の専属で良かったと思う。

「イリアは綺麗だよね」

「お戯《たわむ》れを。これも姫様が美容に良いとされる発明品を授《さず》けてくれたからでございます」

「本心だよ。子供の頃《ころ》からずっとそう思ってた。だから発明だって頑張ったんだって」

「懐《なつ》かしゅうございますね。ある日突然《とつぜん》、王城を駆《か》け回るようになったり」

「あぁ、あったわね……後ろから抱《だ》きかかえられたんだったかしら？」

「ええ。それからですよ。魔道具の開発を始めてからは怪我《けが》をする事も、無茶をする事も増えました。切り傷も作ってくれれば、打ち身にもなりますし、怪我が絶えませんでした」

懐かしそうに私の髪《かみ》を結びながらイリアが言う。イリアが口にするのは過去の私の失敗談だ。それは私とイリアが共有した思い出の欠片《かけら》でもある。

前世の記憶《きおく》を思い出して、魔法の存在に胸をときめかせた事。だけど魔法が使えないと突《つ》きつけられた時の事。そして魔道具の作成を志した時の事。そこにはイリアがいてくれた。イリアがいなかったら私はどうなっていただろう。そんな事も考えてしまいそうになる。でもそんな事を考えてると悟られるのも癪《しゃく》だったので、唇《くちびる》を尖《とが》らせてみせる。

「確かに何度も失敗したけど、失敗がなければ成功はないのよ」

「であれば、私の失敗は貴方《あなた》から離《はな》れ損《そこ》なった事でございますね」

珍《めずら》しくイリアは口元を緩ませ、微笑を浮かべたのが鏡越しにわかった。イリアの表情に私は目を丸くしてしまった。いつもは無表情で澄ましているイリアが表情を変えるなんて珍しい事だ。

「……どんな成功を得たのかしら？　イリアは」

「今、この瞬間という成功を」

「……大袈裟」

イリアの台詞《せりふ》に私は恥《は》ずかしさから思わず呟いてしまった。誇《ほこ》らしげに言う事じゃないでしょ、まったく。けれどもイリアはクスクスと笑い声まで漏《も》らし始めた。なんだか悔《くや》しくて、私は頬《ほお》を膨《ふく》らませてしまう。

「イリアは物好きねぇ」

「貴方様が仰《おっしゃ》いますか」

イリアが微笑《ほほえ》みを深める。もう十年以上の付き合いになるというのに、彼女は思い出の日から面影《おもかげ》が変わらない。年を経《へ》てもイリアなのだと感じさせてくれる。本人にはあまり言わないけど、傍《そば》にいてくれる彼女がありがたいと思っている。

だから姉のように思っていると言うと恐《おそ》れ多いと怒られるのだけど。

確かに姉ではないかな。多分、この関係に当て嵌《は》める言葉は相棒の方がしっくり来るのかもしれない。

私とイリアの関係について考えていると、イリアが私の髪を結ぶ手を止めて私の髪をくるくる巻くように弄《いじ》りだした。癖毛《くせげ》の私の髪はよくイリアの指に絡《から》んでいく。

「……何よ、イリア」

「いえ、こうしていられる事が楽しいと思えるのです。結婚《けっこん》だけが女の選べる幸せではないと思えましたから」

「あー……その、あの件については……」

イリアの言葉に私は思わず言葉に詰《つ》まってしまう。言葉の詰まった私の髪を絡めていた指でイリアは私の頭を撫《な》でる。さらりと、イリアの指に絡んでいた私の髪が流れて落ちた。

「姫《ひめ》様、良いのです。我が家の爵位《しゃくい》は低く、私も政略結婚の駒《こま》でございました。今はある意味、姫様に嫁《とつ》いだと言っても過言ではございません。お陰《かげ》で良くして頂いております」

誇らしげに、そして満足だと言うように語るイリア。対して私はちょっと嫌《いや》そうな顔をしてしまった。それもこれもイリアの実家の事を思い出してしまったからだ。

イリアは子爵家《ししゃく》の娘だ。権力志向の強い両親で、イリアは家の力を上げる為《ため》の嫁ぎ先を探していた。王城で侍女《じじょ》をしていたのもその一環《いっかん》だった。

もしかしたら有力な名家の嫡男《ちゃくなん》の目に留まるかもしれない。そして、あわよくば有力な貴族に取り入りたい。

そんな浅ましい思惑《おもわく》からイリアは侍女として王城で働いていた。そこでイリアを見初《みそ》めたのが私だった。私との縁《えん》もあってなかなか相手を見つけて来ない事に業《ごう》を煮《に》やした両親がイリアに望まない婚約《こんやく》をさせようとしていると聞いて、私はイリアを手元に置く為にかなり無茶をしたものだ。

そんな紆余曲折《うよきょくせつ》あってイリアは今、こうしている。私はこれ幸いと彼女を魔学の研究に巻き込むようになった。それが良かったのか、私には言い切れないんだけど。

イリアの家族も最初こそ私に囲われたイリアを歓迎《かんげい》していた。だけど私が王位継承権《おういけいしょうけん》を放棄《ほうき》したり、問題を起こすにつれて疎遠《そえん》になったらしい。私としてはあまり好きになれない人達だから、是非《ぜひ》ともその方が良いと思う。

思い出してると気分が悪くなってしまった。家族とは元から冷え切っていた関係なので気にしない、とイリアは言ってくれるけど。そんな事もあってイリアは家名を名乗らないようになった。家から放逐《ほうちく》されたも同然だと言っているので、私も触れないようにしてる。

私にとってイリアはイリアだ。どこの家の娘とか関係ない。イリアが良いから巻き込んだんだ。それでイリアが幸せだと思ってくれたならそれで良い。それが私達の最良だ。

「これからも刺激《しげき》的な生活に付き合ってね？　イリア」

「姫様の思うままに。まぁ、それはそれとして締《し》める時は容赦《ようしゃ》しませんが」

イリアの返答におかしくなって私は笑った。彼女がいてくれるから今の私がいる。本当に感謝してもしきれないと、この幸福を噛《か》みしめる。

「ふふ、完璧《かんぺき》な姫様の偽装《ぎそう》だわ……褒《ほ》めてあげるわ、イリア！」

「正真正銘《しょうしんしょうめい》のお姫様が何を言ってるのですか」

照れ隠《かく》しに巫山戯《ふざけ》てるとイリアに叩《たた》かれて、すぱーんと小気味よい音を立てた。そんなイリアとの軽い会話を挟《はさ》みながら私は準備を終え、完全なお姫様スタイルとなってマゼンタ公爵家《こうしゃくけ》へと向かう馬車へと乗り込んだ。私の向かい側にはお付きとしてイリアが乗っている。いつもの騎士《きし》服ワンピースドレスではないので、座ってるだけで落ち着かない。

マゼンタ公爵家は古い家だ。その歴史は長く、パレッティア王家と遠い血の繋《つな》がりがあるので親戚《しんせき》でもある。歴史が長いから血筋としては近くはないんだけど。代々、忠臣としてこの国の王に仕えてきてくれた由緒正《ゆいしょただ》しい筆頭貴族がマゼンタ公爵家。グランツ公も父上の幼馴染《おさななじ》みとして青春時代を共にしたらしいと聞いてる。

マゼンタ公爵家は親の繋がりもあって、幼少の頃は遊びに行った事もある。だけどマゼンタ公爵家に訪問出来たのも私とアルくんがまだ仲違《なかたが》いしてなかった頃の話だ。

お互《たが》いの立場が決まってからはマゼンタ公爵家とは疎遠になってしまったけど。正直に言うと気が重い。ドレスに着替《きが》えたけれど脱《ぬ》いでしまいたい。でも、これから向かう場所を考えるとそうも言ってられない。向かうのはあのマゼンタ公爵家なのだから。

なので初めての訪問と思って気を引き締めて行こうと思う。そう思っているとマゼンタ公爵家の入り口である門が見えて来た。

「行くわよ、イリア」

「はい、姫様」

私がイリアのエスコートを受けながら馬車から降りれば、屋敷《やしき》の入り口で老年の執事《しつじ》を先頭にメイド達がずらりと並んでいて、揃《そろ》ってお辞儀《じぎ》をした。とても美しい綺麗《きれい》な一礼で、一糸乱れぬその姿に拍手《はくしゅ》をしたい程だった。

「ようこそおいでくださいました、アニスフィア王女殿下《でんか》」

「ありがとうございます。流石《さすが》はマゼンタ公爵家の者達です、良く洗練されていますね」

「大変光栄なお言葉でございます。それでは当主が既にお待ちです。どうぞこちらへ」

今日はお姫様としての訪問なので、口調と態度も相応のものとして意識する。もう若干《じやつかん》頬が引き攣《つ》りそうだけど、今回は王家からマゼンタ公爵家への謝罪の意味も兼《か》ねてるからなんとか堪《こら》えないと。今日はお姫様、お姫様っと。

互いに挨拶《あいさつ》が終わると、公爵家の執事が屋敷のドアを開いてくれた。執事に案内されながら私は公爵家のお屋敷の廊下《ろうか》を歩いて行く。門を潜《くぐ》る時も思ったけれども立派なお屋敷だと思う。流石は歴史の長いマゼンタ公爵家のお屋敷なだけある。

案内されるままに応接間へと通されると、そこにはユフィとグランツ公、そして一人の女性が立っていた。穏《おだ》やかそうな雰囲気《ふんいき》を纏《まと》っている彼女はネルシェル・マゼンタ公爵夫人、つまりはグランツ公の奥様で、ユフィの母親だ。髪色は銀髪《ぎんぱつ》で、背中にかかりそうな長さの髪を纏めて肩《かた》から垂らしている。

ネルシェル夫人は年齢を重ねた事で生まれる美しさを感じさせる人だ。瞳《ひとみ》は薄緑《うすみどり》色で、芯《しん》の強さを感じさせる目をしている。やっぱり目力が強いのはマゼンタ公爵家の特徴《とくちょう》だ。

ユフィはどちらかと言えば父親似みたいだけど、目力の強さは二人からの遺伝なんだと思わず頷《うなず》きそうになる。そういえば話した事はないけど、ユフィには弟がいた筈《はず》。弟はどちらかと言えばネルシェル夫人似だったかな？

ネルシェル夫人とお会いするのは随分《ずいぶん》と久しいので、ついそのお姿を見つめてしまう。すると目が合ってしまった。いけない、失礼がないように丁重に礼をしないと。

「おはようございます、ユフィリア嬢《じょう》、グランツ公。そしてご無沙汰《ぶさた》しております、ネルシェル夫人。こうしてお会いする事が出来て、大変嬉《うれ》しく思っております」

「いえ。こちらこそご足労頂き光栄の至りでございます、アニスフィア王女」

私が一礼をして挨拶をすると、グランツ公が一歩前に出て返礼をする。私は顔を上げてから首を左右に振《ふ》った。

「此度《こたび》のユフィリア嬢の勧誘《かんゆう》は私の強い要望でございます。むしろ、こちらが礼を尽《つ》くす立場です。何より我が弟の不徳なす所、謹《つつし》んでお詫《わ》び申し上げます。公式の場での王族の謝罪はなされども、私個人としてのお気持ちを伝えたく思います」

神妙《しんみょう》な表情を作りながら私は礼としてではなく、謝罪の気持ちを伝えるべく深々と頭を下げる。すると、すぐさま制止の声がグランツ公とネルシェル夫人から告げられる。

「頭をお上げください、アニスフィア王女」

「そうですわ。むしろ貴方様は私達の可愛《かわい》いユフィを助けてくれました。そしてこのような便宜《べんぎ》まで図《はか》って頂き、感謝こそすれど謝罪をされる訳には参りませんわ」

グランツ公とネルシェル夫人に立て続けに言われては頭を下げ続ける訳にもいかない。すぐさま頭を上げて、案内されるままに席に座る。後ろにはイリアが控《ひか》えるように立って、私の対面にマゼンタ公爵親子が並ぶように座って向き直る形となった。

「ネルシェル夫人とはご無沙汰でございますね。息災のようで何よりでございます」

「ええ、アニスフィア王女も。貴方様が我が家においでになるのは随分と久しい事ですね」

ころころと喉《のど》を鳴らすように笑いながら、口元に手を添《そ》えて微笑《ほほえ》むネルシェル夫人。

私へと向ける視線には慈《いつく》しみが込《こ》められていて、少し落ち着かないように身を揺《ゆ》らせてしまう。素直《すなお》な好意には慣れないんだよ、邪険《じゃけん》にされる事が多いから。

「幼少の頃《ころ》はまだ機会がありましたが……。アルガルドとの婚約が決まってからは、私もマゼンタ公爵家とは距離《きょり》を置いてしまいましたからね」

「えぇ。今回の一件はまさかとは思いましたが、以前からアルガルド王子と上手《うま》く行っていない事は耳にしておりました。かえって、このように明るみになるのであれば仕方ないと割り切った方が建設的でございましょう」

満面の笑顔で言い切ったネルシェル夫人だけど、だけど圧が凄《すご》いよ！

グランツ公爵は無表情で威圧《いあつ》してくるけど、ネルシェル夫人の笑顔は攻撃《こうげき》的な笑みだ。この二人から生まれたユフィリア嬢がきつい目付きをしてるとか、そう言われてしまうのはわからないでもない。絶対に血筋だよ、血が強いよ、この一家。

そんな事を考えていると、ネルシェル夫人と目線が合ってしまった。思わず愛想《あいそ》笑いを浮《う》かべるけど、私の口元が一瞬《いっしゅん》引きつりかけてしまう。

「夫とユフィからは既《すで》に話を受けています。ユフィが望むのであれば、私も快く送り出したいと思っておりますわ」

話題を切り替《か》えるようにネルシェル夫人が話題を切り出してくれた。思わずホッとする。

私は気を取り直すように姿勢を正した。ここからが大事な話になるから、気合いを入れないと。

「私の提案に頷いて頂き、光栄の至りでございます。一度礼を失してしまった王族の者として、今度こそ名誉《めいよ》挽回《ばんかい》の機会を与《あた》えて頂ければと思います。公爵家の大事なご息女であるユフィリア嬢は私が責任をもって大事に致《いた》します。王家の名に誓《ちか》って」

真《ま》っ直《す》ぐにマゼンタ公爵家の親子達を見つめながら私が言う。するとユフィが妙《みょう》なものを見るような目付きで見てくるし、ネルシェル夫人は何がおかしいのか少し肩を震《ふる》わせている。それに気付いたグランツ公が肩を竦《すく》めて、こう言った。

「今日は随分と畏《かしこ》まっていられるのですね、アニスフィア王女。貴方《あなた》が王家に誓うなどと思わず鼻で笑いそうになりましたよ」

「ちょっと、グランツ公!?」

その、私でもそうだよなぁ、って思うけれど、それを言っちゃうの!? 必死にお姫様の皮を被《かぶ》ってきたのに！ 後ろでイリアが溜息《ためいき》を吐《つ》いているのがわかる。

いや、これは私、悪くないもん。え？ 普段《ふだん》の行い？ そんなの知らない子ですね。

「もう、グランツ公、私とて場を弁《わきま》えますわ！」

「これは失礼しました。まさか、そこまで畏まって頂けるとは夢にも思わず」

肩を竦めて、僅《わず》かに笑みを見せながら言うグランツ公は少しだけ茶目っ気を感じたように思えた。うぅ、人が悪いよ、グランツ公……。

「アニスフィア王女の誠意はよく伝わりました。どうかユフィをお願い致します」

「はい！　しっかりと愛《め》でさせて頂きますとも！」

深々と頭を下げてくれたグランツ公に私は満面の笑みと共に元気な返事をする。いやぁ、ユフィが来てくれればあの研究も、あの研究も捗《はかど》るからね！　ふへへへ……！

いや、やっぱり魔《ま》道《どう》具《ぐ》を作るにあたって魔法を使える人の協力は欲《ほ》しかったんだよね。私は魔力はあっても魔法が使えない。これが本当に不便なんだよね。だからこそ生まれた魔道具ではあるけれど。その研究に優秀《ゆうしゅう》なユフィが助手として来てくれるなんてね。私のこれからの研究人生はバラ色に染まるわ！

そうして浮かれてたんだけど、ふと思い出した。そういえばユフィって貴族学院はどうするんだろ。流石にあんな騒《さわ》ぎを起こされて、あのままいられるとは思ってないけれど。

「時にグランツ公。今後のユフィの扱《あつか》いはどのように？　貴族学院での扱いとか……」

「ユフィの今後の処《しょ》遇《ぐう》や立場についてはこれから協議する所ですが……恐《おそ》らくはこのまま通学は無理であろうと思われます」

「そうでしょうね、私もそう思います」

「詳《くわ》しくは陛下と話し合う事になるかと思いますが、決まり次第《しだい》、追って連絡《れんらく》をします」

「よろしくお願いしますね。私も協力出来る事があれば言ってください」

「畏まりました。……では、楽にして良いですよ、アニスフィア王女」

「……折角お姫《ひめ》様を頑張《がんば》ってたのに酷《ひど》くないです？　グランツ公」

気遣《きづか》ってはくれてるんだろうけど、まるで私にお姫様のように大人しくしているのは無理って思われてないかな？　いや、無理なんだけどね！　楽にしていいならするよ！

一気に姿勢を崩《くず》して楽な体勢を取れば、ユフィは苦笑《くしょう》を浮かべてるし、ネルシェル夫人はクスクスと笑い出した。ふんだ！　どうせ不良な王女様ですよ！

「アニスフィア王女、どうかユフィをよろしくお願いしますね」

「はい！　むしろこっちもたくさんお願いをすると思いますので、おあいこという事で！」

「あらあら。それじゃあユフィの荷物を纏めないとね。ユフィ、行きましょう」

「はい、お母様。一度、失礼致します。アニス様」

私の離宮《りきゅう》に住まいを移す際の荷物を纏めに行く為《ため》に、ユフィとネルシェル夫人が一礼をしてから応接間から出て行く。それを見送ると、グランツ公が私に声をかけてきた。

「アニスフィア王女、改めて御礼《おれい》を」

「グランツ公、御礼だなんていいですよ。ユフィが来てくれて助かる事ばかりですから」

私がグランツ公にそう返すと、グランツ公が少しだけ表情を変えた。視線の鋭《するど》さはそのままに、私の奥を見通そうとするかのような瞳に少し背筋に薄《うす》ら寒いものが走る。

「……貴方には、あまり良い印象は抱《いだ》かれていないと考えておりました」

「はぇ？　なんでですか？」

予想しなかったグランツ公の言葉に私は思わず首を傾《かし》げてしまった。私がグランツ公をよく思ってないって、なんでそんな風に思ったんだろう？

グランツ公は言ってしまえば父上の右腕《みぎうで》だ。政治的な発言力は大きいし、何より父上の親友かつ、良き理解者で肩を並べる盟友でもある。だから私がグランツ公を良く思ってないなんて、一体どうしてなのかと私は首を捻《ひね》ってしまう。

すると、グランツ公が喉をくつくつと鳴らすように笑い出した。グランツ公がいきなり笑った事に私は目を丸くしてグランツ公を凝視《ぎょうし》してしまう。

「貴方は昔から変わりませんな。アニスフィア王女」

「？　はぁ……そうですか？」

「ええ。自ら婚約《こんやく》しないと宣言したり、その為の功績を積み上げてきたりと。昔から陛下は貴方に頭を悩《なや》ませておりました。それを私も見ていたものですからね」

懐《なつ》かしむように呟《つぶや》くグランツ公は、普段は見せない感情を表に出しているようだ。でも私としては困惑《こんわく》するばかりだ。だって娘《むすめ》であるユフィならともかく、私にまでそんな顔をする理由がないように思える。

「むしろ逆に、グランツ公は私の事をよく思っていないのではないですか？」

「さて、それはどうでしょうかね」

不敵な笑みを浮かべたまま、グランツ公は言葉を濁《にご》してしまった。結局、グランツ公が何を考えているのかはわからないまま。なんとなく釈然《しゃくぜん》としなくて眉《まゆ》を寄せてしまう。

「貴方はそのままで良いのですよ、アニスフィア王女。どうかユフィを頼《たの》みます」

「はぁ……」

どうにも釈然としないけど、少なくとも悪いようには思われてないみたいだから良いか。

私はそう割り切って、それ以上の追及《ついきゅう》を止《や》める事にした。

「それでは、私はこれで。執務《しつむ》がありますので失礼させて頂きます」

「あぁ、いえ。こちらこそご多忙《たぼう》の中、お時間を頂きありがとうございました」

そうだ、グランツ公だって暇《ひま》な訳がない。ただでさえアルくんが問題を起こしたばかりなんだから、むしろここにいる時間だって惜《お》しい筈だ。そのまま颯爽《さっそう》と一礼して去っていくグランツ公を見送れば、私とイリアが残される。

思わず肩《かた》の力を抜《ぬ》いて溜息を吐《は》き出してしまう。するとイリアがすぐに見咎《みとが》めた。

「姫様、だらけすぎですよ。せめて離宮にお戻《もど》りになってからお寛《くつろ》ぎください」

「はいはい。イリアは小言が多いなぁ」

「恐縮《きょうしゅく》です」

褒《ほ》めてないから、まったく。でも気を張っていたのが少し楽になった気がした。それからマゼンタ公爵《こうしゃく》家の執事《しつじ》からお茶を頂いたりと、のんびり待つ事になった。

イリアは執事と何やら紅茶の事や、ユフィの事について相談や質問を重ねているようだ。離宮にはイリアしか侍女《じじょ》がいないからユフィの面倒《めんどう》もイリアが見る事になるから確認《かくにん》しておきたい事はいっぱいあるだろうし。私は自分のことは自分でやれるけど、私とは違《ちが》ってユフィはそういう訳にもいかないだろうし。

する事もないので、イリアと執事の会話をぼんやりと聞き流して待ってると、ユフィとネルシェル夫人が戻ってきた。

「お待たせ致しました、アニス様」

「もう用意は良いの？」

「はい。元々、荷物もそんな多くはありませんでしたから……」

そう言ってユフィは少しだけ眉を下げて微笑《びしょう》を浮かべる。どこか気落ちした表情だ。

思わず気になってネルシェル夫人に視線を向けると、ネルシェル夫人も少し眉を寄せて困ったように笑った。え、何？　どうしたの？

「何かあったの？」

「……少し弟と口論になりまして」

「え？　口論ってなんかあった？」

ユフィの弟はこの場にはいなかったけど、それでどうしてユフィと口論するような事になってるのかわからない。私が困惑していると、ユフィが困ったように苦笑いを浮かべる。

「アニス様、申し訳ありません。これは我が公爵家の問題ですので……」

ユフィが表情の選択《せんたく》に困ってるような、最近お決まりの表情を浮かべていた。弟と口論になるって、荷物を纏《まと》めている間に一体何があったんだろう。そんな疑問からネルシェル夫人に視線を向けると、ネルシェル夫人は一度、咳払《せきばら》いをして私に視線を返してくれた。

「息子は少々、姉離《ばな》れが出来ていない子なのです。王城で暫《しばら》く生活をする事に納得《なっとく》がいっておらず、それで少々揉《も》めてしまいまして……」

「あー……なるほど、それは確かにちょっと揉めますね……」

言われてみればそうだ。幾《いく》ら私とアルくんの立場が違っていても、婚約破棄《はき》なんて騒動《そうどう》を起こした王族の傍《そば》に大事な姉を置くなんて不安になるのはわかる。

でもユフィをこのまま公爵家に置いておくよりは何倍もマシだとは思う。王城内にあるとはいえ、離宮は私の領域だから他人との接触《せっしょく》も少ないし。

それはグランツ公も認めてくれたからこそ、こうして実現している訳で。理解しろっていうのは酷《こく》かもしれないけどなぁ。うぅん、難しいな。

「この場に呼ばなかったのも、事が事だけに冷静に話をさせるにはまだ未熟と判断しました。アニスフィア王女には不安を与えてしまったようで申し訳ありません」

「いえ、徒《いたずら》に家族の間を騒がせてしまったのは王家に責任がございますから」

弟くんの気持ちもわからなくもない。そもそも原因はこっちにある訳だから。

そう思っているとネルシェル夫人は首を左右に振《ふ》った。表情を引き締《し》めて、私を見つめながら言葉を続ける。それは少し咎めるような声の響《ひび》きを含《ふく》んでいた。

「これもあの子には良い機会なのです、離《はな》れて過ごす事で見える事も増えるでしょうから。不甲斐《ふがい》ないですが、ユフィを引き取って頂いて感謝してるのは心からの本心でございます」

「もういいですから！　頭を上げてください、ネルシェル夫人！　これは私にも利になる事なんですから気にしないでください！」

ネルシェル夫人が深々と頭を下げるものだから、私は少し慌《あわ》てながら頭を上げるようにお願いをする。私はやりたいようにやってるだけなんだから、畏まられても困っちゃう。

「大丈夫《だいじょうぶ》ですよ。すぐにユフィが表舞台《おもてぶたい》に戻れるような、あっと驚《おどろ》くような功績を立ててみせますから。そうすればユフィの名誉《めいよ》も守られます。弟くんも安心してくれるでしょう」

「あら、アニスフィア王女にそこまで言って頂けて、本当に娘は運が良かったですね」

「お母様……」

ころころと笑うネルシェル夫人にユフィが気を持ち直したのか、雰囲気《ふんいき》が柔《やわ》らかくなる。

するとネルシェル夫人はそっとユフィの両手を自分の両手で取って握《にぎ》りしめる。

「ユフィ。離れていても私は貴方《あなた》の幸福を願っているわ。今回の一件は、今まで次期王妃《おうひ》としてしか貴方を育てて来なかった私達にも責任があります。家の事は気にせず、自分を見つめ直してみなさいね」

その優《やさ》しい声は確かな愛情を感じさせるものだった。ネルシェル夫人の言葉にユフィが小さく頷《うなず》くのを私とイリアは見守っていた。

そして私達は再び離宮へと戻る為、馬車に乗ってマゼンタ公爵家を後にする事になる。

その時、ユフィリアは見えなくなるまで自分が育った屋敷《やしき》に視線を向けているのだった。

3章　転生王女様による魔学《まがく》講座

「ふふ、ユフィの一件も片付いたし、ちょっと息抜《いきぬ》きでもしよう！」

ユフィを正式に離宮で引き取ってから数日後、ようやく一段落がついた。逆に婚約破棄の一件で王城は慌ただしくなっているみたいだ。探《さぐ》りを入れていたイリアが教えてくれた。

まずアルくんを始めとした婚約破棄を主導した子息達が謹慎《きんしん》処分になって、事情聴取《ちょうしゅ》が始まったらしい。そのせいでどこもかしこも大騒《おおさわ》ぎだとか。

どうなるのか、とは思うけど離宮に引き籠《こ》もっている私達にはそう影響《えいきょう》はない。そんな訳で私は自分の工房《こうぼう》で息抜きも兼《か》ねた作業に手をつける事にした。

離宮にある私の工房は、魔道具の試作品や設計図などが散乱している。ここはイリアでも私が許可を出さないと立ち入らせないようにしているので散らかりやすい。

意識して散らかしてる訳じゃないんだけど、気付いたらちょっとイリアが眉を顰《ひそ》めるような状態になってしまう。悪気がある訳じゃないよ、ちょっと直せない癖《くせ》なだけで。

「ユフィが来てくれたから、新しい実験でも始めようか。でも、まず何を作るかな……」

うーん、と唸《うな》りながらメモ帳を取り出す。これはふとした時に思い出した前世の記憶《きおく》のイメージやアイディアを書き留める為のものだ。

私はこの世界では異物だ。前世の記憶を取り戻してからというもの、思考や考え方などの意識が前世に寄っている自覚がある。

だから私が前世の記憶を思い出したように、逆にいつ消えてしまってもおかしくない。そうなった時の為に、こうしたメモは細かく用意するようにしている。

自分が生きていた証《あかし》を残す為、なんて大層なものではないけど。残せるものは残しておきたい。幸いな事に、今の所はこの世界から消えてしまうような事はなさそうだけど。

「うーん、少なくとも派手な実験は控《ひか》えたいわね、今の時期は。となると、素材の消費が激しい実験は後回しにして……そうね、ユフィの意見も聞きたいし、まずはお互《たが》いの認識の共有から始めて……」

「姫《ひめ》様、入ってもよろしいでしょうか？」

一人で考え事をしていると、どうしても独り言が増えてしまう。思考をぐるぐる回していると、工房のドアがノックされた。外から聞こえてきたのはイリアの声だ。思考の海に潜《もぐ》っていた私はイリアの声でハッとして、すぐに顔を上げてドアの向こうへ声をかけた。

「どうぞー？」

「失礼します」

私が許可を出せばイリアが一声をかけてから工房の中へと入ってくる。イリアの後ろにはユフィも一緒《いっしょ》だった。思わず目を丸くしてしまう。すぐに気を取り直して声をかける。

「ようこそ、ユフィ。私の工房へ。歓迎《かんげい》するよ」

「失礼致《いた》します。……ここがアニス様の工房ですか？」

「そう。試作品とかいっぱい転がってるからうっかり触《さわ》ったりしないでね？」

私が注意すれば、ユフィがおっかなびっくりで部屋の中へと入ってくる。

本当に危険なものは隔離《かくり》してるから問題はないと思うけど。たまに徹夜《てつや》の思いつきとか、悪ノリで作ったものが洒落《しゃれ》にならなかったとかあるんだよね。

いつもはイリアと二人で向かい合っていた机にもユフィの席が追加される。ユフィが席について、イリアがお茶の準備を始める。ユフィがいる事以外はいつもの工房の風景だった。

「それで、どうしたの？」

「いえ。助手となったので、何かお手伝いがあればと……」

「あ、もう体調とか大丈夫？　落ち着いた？　環境《かんきょう》が変わったばかりだと大変でしょ」

「いえ、もう大丈夫です。何もしてないより、何かしていないと落ち着かないものでして」

最近では定番になってきた困り顔のユフィだ。確かに何もしなくて良いっていうのも落ち着かないのかもしれない。本人が大丈夫だと言うなら、積極的に巻き込んでいこうかな！

「じゃあ、まずはユフィと色々と認識を摺《す》り合わせておきたいかな」

「認識の摺り合わせ、ですか？」

「うん。ユフィは私が魔法を使えない事は知ってるよね？」

ユフィはどこか迷ったような表情を浮《う》かべたものの、ゆっくりと頷いてくれた。

パレッティア王国では貴族のほとんどが魔法を使う事が出来る。そんな中で更《さら》に才能があるかどうか、魔力保有量はどうかや魔法の適性の数などがステータスになっていく。

私はその点で言えばまったくの無能である。魔力はあるけれども、魔法を使えない体質。これは先天的なもので、後天的に変化するような性質ではないというのが私の研究の成果だったりする。

「まぁ、私が魔法を使えない原因は大体、推測を立ててるんだけど……」

「……はい？　ちょっと、お待ちくださいアニス様」

「ん、なに？」

「魔法を使えない原因に推測は立てていると？　そんな話、初耳ですけど……」

「発表するような機会もなかったしね。知らなくて当然だよ」

ユフィが怪《あや》しむような顔で私を見ている。別に誰《だれ》かに言う事でもないからと言いふらしてないからなんだけどね、徒《いたずら》に場を騒《さわ》がせてしまうだろうし。

だからこの研究成果については、父上を始めとしたごく一部の人達しか知らない。精霊《せいれい》や魔法を研究している機関の重役になら話した事がある程度の話だ。

「つまり、こんな風に私とユフィの常識は結構食い違うと思うんだよね？　だから認識を摺り合わせよう、ってお話なんだよ。これから一緒に研究していくとなると、お互い認識の違いを摺り合わせないと難しいでしょ？」

「……成る程。理解しました」

神妙《しんみょう》な顔でユフィは頷く。聞き分けの良い子は良いね、つい私はテンションが上がってきて勢い良く立ち上がった。そして持ってきたのは移動式の黒板だ。

気分は塾《じゅく》の講師とか、そんなノリ。いそいそと説明の準備を始める私をよそにイリアがユフィにお茶を出していたりする。流石《さすが》イリア、グッジョブだよ！

「さて、まず前提だけど魔法の行使は精霊の力を借りてる。そうだね？　ユフィくん」

「……くん？」

「ノリだよ！」

「はぁ……？」

突然《とつぜん》ノリを良くした私に困惑《こんわく》しながらも、気を取り直したユフィが質問に答える。

「えぇと。魔法は世界のあらゆる場所に存在する精霊に働きかけ、魔力を代価にし魔法を形とします。そして人にはそれぞれ精霊と適合する魔力の性質があって、それが魔法を扱《あつか》う際の適性になると教わっています」

「うん。そこまでは一般《いっぱん》的な話だね」

流石、天才公爵令嬢様。模範《もはん》的で理想的な回答だ。きっといっぱい勉強したんだろうなと思うと、ちょっとだけ切ない。やっぱり純粋《じゅんすい》に良い子なんだよ、ユフィは。

さて、話を戻《もど》そう。魔法を使う為《ため》の手順はユフィの説明で間違《まちが》ってない。この世界における魔法は精霊によって行使されるものである。

そして精霊の種類は多様性に満ち溢《あふ》れている。まず原初の精霊である、世界の創世から存在するとされている光と闇《やみ》の精霊。次に創造神が世界を生み出した際に生まれたとされる火、水、土、風の四大精霊。この四大精霊から派生したと思われる亜種《あしゅ》精霊など、精霊の種類はとても多い。この数多く存在する精霊が、パレッティア王国の貴族を貴族たらしめる存在である。

「ユフィが言う魔法の適性っていうのは、その精霊と相性《あいしょう》が良いかどうか。つまりはその属性の魔法が得意かどうかという規準の事だよね？」

「はい。学院でもそのように教わります」

「大変よろしい！　でも、ここからが本題だよ。私は更に一歩、踏《ふ》み込んだ認識《にんしき》なんだ」

「一歩踏み込んだ認識、というと？」

私の言葉にユフィが首を傾《かし》げて疑問を口にする。ユフィの認識はこの世界における常識という奴《やつ》だ。だけど私は常識破りの魔学の研究者だ。私は一つ頷いてから、指を立てる。

「ユフィ。そもそもの話だけど、精霊に適合する魔力というのはどうやって決められるのかわかるかな？」

「……それは、わかりません。体質や遺伝ではないかとしか答えようがありません」

「ふふ、ごめんごめん。ちょっと意地悪な質問をしちゃったね」

ユフィの言う通り、適性っていうのは本人固有のものだ。魔法の適性は親から遺伝するケースもあるけれど、確実に遺伝するという訳でもない。だから精霊との適性がどうやって決まるのかという問いかけに対する明確な答えを誰も持っていない訳だ。

「なんで私が魔法を使えないのか？　この疑問を解決する為には原因を調べないといけない。だから最初に魔法の適性はどうして決まるのかって事から研究を始めたんだ」

「……その、失礼を承知で問いますが。アニス様は本当に魔法が使えないのですか……？」

気まずそうに、だけど意を決したようにユフィが問いかけて来る。

話の腰《こし》を折るような話題だったけど答えない訳にもいかなかった。ユフィが聞き辛《づら》そうなのも、私が魔法が使えないという話は慎重《しんちょう》にならざるを得ないからだろう。

「使えないよ、私には精霊の気配とかがまったくわかんないから」

「……そうなんですね」

「適性がある精霊だと気配や存在とかを感じ取れるって聞くけど私には一切《いっさい》わからないし、これぱかりは先天的なものだからどうしようもないしね」

私にはわからないんだけど、魔法を使える人は精霊の存在を感じ取る事が出来るらしい。

そして精霊を感じ取れれば得意や不得意はあっても魔法を発動させる事が出来る。

その時点で精霊の存在を感じ取れない私には魔法が使えないという事になる。その理由が精霊への祈《いの》りが足りないから力を貸してくれないのだとか、似たような事ばかりされた覚えがある。でも、それがこの世界にとって常識だ。実際、この世界の魔法は祈るという要素がとても重要だ。

「魔法を使うには精霊への祈りが重要になってくる。どんな魔法が使いたいのか、明確なイメージを精霊に伝える事が必要になってくる。そうだよね？」

「はい。魔法の認識を深める為に最初は詠唱《えいしょう》を読み上げる事が推奨《すいしょう》されています。熟練者であれば詠唱は不要となりますが、大規模の儀式《ぎしき》などには詠唱を読み上げる事が多いです」

うんうん、とユフィの回答に満足げに頷《うなず》く。魔法の発動に必要なのは第一に精霊の気配を感じ取る事。次に精霊に正しいイメージを術者が伝える事。最後に魔法が発動する魔力の量が重要になってくる。ざっくり言うとこんな感じな訳だ。

そして私は最初の段階から躓《つまず》いているから魔法が使えない。つまりは精霊という存在を感じ取れないのがいけない。

「どうして私は精霊の気配がわからないのか。そこを解明する為に、私は精霊ってなんなんだろう？　って疑問を持ったんだよ」

「……精霊は精霊では？」

ユフィが眉《まゆ》を寄せながら疑問を口にする。確かに精霊は精霊なんだけどね。私が言いたい事はそうじゃないんだよな、と苦笑《くしよう》してしまう。

「精霊は世界が創世された頃《ころ》からいるって言われてるけれど、精霊って生き物なのかな？　それとも自然現象の具現化なのかな？　どうだろう？　ユフィは精霊が存在する理屈《りくつ》や根拠《こんきよ》を筋道を立てて説明出来る？」

「それは……」

「精霊は昔からいるし、それが当たり前だから皆《みんな》も疑問に思わないのかもしれないけれど私にとって精霊ってのは未知の存在なんだよね。だから調べたんだよ、精霊について」

精霊の調査でわかったのは、属性の違いはあっても精霊単体であれば共通して空気中に漂《ただよ》っているということだ。そして精霊は実体は持たない。つまり自然から生まれる自然霊そのものだ。空気中を漂っている精霊には意志というものはなく、せいぜい生物で言う所の本能がある程度だ。精霊が自発的に行動する事は基本的にないと言っても良い。

「ここからが重要なんだけど、精霊は魔力《まりょく》を糧《かて》とするんだよ」

「魔力？　精霊にとって魔力は糧なんですか？」

「そう。これが精霊の面白《おもしろ》い所でね。彼等は基本的に私達のような意志を持たない、本能的な存在だ。私達が生きる為に呼吸をして、食べ物を食べて糧を得るように、精霊は魔力を糧として存在しているみたいなんだよね」

ユフィが口をぽかんと開けて私の話を聞いている。そんなユフィの表情が面白くて私は思わずクスクスと笑ってしまう。

実際、精霊が何故《なぜ》魔力を求めるのか？　どうして魔力を対価に捧《ささ》げると魔法が発動するのか？　私が着目したのは、魔法が発動するまでのプロセスはどのような仕組みになっているのかという点についてだ。

「精霊が魔力を求めるのはわかった。じゃあ、魔力ってなんだろうね？　ユフィくん！」

「……魔力は魔力、という回答では不正解ですよね？」

「そうだね」

「逆に聞いてもよろしいですか？　アニス様は魔力をどんなものとお考えですか？」

「良い質問だね。臨機応変に立ち回れるのは好きだよ。さて、魔力とはなんなのかだね？

例えるなら魔力というのは魂《たましい》から零《こぼ》れた実体のない血液のようなものかな」

「……実体のない、血液のようなもの？」

「あくまでイメージしやすいように、私はそう例えているんだけどね」

精霊はどうして魔力を求めるのか？　この疑問に対して、私が至った結論は精霊にとって魔力は糧であるという事だった。

次に浮かんだのは魔力とはなんだろうという疑問だった。私はこれを実体のない血液のようなものと定義した。

「どうしてそんな発想が出来たんですか……？」

摩訶不思議《まかふしぎ》なものを見るようにユフィが驚《おどろ》きの視線を向けてくる。いや、うん。ヒントというか、これは私だからこそ考えられるズルみたいなものだから。

だって私は転生者だ。この体はこの世界で生まれた人間だけど中身は違う。だから私が魔法が使えない原因を探《さぐ》っている内に思ったんだよ。

もしかして転生した事自体が、私の存在そのものが原因なんじゃないかって。

そこから仮説の組み立てが始まったんだよね。振《ふ》り返ってみれば、なんとも懐《なつ》かしい。

「人によって適性はそれぞれ違う。血で遺伝する時もあれば、遺伝しない時だってある。人によって魔力に個性が出るなら、それはどこから来たんだろう？」

精霊《せいれい》との適性にはこれといったルールのようなものはない。血による遺伝もあるけれどそれが全《すべ》てじゃない。ならもっと根本的な理由がある筈《はず》。もしも、その原因が私が異物である事に起因しているなら、行き着いた答えは一つだった。

「精霊への適性を決定づけるもの、それを私は魂に起因するものだと定義した」

ユフィが真剣《しんけん》な表情で私の持論を聞いてくれる。私は黒板に簡単な図と説明を書き連ねていく。ますます授業っぽくなってきたので私の気分も上がっていく。

「魔力とは目に見えない霊的な力で、魂から零れ落ちたもの。そして精霊は世界に存在する実体を持たない霊的な存在だ。精霊が魔力を糧としている存在だと仮定すると、魔法の発動にイメージや祈りが重要になってくるのもある仮説が立てられる」

「魔法の発動の仮説ですか」

「そう。魔法はどうして魔法として発動するのか。私はこれを精霊が魔法に変化しているんじゃないかと考えた」

「精霊が魔法に変化している、ですか？」

「そう。つまり魔法っていうのは実体を持たない精霊に形を与《あた》えて魔法という形を顕現《けんげん》させているものと定義したんだよ」

黒板に見出しをつけるように書いてからユフィへと振り返って笑ってみせる。ユフィは唖然《あぜん》とした顔で私を凝視《ぎょうし》していた。それはまるで未知と遭遇《そうぐう》したような顔だ。

いや、実際にユフィにとっては未知ではあると思う。この理論をここまで詳《くわ》しく語ってみせたのはごく一部の人達にだけだからね。その時も似たような顔をされたし。

「精霊を変化させたものが魔法……？　精霊に対して祈ったものを精霊が具現化させる事で魔法が発動するのではないのですか……？」

「一般的にそう考えるのが普通《ふつう》だよ。でも私はこう考えてる。精霊に意志なんてなくて、ただ世界に漂うだけの存在だ。そこに魔力という糧を与えて魔法という姿に変化させる事で魔法という実体を得る」

「ですが、それでは魔法となった精霊はどうなるのですか？」

「元《もと》に戻るんじゃない？　精霊ってそもそも魔法を使ったら消えるものなの？」

あくまで精霊の本体は実体がないもの。だから魔法という形を失っても別に問題がない。元々、実体を持たない存在なのだから。

「確かに言われれば、そうですが……でも……」

ユフィがぶつぶつと呟《つぶや》いて自分の思考に没頭《ぼっとう》を始めてしまった。まぁ、一休みには丁度良いかな、と私もイリアが淹《い》れてくれた紅茶で喉《のど》を潤《うるお》す。

ちなみに魔力量が決まる仮説も既《すで》に立ててあるんだよね。魔力とは魂の血液のようなもの。そして、それは同時に魂を象《かたど》るに必要なものだ。

私の定義では、魔力とは魂という器《うつわ》から零れ出たものだ。魂には魔力の元となるものが存在している。魂を器として考えると、魔力の元は常に魂を構成する為《ため》に満ち続けている。魂が必要とする量は零れる事はないけれど、魂に収められる量を超《こ》えると体外に排出《はいしゅつ》される。この余剰《よじょう》分がそのまま魔力になる。その魔力がどの精霊に好まれるかで得意とする魔法の適性が変わって、魔力量も零れ出る魔力の多さで決定されるって訳だ。

「これもまだ仮説だけど、精霊は意識を持ってないから本能的に魔力に引き寄せられる。だから魔力を与えてくれた存在の意識に自らを委《ゆだ》ねてしまう。魔法って精霊の存在を改変する手順で、必ずしも精霊に意識があってそれに応《こた》えてくれている訳じゃないというのが私の持論なんだよね」

ここまで言い切ると、案の定だけどユフィが渋《しぶ》い顔をしていた。予想していたユフィの反応に私は思わず苦笑してしまう。こういう反応をされるのはわかってたんだよね。

パレッティア王国は精霊を友としてきた歴史が長い。だからこそ精霊を崇《あが》める精霊信仰《しんこう》が生まれた。精霊は自分達の隣人《りんじん》であり、敬うべきって考えの信仰だね。

　そんな人から見れば私の考えは異端《いたん》も異端だ。だからこそ普段からこの考えは口にする事はしない。精霊信仰の信者って潜在的《せんざい》にこの国には多いから。そんな事情もあるけれど、ユフィは協力者となるので話しておかないといけないと思ったんだよね。

「……私は、今まで魔力も精霊もあって当然のもので、それが何故、などと考えた事はなかったです」

「私だって必要に駆《か》られて調べただけだから、この持論に至ったんだよ。それで、仕組みがわかれば私がどうして魔力を使えないのか仮説が立てられた」

　簡単に言っちゃうと、私の魔力の質《しつ》が精霊に好まれていないという結論だった。

　私には魔力があるのは間違《まちが》いない。だけど私には魔法を使う事は出来ない。そこで私の仮説の話になるけれど、精霊は魔力を糧として自分の存在を保とうとしている。

　精霊は自分と相性の良い魔力を無意識に求める。それが魔法を使う側の適性として人に認識《にんしき》されていく。水の精霊が好む魔力をしているのであれば、水魔法の適性を得るように。つまり魔力が精霊に気に入られるかどうかで適性は変動する訳だ。

「余談なんだけど、貴族や王族の興《おこ》りは精霊と契約《けいやく》した所から始まってると思うのよ」

「それは精霊契約の事でしょうか？」

精霊契約。それはこのパレッティア王国では大きな意味を持つ言葉だ。

私の仮説だと精霊に意志はないものとされる。だけど例外と思われる存在がいる。それが精霊が寄り集まって生まれるという集合体にして上位存在である大精霊だ。時には神様とも呼ばれる存在だ。

精霊契約者は大精霊と契約を交《か》わし、力を借り受けた者達。彼等は数多くの伝説などに登場している。そしてパレッティア王国では、精霊契約者こそが王族や貴族の始祖と言われている。それこそ偉大《いだい》なる初代国王がそうだったんじゃないか、とか。

各地に残る伝承や伝説から推察すると、確かに大精霊は自分の意志を持って人に語りかけていると思われる記述があるんだよね。これは私の調べた精霊の性質と一致《いっち》しない。

だからこそ私はこう考えた。大精霊という存在はただ精霊の上位存在と言うより、精霊が意志を持つほどに存在がしっかりと固まった存在なんじゃないかと。

確証を得る為に話を聞いてみたいんだけど、精霊契約者達は総じて浮世離《うきよばな》れした価値観を持っていて隠居《いんきょ》してる事が多いと聞く。一度、会いたいって父上に頼《たの》んだ事があるんだけど却下《きゃっか》された。彼等は国から保護を受けてるけれど、有事以外は不干渉《ふかんしょう》を望むんだとか。

「大精霊との契約を交わした契約者は、通常の魔法とは比べものにならない力が手に入るって言われてるよね。だからこそ、こぞって国は精霊と契約した者達を取り入れた」

「それが貴族という身分に繋《つな》がっていったのが、パレッティア王国の始まりだと言われてるお話ですね。貴族が魔法を使えるのは、ご先祖様達の精霊契約の恩恵《おんけい》の名残《なごり》だと」

もうかなり昔の事だから、古い記録でも掘《ほ》り起こさない限りは真実などわからないけど。歴史を追うのも一つの浪漫《ろまん》だけれども、私が追うべき浪漫はまた別の浪漫である。

そんな国の成り立ちがあるせいで魔法を使える事というのが非常に重要視されているんだけど、魔法が使えない身からすると少しだけ息が詰《つ》まる話だ。

「精霊と契約した血筋だから精霊が好む魔力の性質になったのかわからないけれど。それは置いておこうか。話を戻すよ？」

「いつの間にか脱線《だっせん》していましたね。はい、大丈夫《だいじょうぶ》です」

「脱線させたのは私だから。さて、私は精霊には合わない魔力持ちだから魔法を使おうにも魔法になってくれる精霊を招き寄せる事が出来ない」

「だからアニス様は魔道具の開発を？」

本題に戻った事でユフィも改めて表情を引き締《し》め直して、話を聞く姿勢を取ってくれた。もう一度、イリアが淹れてくれた紅茶を飲んでから私は続ける。

「魔力はあるんだもの。有効活用しないと。それに魔法は使いたかったし、それが精霊が起こす魔法という形でなくても良かったんだ」

ちなみに平民に魔法《まほう》が使えないのは精霊契約の名残がないからだ。稀《まれ》に平民でも魔法を使える人が生まれるのは貴族の庶子《しょし》とかの可能性が高い。

パレッティア王国も歴史が長い。時には貴族という身分を捨てなければいけなかったり、平民と生きる為に出奔《しゅつぽん》した貴族もいる。歴史が長ければそんな例外も生まれる訳だ。

それがちょっとした問題になる事もあるんだけど、それはまた別の話だからまた今度。

「才能がない私は努力で覆《くつがえ》さなきゃいけなかった。そして色々と発見して今に至るのよ」

「それが魔道具の開発に繋がったのですね」

「そうね。まず私は精霊を介《かい》さない魔力の使い道がないか探ったわ」

魔力は余剰な分は体内から放出され、霧散《むさん》してしまう。精霊が惹《ひ》かれない魔力なら、それは無駄《むだ》に消費されていく資源とも言える。これを何かに利用する事が出来ないかと私は研究をする事にした。

「まず私が最初に目をつけたのが精霊石だよ。当然知ってるよね？」

「はい。精霊石とは、精霊が集まる場所で採集したり、大精霊から贈《おく》られると言われてる精霊の力の結晶《けっしょう》ですね」

「うん。で、あれの正体は何なのか調べる事にしたの」

「？　正体、ですか？」

「だってただの石じゃないでしょ？　どうやって生み出されるのか、そうした原理も調べないと解明出来ないじゃない」

「……成る程《ほど》。アニス様は常にそうした姿勢で物事を見ているのですね」

感心したようにユフィが頷《うなず》いてるけれど、別にそんな特別な事をしているつもりはないんだけどな。まぁいいや、話を戻そう。

精霊の力を秘めた結晶石、それが精霊石。この精霊石があれば、平民でも限定的だけど精霊の力を借り受ける事が出来る。ただ、精霊石の効果は魔法に比べればその用途《ようと》はかなり限られている。

例えば、火の精霊石であれば暖炉《だんろ》の代わりぐらいにしか使えない。水の精霊石であれば水を出せるけれど、それだけだ。風の精霊石であれば風を生み出してくれるけど、人を飛ばす程の力はない。土の精霊石は土地を豊かにしたり出来るけれど、大地を揺《ゆ》るがすような事は出来ない。つまり劣化《れっか》した魔法ぐらいの事しか出来ない。

「じゃあ精霊石はどうやって出来るのか、というのが本題ね。簡単に言えば、あれは精霊の死骸《しがい》みたいなものだと私は考えてるわ」

「……は？」

またもやユフィの顔が今日何度目かの呆気《あっけ》に取られた顔に変わった。

別にユフィの反応を楽しみたくて言葉を選んでる訳じゃないんだけど、あくまで私がわかりやすいように言うと、精霊石は精霊の化石みたいなものという表現になる。

「精霊石は精霊が凝固《ぎょうこ》したもの、物質化してしまった精霊の成れの果て。だから死骸って言うのが一番しっくり来るかなって……」

「……そう言われると、ありがたい筈《はず》のものが印象悪くなりますね」

ユフィが微妙《びみょう》そうな表情を浮《う》かべたまま言った。ユフィの気持ちがわからなくもないけど、上手《うま》い言い回しが思い付かないんだもの。化石って言っても、精霊には元々実体がないし。だから精霊の塊《かたまり》だって言ってもピンと来ない。

私も印象が悪いと思ってるよ？　実際、魔法省っていう魔法使いのエリートが選ばれた研究機関があるんだけど、その人達に顰蹙《ひんしゅく》を買ったし。話を聞いてくれた人もいたけどさ。

「でも蓋《ふた》を開けてみれば意外と現実なんてそんなものだけどね。精霊は生物と違って死という概念《がいねん》が希薄《きはく》だろうし、恨《うら》み辛《つら》みなんてものとは基本的に無縁《むえん》だと思うよ。これが意志を明確に持つ大精霊だとそうもいかないんだろうけど」

「そういうものでしょうか……」

釈然《しゃくぜん》としなさそうな顔をするユフィ。まぁ、ユフィの反応がこの国では一般《いっぱん》的だ。大事なのは精霊石は精霊が何らかの要因で固体化した塊だという事だ。

精霊石は自然が豊かでかつ、生命が溢《あふ》れた土地で発見されやすい。パレッティア王国は自然と人口のバランスが丁度良くて精霊石が発生しやすい環境《かんきょう》なんだと思う。精霊が生まれやすい自然があり、精霊の糧《かて》となる魔力を生み出す人間が傍《そば》にいる理想的な環境だ。

自然豊かな奥地に行けば純度の高い良質なものが、奥地に行かずとも日々の生活の助けとなる程度の精霊石を採掘《さいくつ》するなら人里の近くでも得る事が出来る。だからこそ精霊石はパレッティア王国にとっては欠かせないものだ。日々の生活の助けから、輸出の主力まで担《にな》っているんだからね。だからこそ精霊石にありがたみを感じる人も多い訳だ。

「懐《なつ》かしいですね。空を飛ぶのだと風の精霊石を山ほど使用して、城壁《じょうへき》にめり込んだ姫《ひめ》様」

ふと、紅茶を淹れ直すタイミングでイリアがそう呟いた。イリアの呟きに私は思いっきり顰《しか》め面《つら》を晒《さら》してしまう。イリア、余計な事を……！　ほら、ユフィが呆《あき》れてるじゃん！

「めり込んだって……」

「あれは全身がバラバラになるかと思った」

「今では笑い話ですが、当時はちょっとした騒《さわ》ぎになりましたからね……」

でも、あの失敗があったからこそ自分に魔力が皆無《かいむ》ではない事、精霊石への疑問を得る事が出来たので結果オーライである。精霊石の性質はよくわかったし、数が無ければ自分が理想とする魔法のようにはならない上、魔法のように自由にも使えない。

「それから私の試行錯誤《さくご》と探究が始まったんだ。十年近くかけて、ようやく今があるの」

「それがキテレツ王女と呼ばれるようになった由縁《ゆえん》ですか……」

「うん、そうだね。どうしても魔法が使いたかったから。今もまだまだ満足してないよ。体内から霧散してしまう魔力は魔道具で有効活用出来るようにはなった。後はその種類を増やす為《ため》に開発するだけだから」

「成る程。……それで、どうして私を助手に希望したのですか？」

ユフィが疑問に首を傾《かし》げる。ユフィと私の資質は真逆と言っても良い。私は精霊にそっぽ向かれる嫌《きら》われ者で、ユフィは精霊に愛される人気者。本当に全属性適性ってなんなの。

「色んな魔法を実際に見られる事。あと、全属性適性ありとかいうチートなのに身体能力に問題もない謎《なぞ》の生き物だから」

「ちーと……？　……あの、そんなに私、変に思われてるんですか？」

「変に思うよ。だってユフィの存在はおかしいんだよ」

実際、魔力量が多すぎるというのは色々と弊害《へいがい》を起こしてもおかしくないという研究の結果が出てるんだよね。それは、この世界だからこそ特有の病というべきもの。

それが魔力に関する病気だ。例を挙げると、本来は不要な分の魔力が体内に籠《こ》もってしまって肉体や精神に負荷をかけてしまう症例《しょうれい》がある。

魔力のバランスが崩《くず》れると体が変調してしまうなど、魔力による肉体や精神へ影響《えいきょう》する症例は幅広《はばひろ》く存在する。この話をするとユフィがさっと顔を青ざめさせた。ユフィは適性の数がとんでもないし、魔力量だってかなり多いからね。

なんでそんな症例が出てしまうのかと言うと、魔力っていうのは魂《たましい》から零《こぼ》れ出るものだから肉体と魂のバランスが安定してないとすぐどっちかを、或《あ》るいは両方を悪くしてしまう。

これは前世で言う所の病は気からという話に繋がると私は考えてる。この世界の人間はそういった体や精神の異常が顕著《けんちょ》に出やすい。これは恐《おそ》らく、精霊がいるこの世界特有のものだと思う。

だからこそ魔力が体外に出ないで精神を病んだり、逆に体調を崩したりとかする事例が貴族には多いみたいだ。本来は体外に放出される魔力が体内に籠もれば、根腐《ねぐさ》れのような症状を起こしてしまう。そうなると魂が飽和《ほうわ》する魔力に耐《た》えられなくなって歪《ゆが》んでいく。魂が歪めば精神を不安定にさせたり、体に余計な負荷をかけてしまうようになる。

これは重大な発見だった。ただ、この事はあまり公《おおやけ》には広まっていないというか、広めてはいない。私が発見したものの、それを鵜呑《うの》みには出来ないし、何より私は医者ではない。不必要に話が広まってしまうのも怖《こわ》かったし、これは父上に委《ゆだ》ねた案件の一つだ。

実際に父上の一声で研究が進められて、私の仮説が正しいと認められて取り組みが始まったんだとか。一応、私が提唱者なんだからと報告は聞いている。

「私が精霊に好まれやすい魔力だと言うのでしたら、そうした不安はないのでは？」

「逆もあるんだ。魔力が精霊に喰《く》われすぎて、魂の内部に必要な分の魔力の元まで糧にされて病弱になったり、それで障害を背負ってしまう危険があるんだよ。ユフィはよっぽど神様にでも愛されたのか、奇跡《きせき》的なバランスをしてるんだと思うよ。数百年、いや、或いは千年に一人の天才かもしれないよ」

「……私が天才と言われるより、魔力の量が病の原因になるという事実の方が驚《おどろ》きです」

身震《みぶる》いをする体を抱《だ》き締めるように腕《うで》を回して、ユフィが顔色を悪くさせたまま呟《つぶや》く。

本当、ユフィを健康に生んでくれたグランツ公とネルシェル夫人に感謝だね。

「結論として、魔力についてはバランスが取れてる方が良いって事だよ。多かろうが少なかろうがね。その辺を健康診断《けんこうしんだん》として魔力の調査、特に保有量と魔法行使の熟練度で判定されるようになったって聞いたかな」

「あぁ、だから学院での魔法の授業はあのように測定を……」

意図を説明出来ずとも予防は出来る。私がこの理論を発見してから数年後、魔法学院では魔力保有量と、それに合わせて魔法行使の熟練度を測って異常がないか統計を取るようになったと報告を聞いている。

勿論《もちろん》、心を壊《こわ》す原因は魔力だけじゃない。何でもかんでも魔力が悪いと言われないようにしないと豊富な魔力持ちや、巧《たく》みに魔法を使える者が謂《い》われなき迫害《はくがい》を受けてしまう。この件に関しては父上も凄《すご》く慎重《しんちょう》になって取り扱《あつか》っていると聞いてる。

「魔力が多くて荒っぽかった子供も、魔法を学んで熟練度を上げていくと落ち着いてきて精神が安定するようになったたっていう事例もあったんだって。それが全《すべ》てって訳じゃないけど、何か上手くいかないと八つ当たりしちゃうからね。魔力はその要因の一つって事」

「けれど、原因を発見出来たのは大いなる前進ですね」

ユフィが感心したように頷いてくれる。そういう反応を貰《もら》える事は純粋《じゅんすい》に嬉《うれ》しい。少しぐらいは調子に乗りたい所だけど、イリアの反応が怖いので止《や》めておく。

「こういったものを調べるのが魔学なのですか？」

「いや、ただの副産物だよ。それに専門じゃないから、私だって推測でしか話せない事も多い。そういうのはやっぱり専門家が解明すべきなんだ。私は魔法を研究してるけれども魔法使いでも医者でもないからね」

魔学はあくまで魔法を使えない私が、魔法を使えるようになる為に生みだした学問だ。前世からの知識である科学、それを魔道具で再現する事で魔法のように仕立ててるだけ。本来はそういった用途の筈なんだけど、そういう副産物が出る事もある。

「私にとって魔学《まがく》はあくまで物事を考える為の物差しの一つなんだよ」

魔法そのものを研究している研究者がいない訳じゃないけれど、どっちかというと信仰《しんこう》や神学、宗教のような方面に向かっているので私とは大層仲が悪い。ただ実践《じっせん》派の魔法研究者には好評で、感心された事もある。

体と魔力のバランスで来《きた》す異常というのは目から鱗《うろこ》だったらしく、自身の研鑽《けんさん》や弟子《でし》への教育に良い影響を受けたと個人的な礼を言われた事もある。

でも流石《さすが》にね！　普通《ふつう》に！　魔法が使える人が！　ちょっと！　羨《うらや》ましくてね！　私の事を問題児扱いするし！　馬鹿《ばか》にするし！　思い出しただけで苛々《いらいら》してきた。

最初の頃《ころ》に魔道具を憤死《ふんし》しそうな程に馬鹿にされたし！　だから遺恨《いこん》が残ってるんだよね！　許さないからな、魔法省の奴等《やつら》め！　全員がそういう人ばかりではないとはわかってるんだけど、だから魔法省のエリート達は正直嫌《きら》いなんだよね。近づきたくもない。

「……アニス様？」

思わずフラッシュバックしてしまった黒い感情に浸《ひた》っていると、ユフィが私を心配そうに見ていた。いけない、いけない。平常心を保たないと。

魔法省はこの国で大きな政治派閥《はばつ》を築いているから発言力がある。だけど私はあの人達が嫌いだ。貴族の特権と言える魔法を神聖視して、上から目線で平民や魔法を扱えない者への風当たりが強いから。

本当、選民思想って嫌い。魔法が使えるって事がステータスなのは理解してるんだけど。それが全てじゃないとは思いたいよ。魔法に憧《あこが》れて魔道具の開発なんかやってる私が言うのはおかしな話なのかもしれないけれど。だってこれは半分趣味《しゅみ》だしね。

「えーと、話が脱線《だっせん》したかな？　何の話してたっけ」

「魔学に対しての認識《にんしき》の摺《す》り合わせでしたね。確かに摺り合わせておかないと混乱しそうな話ばかりでした」

「そうだった。いつからか魔学というより、精霊とか魔力の話になってたね。切り離《はな》せないから仕方ないんだけど」

「魔学と言われても実態は外から見れば不明ですからね。ただ、よく工事の現場にはいらっしゃったと聞きますが？　下水道や、街道の工事現場に」

「あー、あれは、うん。まぁ、父上が悪い……」

下水道に関してはうろ覚えの知識を父上に話したら真剣《しんけん》に検討されたのが切っ掛《か》けだ。そして知らない内に私が現場監督補佐《かんとくほさ》という事で助言役になっていた。その経緯《けいい》だって下水道があれば街の景観や、汚水《おすい》の処理が出来て良いですよね、とか父上と話したからだ。

あと汚水は病気の原因になるんじゃないかな、とか。しどろもどろに思い出しながら話した私の話を父上が聞いてくれて、真剣に検証してくれたんだよね。

その後、私は父上に話した事をすっかり忘れていて、数年越《ご》しの検討を終えて始まった事業の関係者に任命されたんだけど。その時は聞いてない！　研究が出来ない！　って憤《ふん》慨《がい》した。おかげで工事関係の魔道具開発に全力を注いでしまった。反省はしてない。

「下水道は私も寝耳《ねみみ》に水だったけど、街道は魔物が出るから。正確には魔物の素材が狙《ねら》いだったの。だから監査という名目で魔物狩《が》りを……」

「王女が何をしているんですか……？」

呆れたようにユフィにジト目で見られた。いや、目の力が強いから圧が凄いんだって、ユフィ。私は思わず挙動不審《ふしん》になってしまい、ユフィから目を逸《そ》らしてしまう。

「いや、ほら、あれだよ。王女自らが視察にってアピールしてるみたいで良いよね……？」

「そういう話ではないです！　あと本音と建前が違《ちが》うじゃないですか！」

「私も気付けば置き手紙だけ残されて逃《に》げられた事が何度もございました。挙げ句の果てに外に出るならせめて仕事をしろと街道の開拓《かいたく》に送り出されたのでしたね」

イリアの補足に懐《なつ》かしい気持ちになる。昔はもっとこう、自由だったな。今は私も落ち着いたんですよ。いや、研究がだいぶ形になって検証と修正が主になったからというのもあるんだけどね！

如何《いか》に王城を抜《ぬ》け出すか、近衛騎士《このえきし》団やいつの間にか結成されていた侍女《じじょ》隊なるものと熱い逃亡《とうぼう》劇を繰《く》り広げた。ある意味、近衛騎士団には仮想敵の演習扱いにされてたような気もするけど。

「さて、随分《ずいぶん》と話が長くなっちゃったかな。今日の講義はここまで。ちゃんと予習をしておくように！」

「ふふっ、はい。わかりました」

ユフィが少し笑った。私がきょとんとすると、ユフィも自分が笑った事に気付いたのか、そっと口元に手を当てて無表情に戻《もど》ってしまった。

その仕草がなんだかおかしくて、私は肩《かた》を震《ふる》わせるように笑ってしまう。するとユフィがジト目で睨《にら》んでくるのだから、それがなんだかおかしくて更《さら》に笑ってしまう。

少しずつでもユフィがここに馴染《なじ》んでくれるなら、それに越《こ》した事はない。そう思えた一日だった。

4章　虹《にじ》を思い描《えが》くように

すっかり授業形式でお互《たが》いの認識を摺り合わせるようになってから数日後の事。

授業形式が落ち着くという事で私はイリアを助手にユフィに魔学の授業を行っていた。

ふふ、気分は先生だね！　なんだかとてもテンションが上がってきたよ！

「という訳で、今日は実際に魔道具を作ってみようと思います！」

「はぁ、そんな簡単にできるものなのですか？」

「できるものを選んで持ってきたよ。ほら、ユフィもお世話になってる保温ポットです！」

じゃじゃーん、と口で言いながらユフィの前に置いたのは組み立てる前の保温ポットのパーツだ。それを興味深そうに見ているユフィを眺《なが》めつつ、私はパーツを手に取った。

「魔道具の仕組みはそう難しいものじゃない。ただ、技術が必要になるんだよね」

「技術ですか？」

「そう。さて、それでは質問です。魔法を使うイメージを深める為《ため》に必要なものは？」

「……詠唱《えいしょう》ですか？」

「正解！　正確に言うと、精霊《せいれい》にどんな働きをして欲しいのかを伝える事が重要なんだ」

これは前の授業でもユフィが自分から告げていた事だ。当然、ユフィも同じ認識だ。

「魔道具はこの部分が凄く重要でね。ここに細工の技術が必要になっちゃうんだよ」

「……それは簡単ではないのではないですか？」

「加工はね。組み立てるのと仕組みを説明するのはそう難しい事じゃないよ。じゃあ実際に見て行こうか」

ユフィに見て貰ったのは保温ポットの機能の核《かく》を司《つかさど》る台座部分だ。指で指し示すようにしながらユフィにも注目して貰う。

「この台座に火の精霊石をはめ込む事で、熱を生む仕組みにするんだけど。ここにさっき言った詠唱の技術が使われてるんだよ」

「詠唱の技術……？」

相槌《あいづち》を打ちながらユフィが不思議そうに小首を傾《かし》げた。くすりと笑いながら私は続ける。

「魔道具が喋《しゃべ》る訳じゃないんだけど、ほら、この台座の中を見てごらん」

「……文字が刻まれてますね？　これは、魔法の詠唱文ですか？」

「似たようなものだね。具体的にこの保温ポットがどう動くのか、どう動いて欲しいのか。それを指示する為の回路のようなものだよ」

ユフィが感心したように保温ポットの台座をなぞる。そこには確かに文字が刻まれている。これは前世風に言うと、魔道具を動かす為のプログラムのようなものと言うべきかな。

「これに火属性の魔力を通せば精霊石が無くても動かす事は出来るんだけど、誰《だれ》もが火の属性の適性を持ってる訳じゃない。だから精霊石を使った方が良いんだ」

「文字を刻むだけでそんな事が出来るんですか……？」

「だから加工の技術がいるんだよ。文字を刻んで精霊石を混ぜ込んだ特殊《とくしゅ》な塗料《とりょう》を使ったりとか。あと台座そのものが精霊石を混ぜ込んだ合金だったり。ほら、無属性の精霊石があるじゃない。賑《にぎ》やかしにしか使われないような、あれ」

「賑やかしって……。あの、確かに使用用途《ようと》は少ないですが、歴《れっき》とした精霊石なのですから儀式《ぎしき》にだって使われてるんですよ……？」

「だから賑やかしじゃん」

はぁ、とユフィが深々と溜息《ためいき》を吐《つ》いた。いや、言いたい事はわかるよ。精霊石ってのは存在するだけでありがたいもの。属性を持たない精霊石だってそれは同じだ。

でも無属性の精霊石は魔力が込《こ》められるだけなので、特に活用法に疑問が残ってたんだよね。砕《くだ》けば魔力を空気中に撒《ま》く事が出来るから、儀式や祭事で無属性の精霊石を砕いて祝うとかで使われているけど。

後は薬とか？　魔力を注いでから粉状にして加工すると魔力を回復する薬になる。但《ただ》し死ぬ程不味《ほどまず》い。試《ため》しに飲んだ事があるけれど、二度と飲みたくないと思う程だ。

それはともかくとして、無属性の精霊石については謎《なぞ》が多い。まだ属性を持つ前に結晶《けつしよう》化してしまった精霊なのか、元々属性があったのが使用のしすぎで属性を失うのかとか。

実に興味深い研究テーマではあるんだけれど、魔法を使えるようにする方が優先だったから後回しにしてるんだよね。いつかじっくり調べてみたいなぁ。

「話を戻しますが、かなり加工に手間がかかるのですね……」

「そりゃね。でも誰でも魔力があれば魔道具が動かせるようになるんだよ。それに職人の雇用《こよう》の拡大にも繋《つな》がるし、働き口があれば人は生きていく糧《かて》を得る機会が増える」

パレッティア王国は恵《めぐ》まれた事に安定した平和な時代が続いてる。父上が即位《そくい》する前後ではかなり国が荒《あ》れたらしいんだけど、そこは父上が安定させたのだと聞いている。

だけど、どんなに平和でも貧富の差は生まれてしまう。実際に王都でも難民達のスラムがあったりと、貧しくて明日の糧に困る人がいる事を私は知っている。

そんな人達を全《すべ》て救える訳ではないけれど、需要《じゆよう》が高まれば供給する為の人手が求められる。本当だったら、父上にはもっと魔道具の開発を大々的に国政として広めて欲しいという考えもあるんだけど、私の立場だと無理だ。

王位継承権《おういけいしょうけん》だの政治闘争《とうそう》って本当に面倒《めんどう》くさい。そんな事を思ってるとユフィが目を丸くして私を見ていた。

「どうしたの？」

「……いえ、アニス様が王族らしい事を言っていたので、つい」

「王族だよ⁉」

私のツッコミにイリアが無表情のまま吹《ふ》き出した。睨み付けると、さっと口元を拭《ぬぐ》って何事もなかったかのような表情を浮《う》かべている。その頰《ほお》をぺしぺししてやろうか。

「と、とにかく！　元々、平民の雇用の中には、こうした細工師や鍛冶《かじ》師がある訳なんだし、有効活用するに越した事はないでしょう？」

「は、はい。そうですね……」

なんとなく気まずい空気になってしまった。いや、私だって腐《くさ》っても王族だからね？　民《たみ》の生活の事とかに無関心って訳じゃないよ？

誰に言い訳をしているのかと思いつつ、保温ポットをユフィと一緒《いっしょ》に組み立てていく。加工自体は難しいんだけど、加工し終わったものを組み立てるのは簡単なんだよね。

なにせパーツを順番に組み合わせていけば良いだけだし。保温ポットの機能の核となる台座に、内部の熱を外側に逃がさないように加工した外装の器《うつわ》。そして火属性の精霊石を核となる部分にはめ込む。

あとはちゃんと台座に保温ポットとして動かす為の文章に誤りがないか、セーフティとなる文が記載《きさい》されているのかどうかを目視で確認《かくにん》して、組み立てた後に魔力を通してみて動くのかどうかを確認する。

「はい、これでちゃんと機能してるのが確認出来た、と」

「本当に組み立てるだけなら簡単なのですね……」

「加工には職人の技《わざ》が必要だけど、加工さえやっちゃえば子供でも組み立てられるよ」

「なるほど……改めて触《ふ》れてみましたが、魔道具《まどうぐ》とは素晴《すば》らしい発明なんですね」

「そう思ってくれる？」

「はい。心の底からそう思います」

ユフィが少しだけ微笑《びしょう》を浮かべて頷《うなず》いてみせてくれた。感情を見せてくれるようになったユフィに心が温かくなっていく。あぁ、こういう表情が見られて本当に良かったな。

しかし、魔道具が褒《ほ》められるとやっぱりうずうずしてくる。保温ポットでこれだけ驚《おどろ》いてくれたり、評価をしてくれるなら〝アレ〟ならどんな評価をしてくれるかな？

「よーし、じゃあ次は父上お墨《すみ》付きのとっておき魔道具をご紹介《しょうかい》するよ！」

「とっておきですか？」

「ふふーん……じゃーん！　これだよ！」

私はスカートの裏側に手を突《つ》っ込んで、太股《ふともも》のホルダーに差していた〝ソレ〟をユフィに見せるように掲《かか》げた。私の手の中のものを見てユフィは訝《いぶか》しげな目を向けて来る。

「それは……剣《けん》の柄《つか》、ですか？　少し形状が奇妙《きみよう》ですが」

そう。私が手に持っているのは〝刀身〟が存在しない剣の柄だ。

柄の根元に窪《くぼ》みがあって、その穴に精霊石がはめ込まれている。それ以外はどこからどう見ても剣の柄としか言いようがないものだ。

「見ての通り剣の柄だよ。騎士が使っている一般《いつぱん》的なロングソードを意識してるけど」

「なぜ柄だけなんですか？」

「これはこれでいいんだよ。これが私の開発した魔道具の中でも大人しく、そして有用性が高いと誇《ほこ》れる一品！　はい、どーぞ」

「え、あ、はぁ……？」

ハイテンションな私に戸惑《とまど》うようにユフィは剣の柄を受けとる。訝しげにユフィは剣の柄を持って観察をしている。重量を確かめたり、実際に構えてみたりしてる。

そしてユフィが目を向けたのは剣の根元、精霊石がはめ込まれている窪みの部分だった。

「これも魔道具なんですよね？　魔力を通せば使えるのですか？」

「試してみる？」

「……では」

ユフィが促《うなが》されるままに剣の柄へと魔力を込めていく。慎重《しんちょう》にゆっくり注がれた魔力に反応して、剣の柄の精霊石が煌《きら》めきを帯びる。次の瞬間《しゅんかん》、ユフィの魔力に呼応するかのように魔法陣が浮かび上がり、剣の柄から刀身を描くかのように光が零《こぼ》れる。

やがて揺《ゆ》らめく光は強くなっていき、〝光の刀身〟となった。それを見たユフィは目を丸くして、ほう、と息を吐《は》き出す。

「魔力で刀身を生み出す〝魔剣〟だよ。通常の剣に比べて重さは柄の重量だけ、必要とあらば刀身の重みは使用者の好みで調節も可能！　女性の護身用にお一つ如何《いかが》ですか⁉」

「アニス様、なぜ商売人みたいに……？」

ノリだよ！　気分はテレフォンショッピング！　電話なんてまだこの世界にないけど、こういうのは勢いとかが大事なんだよ！　多分！

「しかし、これは凄《すご》いですね。見た目、刀身の長さは一般的なロングソードほどでしょうか？　けれど重みは確かに柄の重さのみですし、アニス様の言うように女性の護身用として考えれば素晴らしいですね。携帯《けいたい》するのにも優《すぐ》れていますし。女や子供でも十分持てます。この魔力の刃《やいば》は実際に斬《き》れるのですか？」

「勿論《もちろん》。但し、鍔迫《つばぜ》り合いになると刀身を形成してる精霊石に負荷がかかるからオススメしないよ。物理衝撃《しょうげき》に弱いのがちょっと難点。あ、でも魔剣同士の鍔迫り合いなら大丈夫《だいじょうぶ》かな。副産物だけど、魔法を切り払《はら》ったりするのに凄い便利だよ」

感心したようにユフィが剣を構えたりして使い心地《ごこち》を確かめてる。見た目、光の刀身なだけの剣だけどね。鍔迫り合いには向かないのと、物理衝撃に弱い欠点こそあるけれど、重量も軽くて製作費用もほどほど。父上にも手放しで絶賛された数少ない発明品である。

開発名称《めいしょう》は〝マナ・ブレイド〟。一部、信頼《しんらい》のおける王宮の侍女《じじょ》達に護身用の武器として実験的に採用して貰《もら》っている。

剣の柄だけだから携帯が楽なんだよね。私は太股につけたホルダーに差して持ち運んでる。柄だけだから隠《かく》すのも容易《たやす》いので、隠し武器には持ってこいだ。

「強度は？」

「それも調整次第《しだい》。形状とか、強度とかの配分は割と好みで。但し精霊《せいれい》石を使ってるから精霊石に負荷がかかりすぎて破損すると精霊石を交換《こうかん》しないと使えなくなる。あと、刀身への注文が多ければそれだけ魔力を使うよ。耐久《たいきゅう》年数に関しては目下試験中。尚《なお》、父上に喜ばれたのはマナ・ブレイドよりも盾《たて》版のマナ・シールドだった。悔《くや》しい！」

「これの盾ですか……それは、有用ですね」

確かに有用なのは認めるけど、私としてはこのマナ・ブレイドにこそ浪漫《ろまん》を感じて欲しかったよ！　ちなみに普及《ふきゅう》させると怖《こわ》いのでマナ・シールドを持ってるのは父上とイリアだけ。父上は護身用に、イリアには私がプレゼントで贈《おく》った。

父上には鎧《よろい》に出来ないのかと言われたけれど、全身を覆《おお》うとなると調節が大変で無理。主な理由として剣や盾は可動範囲《はんい》がないからだ。鎧のようにする為《ため》に可動範囲まで作るとなると調節が無理難題過ぎて断念した。

「質量のある物理攻撃《こうげき》には弱いから万能って訳じゃないよ。まったく効果がない訳じゃないけど。精霊石の劣化《れっか》が進むからオススメしないなぁ」

「どれぐらいの質量があると危ないのですか？」

「人の大きさを越《こ》える落石を真っ正面から受け止めたら壊《こわ》れたかな」

「……試したのですか？」

ユフィの鋭《するど》く冷たい声による指摘《してき》に私は目を逸《そ》らした。わざとらしい咳払《せきばら》いをして誤魔《ごま》化《か》してみるけれど、ユフィの視線は冷たいままだった。

「ほ、ほら！　魔法にもマナ・ブレイドのように魔法で刃を作るものがあったよね？　というかマナ・ブレイドはそれの再現品なんだよ！」

「……使い手は少ないですけどね。主に騎士《きし》団入りを志す方々が使っているかと。ただし普通に魔法を使った方が良いとよく言われて……」

「限定された室内空間とかじゃないとねぇ。まぁ、だからこれは魔力はあるけれど魔法は使えない人向けの装備なんだよね」

主に私向け。というか私が使いたいから作った。光で出来た剣を振《ふ》り回すのとか憧《あこが》れる。体を鍛《きた》えてない訳じゃないけれど、どうしたって女だしね。あと、侍女の護身用にという事で持たせられたという思わぬ結果もあったし、私の発明の中でも成功作の一つだ。

「普段は活用されない無属性の精霊石も有効活用出来るしね」

「成る程。ちなみに属性付きの精霊石で刀身を形成したらどうなるんですか？」

「死ぬほど面倒くさい」

「死ぬほど面倒くさい、ですか……」

「炎《ほのお》なんて纏《まと》わせようとしたら持ち手が発火しそうになって火傷《やけど》したし、水を固めようとしたら水のままだと刃にならないし、かといって氷にしてみたら今度は持ち手まで凍《こお》っちゃって凍傷《とうしょう》になったし、風は安定させようにも調節が難しすぎて暴発した。土は、もう剣というか棍棒《こんぼう》になるというか、うん……」

私だって考えたよ、属性剣！　けれど属性付きの精霊石で刀身を形成しようとするのは魔法が使えない私では無理だった。やっぱり感覚がわからないんだよね。それが辛《つら》い。

どういう条件付けで設定すれば良いのか、そもそも魔剣の機能を維持《いじ》したままどう属性をつければいいのかが課題なんだよね。面倒くさくて後回しにしちゃってるけど。

「けど、ユフィなら出来るんじゃない？　精霊石じゃなくて自前の魔法で属性付与《ふよ》すればいいんだから」

「なるほど……」

「うん。だからユフィの要望で一本、特注品を作ってあげようかなって」

「私にですか？」

ユフィが目を丸くして私の顔を見た。私はそんなユフィに笑《え》みを浮かべてみせる。

「折角だからここに来たお祝いにどうかなって。ユフィも剣を嗜《たしな》むなら有用でしょ？　咄《とっ》嗟《さ》に魔法を使うよりは奇襲《きしゅう》とかに対応出来るかな、って思ったんだけど」

「……よろしいのですか？」

「特注品ともなれば、色々と手を加えて作ってみたいからね！　むしろ私の趣味《しゅみ》みたいなものだから遠慮《えんりょ》なんてしないでよ！」

そう言って私はユフィの両手を取った。手を取られたユフィは呆気《あっけ》に取られた顔をしていたけれど、少し困ったように微笑《ほほえ》んでから頷いてくれた。

「では、お言葉に甘えさせて頂きます。……それなら是非《ぜひ》とも要望があるのですが」

一度私の手を離《はな》してから、何か思い悩《なや》むようにユフィは思案してから呟《つぶや》いた。

そのユフィからの要望に私は目を丸くして、けれど狂ったように笑い出しそうになった。

それ程《ほど》までにユフィのお願いは愉快《ゆかい》だった。高笑いしそうになるのを抑《おさ》えながら、不敵な笑みを浮《う》かべてみせる。

「最高だよ、ユフィ。やっぱり貴方《あなた》を誘《さそ》って大正解ね！」

「言ってみただけなんですが……可能、なんですか？」

「不可能という言葉を挑戦《ちょうせん》する前から口にするのは、私の流儀《りゅうぎ》に反するんだよ！」

どこか不安げに眉《まゆ》を寄せているユフィを安心させるように、私はそう言った。

昂《たか》ぶった気持ちのままに歯を剝《む》くように笑ってみせる。さぁ、楽しい楽しい試行錯誤《さくご》の時間だ！　楽しくなってきちゃったよ！　うふふふ！

＊　＊　＊

目を開けば、まだ見慣れない天井《てんじょう》。ここはどこかと、そう思ったのは一瞬の事。自分が王城の離宮《りきゅう》に移り住んでいた事を思い出して、私は身を起こします。

未《いま》だに眠気《ねむけ》と倦怠感《けんたい》が残る目覚めに首を左右に振りました。最近、寝付《ねつ》けていないのが体に残ってしまっているのか、自分の体の不調に思わず溜息《ためいき》が出てしまいます。

「ユフィリア様、おはようございます。入ってもよろしいでしょうか？」

ふと、ドアの向こう側からアニス様の侍女であるイリアの声が聞こえました。最近では離宮での生活を助ける為に付き添《そ》ってくれています。

その厚意をありがたく思いながらも、私の心はじくじくと淀《よど》みのようなものを抱《かか》えてしまっていて、だんだんと歯車がずれていくような気持ち悪さを感じてしまいます。

そんな疲《つか》れを表に出す訳にはいかないと、私は深呼吸をして気分を切り替《か》えてから扉《とびら》の向こうにいるイリアへと声をかけます。

「起きています、イリア。毎朝ありがとうございます。入って頂いて構いません」

入室を促せば、イリアが一礼をしてから部屋の中へと入りました。それからはいつものように身支度《みじたく》を整えてから朝食へ。ここに来てから私の着替《きが》えは、自分が持ってきた服よりも、アニス様から渡《わた》された騎士服の衣装《いしょう》を織り交ぜたワンピースドレスを着ています。

元々、日常的にもドレスを着るのを嫌《いや》がったアニス様が特注したデザインなのだとか。少し風変わりな印象こそ受けますが、気にならない程度でしょう。

折角だからとアニス様がイリアに手直しをさせてから賜《たまわ》った服なのですが、足を晒《さら》す気にはなれなかったので、ワンピースの下に重ねるスカートはロングスカートに変えさせて頂きました。

ふと、自分の意識が思考に逸れているのに気付くと、着替えは既《すで》に終わっていました。流石《さすが》にしっかりしないと、と眉間《みけん》を揉《も》み解《ほぐ》す。ふと、そこで私は姿の見えないアニス様が気にかかりました。

「イリア、アニス様は……？」

「あの方でしたら、少し前に飛び出して行きましたよ。お忍《しの》びで」

「……お忍びで飛び出すというのもまた奇妙《きみよう》な表現ですね」

「いつもの事でございます」

いつもの淡々《たんたん》とした声でイリアは返事をしました。……そうなのです。私は最近、アニス様をお見かけしていません。例のマナ・ブレイドを私に贈る為に奔走《ほんそう》しているという事なのですが、私を驚《おどろ》かせたいという事で経過を見せて貰えません。

アニス様のお気持ちは嬉《うれ》しく思いつつも、私は離宮でやる事がありません。決められた時間に食事を取って、後は自由時間。今までの私の生活からは考えられない時間の使い方でした。正直に言えば戸惑《とまど》うばかりで困っています。

少し前までは学業に王妃《おうひ》教育にと息を吐《つ》く暇《ひま》も僅《わず》かで、とにかく多くの事を学ばなければいけないと気を張り詰《つ》めていました。ですが、アルガルド様から婚約破棄《こんやくはき》を突《つ》きつけられてしまった以上、この騒動《そうどう》が収まるまでは私の行き場は不明瞭《ふめいりよう》のまま。

もうここまで大事になれば、私が婚約者に戻《もど》る事もないのでしょう。既にアルガルド様のお心は私に向けられていません。その事実にさほど傷ついていない自分にむしろ驚きを覚えるのです。まるで何もかもが渇《かわ》いてしまったかのような。

だから、ただ時間が過ぎていくのが苦痛で。どうにも気分が滅入《めい》ってしまいます。

「……アニス様、まだ終わらないのでしょうか」

朝食も食べ終わり、手持ち無沙汰《ぶさた》になってしまうとすぐにアニス様の顔が浮かびます。

私はアニス様の事をどう思っているのでしょうか？　ただ明るくて、能天気のように見えて色々と考えていて。良い人なのだとは思いますが、彼女の考え方や物事の捉《とら》え方は私と見ているものが違《ちが》い過ぎて、違いを実感する度《たび》に驚く事ばかりで。

魔学《まがく》という観点も、魔道具の使用用途《ようと》から、魔道具によって生み出される雇用《こよう》の拡大といった視点まで。どうして彼女がキテレツ王女だとか、王族失格だと蔑《さげす》まれるのか疑問を抱《いだ》いてしまいます。確かに、私も実際に話すまでアニス様の印象は良くないものでした。

やる事為《な》す事が全《すべ》て突拍子《とっぴょうし》も無い破天荒《はてんこう》な問題児。それが私の知るアニス様への風評です。魔道具というよく理解出来ない発明に入れ込み、離宮に籠《こ》もっては摩訶不思議《まかふしぎ》な研究に日々精を出していて、王族としての務めも果たさないうつけ者だと。

アルガルド様と仲がよろしくないと聞いていたので、たまに遠目で見かけるだけでした。

それが今となっては、彼女の助手という立場にいるのですから人生というのはわからないものです。……わからないと言えば、私が彼女をどう思っているのかもです。好ましい、だとか。嫌《きら》いなのか、だとか。それすらもわからないのです。ただ遠くて、衝撃的《しょうげき》で判断に困ります。良い人なのは間違いないのに、何かが引っかかってしまいます。出来ればこのままならない感情に少しでも答えを出したいのですが、肝心《かんじん》の本人と顔を合わせられないままで、このもどかしさが増すばかりです。

「……私はどうしたら良いのでしょうね」

私は取り留めなく思考を続けながら離宮の中庭へ出ました。この離宮の中庭はアニス様が人を寄せ付けないからなのか、見せる事を意識していないように思えます。だから景観も寂《さび》しいものです。

最低限の手入れだけはされていても、閑散《かんさん》とした景色はするりと私の心の中に滑《すべ》り込んで来ました。なんとなく、自分が落ちていくような、或《ある》いは何かを落としているような。そんな心地《ここち》になって、足下《あしもと》が崩《くず》れ落ちそうになるのです。思わず深い溜息が零《こぼ》れ落ちました。今、私は何も為す事がありません。追い立てられるような事もなく、義務もない。それが寂しいのか、虚《むな》しいのかも。わからない、わからない。何も、わからない。ただ、壊《こわ》れたように繰《く》り返すだけ。まるで心にぽっかりと穴でも空いたかのようで。

このままではいけないと両手で頬《ほお》を叩《たた》いてみても気が晴れません。困ったように溜息を吐こうとした、その時でした。

「あー！　こんな所にいた！　ようやく見つけた、ユフィ！」

私を大きな声で呼んだのはアニス様。その顔を見て、私は思わずギョッとしてしまいました。アニス様の目の下にはクマが出来ていて、明らかな睡眠《すいみん》不足です。

髪《かみ》はいつものように左右にぴょこぴょこと揺《ゆ》れるように結ばれていますが、少し草臥《くたび》れています。服も少しよれよれで、直前まで作業していたのが丸わかりです。

それでも、まるで太陽のような眩《まぶ》しい笑顔は変わりません。そして、そんなアニス様の手には一本の〝剣《けん》〟が握《にぎ》られている事に気付きました。形状は一般《いっぱん》的なレイピアです。

特徴《とくちょう》的なのは持ち手の部分です。手の甲《こう》を保護する為《ため》の湾曲《わんきょく》したガードにはきめ細やかな細工が施《ほどこ》されていて、六色の精霊《せいれい》石がはめ込まれているのが見えました。これがアニス様が最近、かかりきりになっていたものなのでしょう。

「アニス様、それは……」

「えへへ、待たせちゃったね！　ユフィ専用のマナ・ブレイド、完成したよ！」

まるで自慢《じまん》げに胸を張ってみせるアニス様。心底誇《ほこ》らしげに笑ってから、私にその剣を手渡《てわた》してくれました。

「刀身は精霊石を練り混ぜた合金で魔力導体に！　接合して精霊石を埋《う》め込んだけど、実際に魔力伝導率は試《ため》してみないとわからないかな。上手《うま》く行けば刀身に属性付与をするのを補助！　それから普通《ふつう》に魔法を使うのも補助出来る贅沢品《ぜいたくひん》！　いやぁ、私頑張《がんば》ったよ！」

早口で捲《まく》し立てるアニス様の勢いに押されながらも手にした剣を眺《なが》める。重量は見た目通り、普通のレイピア。しかし握った瞬間《しゅんかん》、それが普通の剣ではない事はわかりました。

まるで私の手に触《ふ》れた先から、私の魔力に呼応して、反応が返ってきたように思えます。この感触《かんしょく》に似たものに覚えがありました。しかし、以前手にしたそれは剣ではありません。確認《かくにん》の為に私は顔を上げてアニス様を見据《みす》えます。

「思いつきでしたが、まさか本当に〝魔杖《まじょう》〟としての機能をつけられるなんて……」

魔杖。それは貴族の嗜《たしな》みとして持つ人が多いもの。己《おのれ》の得意な魔法を補助する為の杖《つえ》であり、己の適性と一致《いっち》する精霊石をはめ込んだ魔法の補助具です。

魔杖自体はそう珍《めずら》しいものではありません。ですが剣として使えて、魔杖としての機能も持つものは今までに存在していません。杖以外の形状ですと、あっても指輪などでしょうか？　そんな思いつきから、アニス様に提案してみましたが、実現するなんて……。

「いやぁ、折角作るなら拘《こだわ》ってやろうと思ってさ！　あ、でもまだ完成品って訳じゃないから。微調整《びちょうせい》はしていかないといけないからね！」

ニコニコと満足げに笑いながらアニス様はそう言いました。本当に楽しんで魔道具発明をしているのだと伝わってくる程です。

「そうだ、ユフィ！　早速《さっそく》で悪いけれど試してみない？　ここ、中庭だし魔法使っても問題ないでしょ！」

「……それもそうですね」

「待ってて、保護用の手袋《てぶくろ》を持ってくるから！」

「あ、アニス様！　そんな慌《あわ》てずとも……！」

慌ただしく走り去っていくアニス様。思わずその背中に手を伸《の》ばしかけますが、摑《つか》むものもないので空を切る。仕方なしに私は手に持つ魔剣を握り直してみます。

魔剣から感じる、音の反響《はんきょう》にも似た感覚。自分の中にある何かが剣と共鳴するような奇妙な感覚。今まで感じた事のない、まるで鼓動《こどう》のように響《ひび》き合うもの。

とても奇妙で、初めての感覚に戸惑うのに、勝手に体に馴染《なじ》んでいくような。体と心が乖離《かいり》していくのに、嫌だとも怖《こわ》いとも思えない。そんな不思議な感覚が私を包み込みます。

「お待たせ、ユフィ！」

魔剣の感触を確かめる事に没頭《ぼっとう》していた意識は、はしゃいだアニス様の声で呼び戻されました。一度、首を振《ふ》って奇妙な感覚から脱《だっ》するようにして、アニス様に視線を向けます。

「アニス様、こちらの剣は……」

「あぁ、うん。細工の図案とか設計図を描《か》いたのは私だけど、剣そのものは懇意《こんい》にしてる鍛冶《かじ》師に頼《たの》んだんだ。どうかな？」

「……良い剣だと思います」

それは心からの本音でした。ただの剣として見ても見事な出来映《できば》えです。手に持つ事で感じる奇妙な感覚を抜《ぬ》きにしても、そう思えるのです。

「いつも剣の柄《つか》だけとか頼むから、凄《すご》く張り切ってたんだよね！」

「外出していたのはその為でしたか」

「うん。顔合わせが出来たら良いんだけど機会があったらね。それより試してみようよ！」

「……ええ、そうですね」

アニス様から受けとった手袋を嵌《は》めてから、改めて魔剣を手に取ります。直《じか》に触《さわ》っていなくても、あの奇妙な感覚は私の中に響き、染《し》み渡るように広がっていきます。この感覚は何なのか、そう考えてみますが答えは出て来ない。

それどころか疑問を抱こうとする思いも搦《から》め捕《と》って、己の中に埋没《まいぼつ》させていく気さえしてきて。不思議と心が落ち着いていくのが自分でもわかる。

（決して不快ではない。むしろ心地よくて……）

目を閉じて、奇妙な感覚に身を委《ゆだ》ねてみる。音にも似た何かの共鳴が強くなり、リズムが一致していくような心地にゆっくりと目を開いていく。

この剣は、私によく馴染むのでしょう。自分の一部であったように、魔剣に魔力を込《こ》めれば、魔剣が喜びに震《ふる》えるかのようで。その中心にあるのは間違いなく六色の精霊石。

「……アニス様、魔法を使ってみます。離《はな》れていてくださいね」

「はーい。あ、あそこに的があるから、そこに当てちゃっていいよ」

アニス様に促《うなが》されて視線を向けてみれば、そこには確かに訓練用と思わしき的が見えました。ゆっくりと深呼吸を繰り返して、私は的に向けて剣の切っ先を向ける。

魔法を行使する際に必要なのは、明確なイメージを精霊へと捧《ささ》げ伝える事。そして私の脳裏《のうり》に描かれた魔法が具現化しようとするかのように剣の切っ先に揺らぎが生まれていき、ここからは最早《もはや》、慣れ親しんだ感覚と変わらず。

祈《いの》り、願い、望み。ここに精霊に我が魔力を捧げて形となす。生み出すのは焔《ほのお》の玉。

「〝ファイアーボール〟」

口にした事で明確にイメージが深まった瞬間、剣の先から火の玉が浮《う》かび上がり飛翔《ひしょう》していく。そして、着弾《ちゃくだん》。的を焼き焦《こ》がすように火球が弾《はじ》けました。着弾したのを見届けてから、私はそっとは息を吐く。緊張《きんちょう》していた体から力が抜けました。

「おー、凄い凄い。どうだった？」

私のファイアーボールが的へと着弾したのを見届けて、アニス様は小さく拍手《はくしゅ》しながら問いかけてきました。アニス様の問いかけに答える前に、私は思わず視線を落として魔剣を見つめてしまいます。

「とてもスムーズです。魔杖の媒体《ばいたい》としては、私が使った事のあるものの中で最高の一品だと思います。精霊石の細工のお陰《かげ》か、精霊を知覚する感覚が高まった気がします。おかげで魔法行使のイメージがしやすいです」

「それは良かった！」

アニス様は満面の笑《え》みで喜びを露《あら》わにして、今にも飛びついてきそう。アニス様が飛びつこうとするのを押し留《とど》めるように片手で制します。

「えと、ついでですから魔剣としての機能も試してみましょうか」

そう言い含《ふく》めてから剣を構え直します。正眼に剣を構えながら剣に魔力を注いでいく。

（込めるのは……水でいきましょうか）

火を使ったから、という訳ではないですけど。私のイメージに合わせて水の精霊が応《こた》えてくれます。捧げた魔力に応じるように水が渦巻《うずま》くように刀身に纏《まと》わり付いていき、刀身が形成されていきます。

「……刀身、形成。〝ウォーターブレイド〟」

「おぉー！　凄い！　しっかり剣になってるよ！」

アニス様が凄く興奮した様子で私の作った水の刃《やいば》をキラキラした目で見つめています。

レイピアの刃を沿うようにして水の刃が形成されてロングソードのようです。

はしゃいでいるアニス様の様子に苦笑《くしょう》しながらも、内心では魔力が滑《なめ》らかに込められる事に驚《おどろ》いていました。驚愕《きょうがく》を誤魔化《ごまか》すように一度、二度、水の刀身を得た魔剣を振ってみても刀身は崩れそうにありません。剣の重量も多少重みが加わった程度で、思わず感心の声を上げてしまいました。

「これは……なんというか、面白《おもしろ》いですね」

「私があんなに形に出来なかったのに、ユフィは凄いね！」

「あ、アニス様！　急に飛びつかれては危険です！」

急に飛びついてきたアニス様に驚き、咄嗟《とっさ》に剣を逸《そ》らすようにしてから受け止めます。

そのままご機嫌《きげん》な様子でぎゅうぎゅうと力を込めていたのですが、ふと、そのまま静かになってアニス様は動かなくなってしまいました。

「……アニス様？」

どうしたのでしょう、思わず気になってしまって肩《かた》を揺さぶってみました。

　すると崩れ落ちそうになったアニス様に目を見開いてしまいます。咄嗟に剣を手放して支えました。背筋がぞっとして悪寒《おかん》を感じた所で……アニス様の寝息《ねいき》が聞こえました。

「……まったく、この人は」

　思わず呆《あき》れてしまいました。咄嗟の体勢だったので、そのまま膝《ひざ》を枕《まくら》にするように私は座る。そのままアニス様の頭を膝に乗せて顔を覗《のぞ》き込む。

　彼女の顔はとても満足そうで、そして安心しきったような表情を浮かべていました。

「……一生懸命《いっしょうけんめい》、いえ、無邪気《むじゃき》なだけですか。まるで大きい子供です」

　私よりも年上なのに、まるで自分よりも幼く見える人。けれど、その中身は様々な異名をそのまま体現するような人なのだと嫌《いや》でも理解させられました。この魔剣だってあっさりと作ってみせて、本当に規格外な人です。

「……膝枕なんて、アルガルド様にもした事がなかったですね」

　……あぁ、本当に私は何をしていたのでしょうか？　アルガルド様とは夫婦《ふうふ》になる筈《はず》だったのに、こんなやりとりをあの方としようとは思った事が一度もないのです。ただ王妃《おうひ》としてあろうとしすぎて、人間らしさを置いてきてしまった。

　だからなのかもしれませんね。アルガルド様や他《ほか》の方々が私を見限ったのも。次期王妃と言われながらも、アルガルド様との関係性を深められなかった。

それは自分にとって大きな失敗。だけど失敗したからこそ今がある。そう思ってしまう自分がいて、その浅ましさに自嘲《じちょう》するように笑ってしまう。

失敗した事実は消えない。けれど、今こうして手にする事が出来た幸福感はくすぐったい程《ほど》に温かくて。それを振り解きたくないのに、受け入れるのも息苦しい程《ほど》に思えてしまう。その自覚と共に、目の奥がじわじわと熱を帯びていくのを感じる。

「……貴方《あなた》が羨《うらや》ましいです。アニス様」

零《こぼ》れ落ちた言葉が、私にとって何より本心なのだと。気付いてしまえばもう逃《のが》れられない。あぁ、私には……この人の輝《かがや》きはあまりにも暖かすぎて、眩《まぶ》しいのだと。

ぽたりと。アニス様の頬《ほお》に雫《しずく》が落ちていきました。それは私の頬を伝って落ちた雫だと気付いてしまい、指でアニス様の頬をなぞる。決して起こしてしまわないように、その輝きと暖かさが曇《くも》ってしまわないように。

次に目が覚めた時、こんな浅ましい自分を見られたくないと思う自分がいて。私はまだ、この感情を掴み兼《か》ねています。確かな事は、私がアニス様を羨ましく思っていること。

あぁ、ほんの一欠片《ひとかけら》でも、この人のようになれたらと。どうしても、そう願ってしまう自分に気付いてしまいました。

＊＊＊

「いやぁ、無事に成功したから一気に疲《つか》れが出ちゃったかな、ごめんね！」

暫《しばら》くして、目を覚まされたアニス様は陽気に笑いながらそう謝罪しました。私は気にしていないと示すように首を左右に振ります。

「いえ、気にしていません。むしろこんな素晴《すば》らしいものをありがとうございます」

「ううん！ 私も作るのが楽しかったしね！ こちらこそありがとうだよ！」

心底嬉《うれ》しいと、全身で喜びを示しているアニス様にこちらまで笑みを浮かべてしまいそうで。すると、突然《とつぜん》アニス様が思案するかのように顎《あご》に手を当ててました。

「そういえば、ユフィの魔剣《まけん》に名前をつけないとかな」

「名前ですか？」

「うん。だってマナ・ブレイドって言うにはもう別物過ぎるし、うーん、名前か。どんな名前が良いかな？」

腕《うで》を組んでアニス様は悩《なや》ましい声を上げています。この魔剣の名前に悩んでいるようですが、私としては特に拘《こだわ》りがないので、どうしたものかと黙《だま》り込んでしまいます。

「うーん、レインボウ……いや、確か、そう、あれだ！」

「アレ？」

「うん！　アルカンシェル！　その剣の名前はアルカンシェルにしよう！」

「……アルカンシェル。確か〝虹《にじ》〟を意味する言葉でしたか？」

「そうだよ！　ユフィ、魔法属性の適性がいっぱいあるし！　虹みたいに色がいっぱいでぴったりって感じじゃないかな？　ユフィ専用って感じがするよ！」

虹の色が、私みたい。そのように言い表したアニス様の顔を私は思わず凝視《ぎょうし》してしまう。

虹は、あの空にかかる光の橋の事。どこか幻想《げんそう》的で美しい、空にかかる橋を思い出してしまうと気分が落ち込んでしまった。

（それは……私には過分な名前ではないでしょうか）

自分は虹のように華《はな》やかではない。むしろ面白みのない人間だと思う。それでもアニス様が気に入ったのであれば、その名を受けとるのがアニス様の為《ため》でしょうか。だから私は意識して微笑《ほほえ》むように口の端《はし》を上げました。

「ありがとうございます、アニス様。素敵なお名前ですね」

私がお礼を言うと、アニス様がきょとんと目を丸くしました。すると、今度は穴が空くのではないかという程にアニス様が私を見つめて来ます。

突然の凝視に私は困惑《こんわく》してしまいます。しかし、アニス様は何も言いません。どうしたものかと思っていると、離宮《りきゅう》の中からイリアが顔を見せたのが見えました。

「姫様《ひめ》、戻《もど》ってきたのでしたら身だしなみをちゃんとしてください。だらしないですよ」

「ごめん、ごめん。つい気が逸《はや》っちゃって」

「それはようございました」

アニス様はニコニコと笑いながら、イリアは淡々《たんたん》と、でも少しだけ口の端が上がったのがわかりました。この二人の間には確かな親愛と信頼《しんらい》があるのだと思えます。

……不意に、鼓動《こどう》が不快なリズムで跳《は》ねました。突然の事に驚いて胸に手を当ててしまいます。一体、なんだと言うのでしょうか？　今まで感じた事のない感覚でしたが……。

「――ユフィリア様？」

肩に誰《だれ》かの手が置かれる感触《かんしょく》に顔を上げました。そこにはいつのまにかイリアがいて。何故《なぜ》か彼女は険しい顔で私の顔を覗き込んでいます。一体、何事かと私は目を丸くしてしまって、彼女の顔を見つめる事しか出来ません。

「ねぇ、ユフィ？　もしかして具合悪い？」

「え？　あ、アニス様まで……？」

「ちょっと顔貸してね」

アニス様まで心配するように私に声をかけてきます。私は自分が不調だとは思わないの

ですが、アニス様は私の頰に両手を添《そ》えて自分の額と合わせて来ました。

最初は何が起きているのかと思いました。段々と熱を測られているのだと理解しても、突然近づいたアニス様との距離《きょり》に私は困惑して動きが止まってしまいました。

「うん、ちょっと熱っぽくない⁉　イリア、風邪《かぜ》かも！」

「それはよろしくないですね」

パッと額を離《はな》したアニス様が慌《あわ》てたように叫《さけ》びました。すると追従するかのようにイリアが頷《うなず》きます。え、いや、私は風邪ではないのですが……？

「ユフィ、部屋に戻るよ！　ダメだよ、安静にしてなきゃ！」

「あ、あの、二人とも？　私は大丈夫《だいじょうぶ》ですから……」

「イリアはアルカンシェルを預かって！　私はユフィをベッドに連れて行くから！」

私の小さな抗議《こうぎ》の声は聞き入れられる事はなくて、アニス様は素早く私からアルカンシエルを取り上げると私を抱《だ》き上げます。

ああ、まるでアルガルド様の前から連れ出された時のような状況《じょうきょう》に、私はすぐに諦《あきら》めてしまいました。こうなっては抵抗《ていこう》しても無駄《むだ》なんだと私は学びました。

そのままアニス様に抱きかかえられて運ばれていきます。私の為に用意された部屋に辿《たど》り着けば、アニス様に素早く服を寝間着《ねまき》に着替《きが》えさせられて、そのまま私はベッドに叩《たた》き込まれました。

「外の風に当たりすぎたかな？　というか私を膝枕してくれてたし、なんかもう、本当にごめんね……」

「い、いえ。そんな大した事は……」

「大事になってからじゃ遅《おそ》いの！　ちょっと待ってて、薬貰《もら》ってくるから！」

「あ、アニス様⁉」

まるで突風《とっぷう》の如《ごと》く駆《か》け抜《ぬ》けていくアニス様を私は呆然《ぼうぜん》と見送る事しか出来ません。なんだか無駄に心配をかけてしまったようで、申し訳ないままに私は布団《ふとん》を口元まで引っ張って隠《かく》します。

「……何をしてるんでしょうか、私は」

ぽつりと呟《つぶや》くと、朝から感じていた虚脱《きょだつ》感が一気に襲《おそ》いかかってきました。目を閉じれば瞼《まぶた》が重たくて、開きたくないと思ってしまう程で。

どれだけ目を閉じていたでしょうか。私が次に目を開いたのは、勢い良く扉《とびら》が開かれた音によってでした。飛び込んできたのは、やはりアニス様です。

「お待たせ、ユフィ！　あぁ、まずはもう一回熱を測ろうか」

アニス様はベッドの傍《そば》に来て、膝をつくようにして私の上に覆《おお》い被《かぶ》さるように上がってきます。そのまま額を合わせて私の熱を測ります。

互《たが》いの息遣《いきづか》いが聞こえる距離で、額に当てられたアニス様の体温は何故だか心地《ここち》よくて目を閉じてしまいます。暫く熱を測っていたアニス様が、難しい顔をして離れました。

「うーん、微熱《びねつ》？　いや、でも悪化したら怖《こわ》いしなぁ。とりあえずお薬だけ飲んで貰おうかな。ユフィ、起きれる？」

「ええ、そこまで体調が悪い訳ではないので……」

アニス様に促《うなが》されて、私は上半身を起こすように起き上がります。その際にアニス様が手を貸してくださって、楽に起き上がる事が出来ました。

この方は面倒見《めんどうみ》が良いのだと。そう思いながらアニス様を見ていますとアニス様が手に持った薬を差しだしてきました。私はそれを受け取り、口の中に放《ほう》り込みます。

……そういえば、こうして薬を飲んで安静にしろと言われるのは初めての経験かもしれません。今までは自己管理は完璧《かんぺき》にしていましたし。

何より次期王妃として隙《すき》を見せるような事は許されない。たとえ、その相手が家族だったとしても。そう思えば、こうして心配されるのも新鮮《しんせん》に思えて来ます。

アニス様が薬を飲む為の水を持ってきてくださったので、そのまま水を飲み干して薬を飲み込む。私が薬を飲んだのを確認《かくにん》すれば、アニス様がホッと息を吐《つ》きました。安堵《あんど》したのでしょう、そのままアニス様の手が私の頭を優《やさ》しく撫《な》でてくれました。

「ゆっくり休んでね、ユフィ。やっぱり環境《かんきょう》が変わると気も落ち着かないよねぇ。体調もそんなに悪くないなら、多分気疲《きづか》れだと思うから。無理しなくていいからね」

「お手を煩《わずら》わせて申し訳ありません……」

「いいよ、いいよ。ユフィにはアルカンシェルを作る切っ掛《か》けを貰ったしね。いや、創作意欲《いよく》が湧《わ》いたよ！　うん、良いものが出来たと我ながら思うんだよね！」

アニス様は私を寝かしつけると、嬉しそうに笑いながらそう言いました。そんな表情を見ていると微笑ましい気持ちと、同じぐらい重苦しい感情が胸を過《よぎ》ります。

……やはり不調なのでしょうか。どうにも気分が落ち着かないような気がします。こんな経験をした事がないので、対処の方法がわかりません……。

「ユフィ」

思考に没頭《ぼっとう》しそうになった所でアニス様が私の名を呼びました。

アニス様の手が私の手を優しく包み込むように触《ふ》れる。アニス様の手の温《ぬく》もりを感じると、やはり私の方が体温が低いように感じてしまいます。

その温もりに触れていると、とても心地よい温度なのに、自分が溶《と》けて消えてしまいそうな気になるのです。ゆらゆらと揺《ゆ》れる不安定な天秤《てんびん》のようで、そんな気持ちを私は持て余してしまう。

「……情けないです」

そんな揺れてばかりの自分が情けなくて、私は小さく呟いてしまいました。

少し前の私であれば、こんな無様を晒《さら》す事はなかったのに、と。するとアニス様が少しだけ怒《おこ》ったような顔で私を睨《にら》むように見てきて、ぴんと額を指で弾《はじ》かれてしまいました。

軽い痛みに私は反射的に目を閉じてしまいます。

「もう！　ユフィは情けなくないよ。私もちょっと気配りが足りなかったね。うん、もっとユフィを構うべきだったね！」

「ですが、こうしてご心配をかけてしまっています……」

「ユフィが元気でも心配なんて幾《いく》らでもするよ」

その言葉が、手に触れる温もりが。自分がわからなくなってしまう衝動《しょうどう》を起こす。そんな理解不能な自分を悟《さと》られたくなくて、私は目を閉じてアニス様から顔を背《そむ》けました。

「本当、ユフィは不器用なんだねぇ」

「……これでも手先は器用ですよ。刺繍《ししゅう》だって淑女《しゅくじょ》の嗜《たしな》みで……」

「そういう事を言ってるんじゃないの。人間として、ユフィは不器用だ」

つん、とアニス様の指が私の頬《ほお》を突《つつ》いてくる。

「大丈夫だよ。良いんだよ、誰かから優しくされても」

とても優しい声でアニス様はそう言いました。アニス様の言葉に胸の奥が締《し》め付けられるように苦しくなってしまって、自分の胸を掴《つか》むように手を添えてしまいます。

けれど、その苦しさは決して不快なものではなくて。不快ではないのに苦しくて、苦しいのに逃《のが》れたくなくて。

こんなものは知らない。触れていたら消えてしまいたくなるような、こんなものを私は知りません。拒《こば》むように目を閉じても、じわりと浮《う》かび上がる思いは消えません。

「……アニス様」

「うん」

「……私、自分がわからなくて」

「うん」

「……何を、すればいいんですか？」

「そうだなぁ、ユフィがしたい事をかな」

「それも、わからないなら？」

途《と》切《ぎ》れ途切れの問いかけにアニス様は手を握《にぎ》りながら答えてくれます。望んで良いんだよ、と。でも、私は自分が求めるものすらもわからなくなってしまっていて。

いっそ求められれば良かった。もっと役割を、果たすべきものをどうか私に。だから、だから命じてください。いっそ、貴方《あなた》が、王族である貴方が願ってくれるなら。

「……ユフィ」

そんな私の心と裏腹に、アニス様は穏《おだ》やかな声で私の名を呼んでから言うのです。

「欲《ほ》しいものがわからないなら、望みたいものもわからないなら、ゆっくり一緒《いっしょ》に探そう。ユフィが本当にやりたい事が見つかる日まで、ここで私と一緒に笑えば良い。私の我が儘《まま》に付き合ってくれれば良い。いつかその日まで、私は貴方を自由にするよ」

それは私が望んだ言葉じゃないのに、やはり苦しくて胸が詰《つ》まりそうになるのに。その言葉を否定する事も望めない私は、苦しくなる程《ほど》の温もりを手放せそうにはないのです。

アニス様の手は温かくて、心地よい温度で。なのに溶けてしまいそうなんです。貴方は私には眩《まぶ》し過ぎて、あまりにも見ているものが違《ちが》い過ぎて、まだまだ私が知らないような事をたくさん知っているかのようで。それなら、それなら貴方は。貴方なら。

――本当は、私が求めているものがわかるのではないでしょうか？

そう問いかけようとした言葉は、結局声にはならなくて。私はただアニス様が与《あた》えてくれる温もりにいつの間にか目を閉じていたのでした。

＊＊＊

「……あ、れ？」

気付けば、部屋は暗くなっていました。すっかり日は落ちて、夜になっていました。部屋に灯《とも》るのは魔道具《まどうぐ》の淡《あわ》い光のみ。目が覚めたばかりの視界が光に慣れれば、眠気《ねむけ》が去っていきました。どうやら、あのまま眠っていたようですが、その間に手を繋《つな》いでくれていたアニス様はいなくなっていました。

それでも手の中に温もりが残っているように思えて、手の中の熱を逃さないように拳《こぶし》を握ってしまいます。

「……喉《のど》が、渇《かわ》きましたね」

渇きを訴《うった》える喉は、体が水分を求めている証《あかし》でした。ベッドの傍の備え付けテーブルの上にあったコップを手に取って、水の精霊《せいれい》に呼びかけて水を出して貰います。

水を飲んで喉を潤《うるお》した事で一息がつけました。けれど、何かを考えるという事も出来なくて、ただぼんやりとしてしまいます。すっかり腑抜《ふぬ》けてしまっていると思うのですが、それでも何かをしようという気にもならないのです。

どれだけぼんやりしていたのでしょうか。静かにドアが開いて視線が向きました。

開いたドアの先にはイリアが立っていました。彼女は私の様子を見れば一つ頷《うなず》いてから中へと入って来ます。

「お目覚めでしたか、ユフィリア様」

「……イリア、私はどれだけ寝ていましたか？」

「ほぼ半日は。姫《ひめ》様も言っていましたが、気疲れが一気に体に出たのでしょうね。環境の変化もありますが、何より心境の変化も大きいと思われます。どうかご自愛くださいませ。姫様が心配していらっしゃいましたよ」

「……後日、お礼を伝えたいと思います。イリア、貴方にも感謝を」

「恐縮《きょうしゅく》でございます。……何か、お茶でもご用意致《いた》しましょうか？」

私がコップを握っている事に気付いたのでしょう。イリアの提案に私は少し迷ってから頷きました。イリアは私が頷くのを見れば、私の部屋にも設置された保温ポットに魔力を込《こ》めて、お湯の準備を始める。その間、私はイリアがお茶を用意している姿をぼんやりと眺《なが》めていました。するとイリアは私の視線に気付いたように目を合わせます。

「何か？」

「……いえ、特に何も」

「では、私が何か喋《しゃべ》りたいので、どうか話題を振《ふ》ってください」

「……は？」

「どうぞ」

どうぞ、と言われても困ります。恐《おそ》らく私の表情はとても情けないものになっている事でしょう。そんな私の様子を見て、イリアは一つ頷きました。

「成る程。これはなかなかの重症《じゆうしよう》ですね」

「……重症？　私が、ですか」

「えぇ。昔の私を思い出すようで、背筋がむず痒《がゆ》くなります」

「それはどういう意味ですか……？」

イリアの言葉の意図を読み切れずに、私はそう問いかけてしまいます。イリアは私から視線を逸《そ》らして作業を進めながら答えてくれました。

「役割以外の事をするのは、なかなか難しいですか？」

「――――」

「図星、という顔ですね。えぇ、えぇ。わかりますとも」

イリアの言葉に、自分でも驚《おどろ》くほどの衝撃《しようげき》を受けました。それは言葉にされると辛《つら》いと感じました。求められた役割以外の事を、私はしたいとは思った事がないのですから。

「そういう方を引っかけて来るのが趣味《しゆみ》なのでしょうかね、あの方も」

悩《なや》ましげな、それでいて呆《あき》れたような溜息《ためいき》を吐《つ》くイリアの顔を眺めて、私は心に浮かぶ疑問を口にしていました。

「……イリアはアニス様とはどんな仲なのですか？」

私の問いかけにイリアは無表情のまま、けれど少しだけ小首を傾《かし》げます。

「さぁ？　一言で言うのは難しいです。敢《あ》えて当て嵌《は》めるなら主従でしょう」

「主従と言うには、その、イリアは不敬だと思うのですが……」

イリアのアニス様への態度は正直に言えば、普通《ふつう》だったら打ち首にされても不思議ではありません。それでもアニス様は気を許しているようですし、二人には信頼《しんらい》関係が出来ているのだろうと思っているのですが。

「姫様は敬われるのがお嫌《きら》いですからね。私としては心の底から敬いたい所なのですが。けれど適度にふざけておかないと姫様も息が詰まってしまいますからね。だからおふざけにも付き合っているのですよ」

「……そう、なのですか？」

「ええ、ですので私達はそういう関係なのですよ」

「そういう関係、ですか……」

イリアはアニス様の事を敬いたいと言います。でもアニス様は敬われるのはお嫌いなのでアニス様が望むような不敬な態度をとる。それも結果的に敬っているからこそだと。それは確かに奇《き》っ怪《かい》と言いますか、一言では言い表せない関係である事は察しました。

「私も昔は型に嵌まった人間でした」

「……型に嵌まった人間、ですか」

「ええ。親の言う事に疑問を抱《いだ》かず、親から玉《たま》の輿《こし》を狙《ねら》えと言われればそうし、支援《しえん》をする事と引き換《か》えに私を求めた好事家《こうずか》のご老人に嫁《とつ》げと言われても疑問を持ちませんでした」

「……それは、その」

なんと言えば良いのでしょうか。まるで気軽な話題を振るように語っていますが、内容がかなり厳しいのですが。それは型に嵌まるという話でいいのか私にはわかりません。

「ですが、そんな型通りの生き方も姫様に粉微塵《こなみじん》にされてしまいましてね。今となっては実家の両親には、ざまぁみろ、という気持ちでいっぱいです」

「……イリアはなかなか個性的な人だったのですね」

「恐縮です」

……褒《ほ》めてはいないとは思います。なんだかペースが崩《くず》されたように感じて、眉間《みけん》を揉《も》みほぐす。一瞬《いっしゅん》、私と彼女は似ているのかとも思いましたが、私の気の迷いのように思えてきました。いいえ、多分そうなのでしょう。

「だから姫様とは別の意味でユフィリア様は放《ほう》っておけないのですよね」

「え？」

「ユフィリア様と私の違いは、人として愛されていたかどうかです」

「人として愛されていたかどうか……？」

「はい。役割をこなす事以外に〝悩める〟貴方は、私と違うのです」

「……悩める、から？」

私は悩んでいるのでしょうか。……いいえ、はい。きっと、そうなのだと。だからこそイリアも、私が言葉にしやすいように当て嵌めてくれているのでしょう。

「……イリア、聞いてくれますか？　私も、少し話したい気分なのです」

「はい」

「私は幼い頃《ころ》から次期王妃《おうひ》として、公爵令嬢《こうしゃくれいじょう》として恥《は》じない自分であるように心がけていました。それは誰《だれ》かに選ばされた訳ではないのですが、誰もがそうである自分を望んでくれていたと、そう思っていたのです」

私が語り始めても、イリアは作業の手は止めません。保温ポットの備え付けと合わせて用意された茶葉を取り出し、準備を進めていきます。

「……悩める、とイリアは言ってくれましたが、確かに私は悩んでいるのでしょう。今の私は何も求められていないように感じてしまうのです。それが、足下《あしもと》が無くなってしまうように思えてしまうのです……」

「貴方は求められた理想を体現する事こそが、自分の価値だと思って来られたのですね」

「……否定出来ないですね」

私が苦笑《くしょう》した所で、お茶の準備が整ったようでした。お茶の香《かお》りが鼻をくすぐり、気分を落ち着かせてくれて、そのままソーサーごと受けとってお茶を一口つけます。

「……このままでいいのかと、どこかで焦《あせ》ってしまっているのです。もう次期王妃としても、公爵令嬢としても求められないとわかってしまって。それでも私は、私がわからないですから……」

私の呟《つぶや》きにイリアは何も返しませんでした。ただ静かに佇《たたず》むだけ。私はもう一度、お茶に口をつけます。一口目よりも口に馴染《なじ》んだ紅茶を喉に通していきます。少し間を空けた後、イリアは重い口を開きました。

「ユフィリア様。貴方はとても聞き分けの良い方です」

「？　は、はあ……？」

「あのキテレツの問題児である姫様よりも手がかかりません。私が保証致します」

「……あの？　イリア？」

「ですから、どうぞ心ゆくまでお悩みください。その悩みの答えだけは、貴方《あなた》様がご自身で出さなければなりません。誰かに求められた自分ではなく、自分が求める自分に。その自分を見つけるまでの時間は、姫様が幾《いく》らでも稼《かせ》いでくれる事でしょう。手遅《ておく》れになっても自分が面倒《めんどう》を見るとまで言い出しますよ、どうせ」

イリアの言葉に私は顔を上げて、彼女の顔を見つめてしまいます。普段から澄《す》ました表情を浮《う》かべている彼女は、やはり少しだけ口の端《はし》を持ち上げて笑っていました。

その視線はとても温かいものです。だけどアニス様とはどこか違《ちが》うように思えました。

その違いは何だろう、と。そして、それはきっと熱量の違いなのでしょう。

アニス様の暖かさは溶《と》けてしまいそうな、自分が消えてしまいそうに感じます。イリアの暖かさはそれよりももっと穏《おだ》やかで、でも酷《ひど》く落ち着く温度だと、そう感じました。

実感する事で、胸の中で疼《うず》いていた不確かなものが少しだけ輪郭《りんかく》を得たように思えます。

「……まだ上手《うま》く言えないのですが」

「はい」

「……私は、この離宮《りきゅう》に来られて良かったと思いたいです」

「そうですか」

はい、と。そう返した所でイリアとの会話は途切《とぎ》れてしまいました。でも、こんな淡々《たんたん》とした会話でも良かったのです。理由は自分でも摑《つか》み兼《か》ねていますが、そう思いました。いつか、この思いを言葉にしたいと。

……あぁ、良かった。私は自分のやりたい事をしっかりと見つける事が出来たようです。その瞬間に安堵《あんど》と喜びが込《こ》み上げてきました。今、私は自然と笑えている筈《はず》。

「ありがとう、イリア。アニス様にもお礼を言わないとですね。私は頂いてばかりです」

「構いません。どうせ姫様もそう言うでしょう、お人好しですから」

首を左右に振りながら言ったイリアの言葉に、私は少しだけ吹《ふ》き出してしまいました。お人好しとは、確かにアニス様を言い表すのに適切な言葉だと思います。

「確かにそうですね。……それではイリアもお人好しですか？」

「……お戯《たわむ》れを。ただ姫様の意向に添《そ》っているだけですよ」

「そうですか。……あの、イリア。もっとアニス様の事を聞いても良いですか？　このまま頂くだけでは落ち着きませんので。少しでも何かを返せるようにあの人の事を知りたいのです」

「えぇ、私でよろしければ、存分に。……その前におかわりはいかがでしょうか？」

いつの間にか空になっていたティーカップを見て、私は苦笑をしてから頷きました。

私達の夜は、もうちょっとだけ長くなりそうです。

5章　転生王女様は魔法《まほう》に憧《あこが》れ続けている

パレッティア王国の歴史は精霊《せいれい》との歩みと共にある。初代国王が神のように崇《あが》められていた大精霊と契約《けいやく》を結び、精霊を友として人々を導く旗印となったのが建国の切っ掛《か》けと語り継《つ》がれている。その偉業《いぎょう》が現代まで讃《たた》えられ、今日まで至っている。

だからこそパレッティア王国では精霊からの贈《おく》り物である精霊石はありがたいものとして扱《あつか》われる。昔から日々の生活の助けや祭事の捧《ささ》げ物として大事にされてきたのだ。

そんな精霊石の採取は、特に上質なものを求めるとなれば自然豊かな奥地へと向かわなければならない。そして、そうした自然の奥地には総じて〝魔物〟が存在する。

魔物は動物と良く似た生態を持つ人類の脅威《きょうい》である。魔物と動物の違いは魔法を使う事が出来る事だ。そして魔物はとにかく凶悪《きょうあく》であり、周囲の動物から別の魔物、更《さら》には人までも襲《おそ》うのだ。

精霊石の採取はこの魔物の討伐《とうばつ》と密接に関係している。魔物ある所に精霊石があるのか、或《ある》いは精霊石がある所に魔物が住み着くのか。

どちらにせよ精霊石の採取には魔物の縄張《なわば》りに入らなければならず、魔物との戦いは避《さ》けられない。だからこそ国も騎士《きし》団を派遣《はけん》して、魔物狩《が》りや精霊石採取の為《ため》の支援に乗り出している。

しかしながら、需要《じゅよう》が高ければ人手も必要とされるのは当然の流れだ。国中に配備されている騎士団でも、その需要の全《すべ》てに応《こた》えるだけの支援が出来ているとは言いがたい。

そんな時にこそ活躍《かつやく》するのが冒険者《ぼうけん》と呼ばれる、自由と浪漫《ろまん》を愛する者達だ。冒険者は国から認可《にんか》された職業であり、国からの支援を受けている。そんな彼等の仕事は何でも屋と言えばわかりやすいだろうか。

例えば、商人が街から街へと移動する際の護衛。例えば、騎士団という大きな組織では解決に乗り出せない些細《ささい》な問題の解決など。冒険者は人々の生活と密着した職業なのだ。

そんな彼等が花形の冒険者として目指すのが、魔物討伐《とうばつ》による名声と財産の獲得《かくとく》である。国が率先して行っている魔物討伐だが、騎士団という大きな組織ともなれば安易に動く事は出来ない事も多い。そんな時にこそ身軽な冒険者が先んじて動く事が出来る。

時には冒険者が先行して齎《もたら》された情報によって国が動く事もまた多い。命がけの職業ではあるが、その見返りは大きい。莫大《ばくだい》な報奨《ほうしょう》金から、場合によっては国から栄誉《えいよ》が認められて貴族として迎《むか》えられる事もある。

だからこそ冒険者達は栄誉を求めて魔物討伐の依頼《いらい》を受けるのだ。

——だが、必ずしも誰もが栄光を摑める訳ではない。現実は時として残酷《ざんこく》なまでに牙《きば》を剝《む》く事がある。とある冒険者のグループにとって、それが今であった。

「ちくしょう、ちくしょう！　あんなの聞いてねぇぞ！　あぁ、ちくしょう！」

如何《いか》にも冒険者らしい装束《しょうぞく》に身を包んだ中年の男が苛立《いらだ》ち混じりに叫《さけ》んだ。

彼は冒険者として長く活躍するベテランだ。華々《はなばな》しい活躍こそ挙げていないが、この年になるまで現役として続けていられるのは珍《めずら》しい程《ほど》だ。地味ではあるが堅実《けんじつ》、それが周囲からの彼の評価だった。

そんな彼は〝黒の森〟と呼ばれるパレッティア王国の精霊資源の採掘《さいくつ》地であり、魔物の生息地としても有名な大森林を訪《おとず》れていた。この地は開拓《かいたく》が進んでおり、大森林での冒険を経験した者も多い。その為、新米冒険者の下積みをするのによく選ばれる場所である。

黒の森の名前は、その背の高い木々が作り出す暗闇《くらやみ》が由来である。奥地に行けば行く程、日の光すらも差さなくなり、森の全容を知る者はいないと言われている。

この大森林を越《こ》えた先には未開の山脈群が存在しているのだが、そんな奥まで行くような酔狂《すいきょう》な者はいない。あくまで踏《ふ》み入れる範囲《はんい》での探索《たんさく》が中心であり、故《ゆえ》にこの森の勝手を知る者も多い。だからこそ新米冒険者達が経験を重ねるには打って付けの場所なのだ。

ベテラン冒険者である彼も、その経験を新米に教えていた所だったのだ。まだ若き新米冒険者達のリーダーとして教育役と監督《かんとく》役を引き受けていた。

冒険者を志す新米達を連れて黒の森でのルールを教えていく。そんな簡単な依頼の筈だった。少なくとも彼はそう思っていたし、新米冒険者達もそう思っていた。だが彼等は鬱《うっ》蒼《そう》と生《お》い茂《しげ》る森の中を勢い良く駆《か》け抜《ぬ》けていく。

そう、まるで何かに追い立てられ逃《に》げるかのように。森を突《つ》き進む彼等の表情は焦燥《しょうそう》や恐怖《きょうふ》といった感情で歪《ゆが》んでいた。

「リ、リーダー！　どうするんだよ、どうするんだよ、アレ！」

「どうもこうもねぇ！　まずは森を出て、それからギルドと騎士団に報告だ！」

決して森を進む足を止める事なく、一人の新米冒険者が動揺《どうよう》のままに泣き叫ぶ。それに怒《ど》鳴《な》り返すのはベテランの冒険者の彼だ。その声に力が籠《こ》もるのは、彼もまた動揺を隠《かく》せなかったからだろう。

「でも、〝あんなの〟騎士団でもどうにかなるのかよ⁉」

〝あんなの〟。そう称《しょう》した何かを恐《おそ》れるようにまた別の新米冒険者が叫ぶ。その叫び声は隠しきれない恐怖で震《ふる》えていた。

「そんなの人をかき集めてでもどうにかするしかねぇだろ！」

「でもっ！」

「〝あんなの〟をのさばらせてみろ！　村どころじゃねぇ、街が消えるぞ！」

泣き言を言う若き新米冒険者達に怒鳴り散らすようにベテランの彼は叫ぶ。だが、彼とて恐怖を感じていない訳ではない。それでも新米である彼等に対しての責任感と、長年の経験で身についた度胸が恐怖をねじ伏《ふ》せていた。彼だったからこそ指示を下し、新米達を連れて逃げの一手を打つ事が出来た。だが、彼に出来たのはそこまでだ。

奥歯を砕《くだ》いてしまいそうな程に嚙《か》みしめてからベテランの彼は苛立ち混じりに叫んだ。

彼等が恐れた者の名を。このパレッティア王国に迫《せま》る脅威の名を。

「――〝ドラゴン〟なんて、冗談《じょうだん》だろ！　クソッタレが‼」

＊　＊　＊

ユフィの為に作ったアルカンシェルが完成してから数日が経過した。すっかり日常へと戻《もど》った私は日々の日課として、体を動かしていた。

離宮の中庭で念入りに体を解《ほぐ》してから、マナ・ブレイドを構えて型を確かめる。自分の体の動きを確認して、自分が思う理想のイメージと合わせていく。

何度も繰《く》り返した事で身についた動きを一つ一つ、丁寧《ていねい》に確認していく。研究に没頭《ぼっとう》していているとつい疎《おろそ》かにしてしまうんだけど、普段であればこの型稽古《けいこ》は日課として続けてる。

ここ最近はユフィのアルカンシェルの開発とかで少し疎かにしていたから念入りにやらないと。一通りの型を確認して、そのまま体を動かしているとユフィがやってきた。その腰《こし》に下げられたアルカンシェルを見て、少しだけ誇《ほこ》らしい気持ちになった。

「アニス様、おはようございます」

「あれ、ユフィ。おはよう」

「型稽古ですか？」

「研究に没頭してない時は日課にしてるよ。机に向かってばかりだと鈍《なま》っちゃうから」

「なるほど、良いことだと思います」

ユフィが同意するように頷《うなず》く。だけど、すぐに不思議そうに首を傾《かし》げてみせた。

「……失礼ですが、正式な型とは違って変則的ですね？」

「あぁ、私の剣《けん》の型の事？」

ユフィの質問の意図を確認するように聞き返してしまう。ユフィは同意するように頷く。

「そうだね。基礎《きそ》は騎士団で仕込んで貰《もら》ったけど、あくまで基礎を教わっただけだから。かなり我流になってると思うよ」

「騎士団以外からも剣を教えて貰えるような機会があったと……？」

私の返答に訝《いぶか》しげな表情をユフィが浮《う》かべて首を傾げる。そんなユフィの後ろからタオルと飲み物を手にしたイリアが歩いて来た。イリアはそのまま私に歩み寄って、タオルで顔を拭《ふ》いてくれる。

「姫《ひめ》様の剣は基礎そのものは騎士団で鍛《きた》えたものですが、実戦で培《つちか》われたものですからね」

「実戦ですか？　……あぁ、街道工事の監督と護衛もアニス様が務めていたのでしたね」

納得《なっとく》したようにユフィが表情を変化させる。だけどイリアは肩《かた》を竦《すく》めて、溜息《ためいき》を吐《つ》いた。

「それだけではないのですが……」

イリアの呟《つぶや》きを耳にしたユフィが不思議そうな表情を浮かべる。イリアに問いかけようとしたのか、口を開きかけたユフィ。だけど、そんなユフィの言葉を遮《さえぎ》るように姿を見せたものがあった。

それは伝書鳩《でんしょばと》だった。その伝書鳩に見覚えがあった私は思わず目を丸くする。伝書鳩は一直線に私へと向かって来て、腕《うで》に止まった。その足には手紙が括《くく》り付けられている。

「あらら、このタイミングで？　一体、何かな？」

「……アニス様、その伝書鳩はどちらの伝書鳩ですか？」

「ちょっと待ってね。先に内容を確認させて欲しい。これ、緊急《きんきゅう》の時のものだから」

「緊急……？」

私の返答にユフィが眉《まゆ》を寄せながら呟く。答えてあげたいけど、先に内容の確認をしないといけないと、私は手紙の封《ふう》を解いた。伝書鳩で届けられた文書の内容は簡潔なものだ。すぐに何が起きたのかを私に理解させてくれた。

「……あはははは ッ！」

「……アニス様!?」

その内容を見た私は……抑《おさ》えきれず唇《くちびる》の端《はし》を吊《つ》り上げてしまった。妙《みょう》な笑いが零《こぼ》れてしまって、ユフィが何事かという顔で私を見てくる。だけど私にはそんなユフィを気にしている余裕《よゆう》がなかった。

「あぁ、確かにこれは緊急の案件だ！　なんて事！　イリア！　私、支度《したく》をしてくる！すぐに出ないと！」

「アニス様!?　ど、どちらに!?」

用意に駆け出そうとした私を押し留《とど》めようとするユフィ。咄嗟《とっさ》に腕を摑《つか》まれてしまったので、バランスを崩《くず》しそうになってしまう。引き留められるままに足を止めた私にユフィは申し訳なさそうな顔を一瞬《いっしゅん》したけれど、すぐに表情を引き締《し》めて私に詰《つ》め寄ってくる。

「一体何があったというのですか？　緊急の案件とはどこからの報《しら》せですか？」

「ユフィリア様、今のは冒険者ギルドの伝書鳩です」

「冒険者ギルド⁉　ちょっと待ってください、何故《なぜ》アニス様に冒険者ギルドからの招集《しょうしゅう》の報せが届くのですか⁉」

私の代わりに答えたイリア。ユフィが驚《おどろ》きを表すように声を大きくした。

「何故って言われると、私は冒険者登録してて、更《さら》に言えば高位ランクの冒険者だから」

私の返答に意味がわからない、と言うようにユフィが目を瞬《またた》かせる。私は証拠《しょうこ》を見せるように首から提《さ》げて、服の下に入れていた認識票を見せる。認識票には名前が刻まれていて、デザインも大変凝《こ》ったものだ。流石《さすが》に名前は本名じゃないんだけどね！

冒険者にはその実力や地位を示すランクが存在する。冒険者が受けられる依頼はギルドによって管理されていて、ランクによって受けられる依頼が変わる仕組みになっている。

冒険者のランクはパレッティア王国で流通している硬貨《こうか》に誂《あつら》えて位が表される。並べていくと銅、銀、金という順番になる。最初は銅級から始めて、中位ランクと呼ばれる銀級へと上がる。そして、その更に上にある金級が高位ランクの冒険者の証《あかし》であり、冒険者の認識票もその位に合わせた塗装《とそう》が施《ほどこ》される事となる。

高位ランクの冒険者を示す金色の認識票を見たユフィは、信じられないというような顔で私を見ている。気持ちはわかるよ。なんで私がそんなものを持ってるんだって思うのは。

「どうして王女殿下《でんか》が冒険《ぼうけん》者になっているんですか!?　しかも高位ランクの金級!?」

「いや、ほら。工事現場で助言の為《ため》に同行してた時なんだけどさ。その時に倒《たお》した魔物《まもの》の素材が欲《ほ》しくて。だったら冒険者登録しておいて、自分で資金の調達とか出来ると良いんじゃないかって思ってね？　それでそのまま続けてたら、いつの間にか高位ランクになってたんだよね。認識票を見せた時は父上も頭を抱《かか》えてたかな？」

「当然です！　陛下の心中を察して余りあります！」

きーん、と耳に響《ひび》く怒鳴り声を上げるユフィに思わず耳を押さえてしまう。父上にバレた時も似たような事をされたっけなぁ、なんて懐《なつ》かしんでしまう。

「いや、ごめん、ユフィが怒《おこ》るのもわかるよ？　でも、ちょっとその点について話し合いをしている場合じゃないんだよね」

冒険者ギルドから届けられた伝書鳩の依頼。あれは恐らく、片《かた》っ端《ぱし》から高位ランクの冒険者に送られてるものだ。だから私宛《あて》というよりは、高位ランクである金級の冒険者に向けて放たれたものだ。つまりそれだけ緊急性が極《きわ》めて高い内容という事になる。

「割と真面目《まじめ》に不味《まず》い事態になってる。多分、すぐ父上にも報せが届くと思う」

「一体、何が起きたんですか？」

「スタンピードが来るよ。それもかなり大きな規模で、厄介《やっかい》な状況《じょうきょう》みたいだ」

「スタンピードがですか⁉」

危機感に満ちた声でユフィが叫《さけ》ぶ。スタンピード、その一言だけで大事なのだとパレッティア王国に住まう者なら誰《だれ》でもわかっている。

何らかの要因で魔物達が大量に溢《あふ》れ出して来る現象がスタンピードと呼ばれる。普段《ふだん》からスタンピードが起きないように騎士《きし》団や冒険者が魔物の討伐《とうばつ》や間引きをしているんだけど、起きる時はどうしても起きてしまう。

「スタンピードが起きる原因は主に二つ。一つは、単純に魔物が大量発生した時。増えすぎた魔物達が縄張《なわば》り争いをして、負けた方が新たな住処《すみか》を目指そうと、近隣《きんりん》の村や町に近づいてしまう場合。もう一つの原因が、魔物の群れが逃げ出さなければならない程《ほど》の〝大物〟が現れた場合だ」

魔物だって結局の所、生き物だ。生き物である以上、住む場所は無限ではないし、奪《うば》い合いなんて起きても当然だと言える。だけど、それに人が巻き込まれてしまうならこっちだって対処しないといけない。

スタンピードが起きてしまった時、まずやらなきゃいけないのが大量に発生してしまった魔物の進行を食い止める事。ただの大量発生ならこれだけで良いんだけど、大物が出た場合だと話が変わって来る。

この場合はスタンピードの対処とは別に、その大物の相手を同時進行でしなければならないからだ。こうなるともう大問題だ。

「大物……つまり〝魔石持ち〟が現れたという事ですか？」

「そういう事だよ、ユフィ」

魔物の中でも特に強い個体、それは魔石持ちと呼ばれている。魔物だって種族や種類がある。魔石持ちはそんな魔物の中から突然《とつぜん》変異したかのように出現する個体だ。

魔石持ちの厄介な所が、特有の魔法を使って来る点だ。種族によって大まかな傾向《けいこう》こそあれど、中にはまったく別の魔法を使ってくる個体もいる。だからこそ魔石持ちは危険度が高い。魔石持ちと呼ばれる由縁《ゆえん》は、その体内に魔石と呼ばれる結晶体《けっしょうたい》を持っているからだ。そして長く生きた個体ほど良質な魔石を持つとされている。

その為、目撃《もくげき》例が多い魔石持ちの魔物には個別の名前をつけられる事が多い。名前をつける理由は新米冒険者達が既存《きそん》の魔物と勘違《かんちが》いしてしまわない為だ。魔石持ちの相手は高位ランクである金級の冒険者が担当する事が多い。それだけ危険を伴《ともな》う相手な訳だ。

「とにかくそういう訳だから、急いで向かわないと」

「だから待ってください！　あぁもう、何から聞けばいいのか！　それでどうしてアニス様が行くという話になるんですか⁉」

くるりと背を向けようとした私の首根っこを掴んでユフィが食い止める。ぐえ、と息が零れて思わず咳《せ》き込む。振《ふ》り向けば混乱と焦燥《しょうそう》でユフィが表情を歪《ゆが》ませていた。

「そもそも！　アニス様は魔法を使えないんですよ⁉　幾《いく》ら金級の冒険者だとしても危険です！　貴方《あなた》様を危険だとわかっている場所に行かせる訳にはいきません！」

「いや、高位ランクの冒険者でも魔法を使えない人だっているし……」

アルくんがご執心《しゅうしん》であるシアン男爵令嬢《だんしゃくれいじょう》の父親だってそうだし。シアン男爵は元冒険者で、その活躍《かつやく》が認められて男爵の地位を賜《たまわ》った成り上がり貴族だ。名前を聞いた時になんか聞き覚えがあるな、って思ったんだけど、シアン男爵が元冒険者だから名前を聞いた事があったんだと後で思い出したんだよね。

勿論《もちろん》、冒険者として活躍している人の中にも魔法を使える人はいるよ。家督《かとく》を継《つ》げなかった貴族の次男坊《じなんぼう》とか、没落《ぼつらく》した貴族の末裔《まつえい》とか、貴族の庶子《しょし》だったりとか。そういう人達は高位ランクの冒険者な事が多い。魔法を使えるってだけでアドバンテージな訳だし。でも、それが全《すべ》てじゃないのもまた事実だ。私には魔道具という武器があったし、魔学の研究で生まれた成果もあって、高位ランク冒険者の認定を受けるだけの実力がある。

「ユフィの気持ちもわかる。心配してくれる事もね。でも駄目《だめ》って言われても私は行くよ」

「どうしてですか⁉　イリアもどうして止めないのですか⁉」

ユフィがどうしてわかってくれないのかと言うように叫ぶ。ユフィは私に言っても無駄だと思ったのか、その視線はイリアに向けられる。

ユフィから意識を向けられたイリアは溜息を吐いて首を左右に振った。その顔には諦観《ていかん》が浮かんでいる。その表情のまま、諭《さと》すようにイリアは言う。

「残念ですが、言っても聞くような人ではありません。もうおわかりでしょう？」

「そんな！」

「姫様が高位ランクの冒険者である事も、魔石持ちで名付きの魔物を討伐した経験があるのも全て事実です。今更な話なのですよ、ユフィリア様」

「ッ……！　陛下はお咎《とが》めになられないのですか⁉」

「そんなの無視するに決まってるじゃん！　とっくの昔に諦《あきら》めてるよ、父上は！」

「あぁ、本当に貴方という人は！」

ユフィが天を仰《あお》ぎながら叫ぶ。いや、私だって引けない理由があるんだ。駄目だと言われても、私は今回のスタンピードの対処に向かわなければならない。

「ユフィ、私はどうしても魔石が欲しいんだ」

「……魔石ですか？」

「今回のスタンピードの原因はまず間違《まちが》いなく魔石持ちだ。しかも、この機会を逃《のが》したら絶対に手に入らないような相手なんだ。だから私が私である以上、たとえ誰が何を言おうとも行く。行かないとダメなんだ」

「……魔石は名誉《めいよ》の証ではありますが、別に名誉が欲しいという訳ではないですよね？」

ユフィが厳しい視線を向けながら問いかけて来る。確かに魔石は打ち倒した者が、名誉の証として手にする物なのは間違いない。でも、私は別に名誉なんて必要ない。

「私が必要なのは魔石そのものだ。だから私は冒険者だってやってるし、高位ランクの冒険者に上り詰める程に功績も積み上げてきた」

「何がそこまで貴方を駆《か》り立てるのですか……？」

「……詳《くわ》しい説明をしてる暇《ひま》はないんだ。私は絶対に行くから。それだけ私にとっては大事な事なの」

最早《もはや》、悲しげなまでに潤《うる》んだユフィの目を真《ま》っ直《す》ぐに見て私は言う。これは私にとって譲《ゆず》れない事。だからユフィがどんなに説得しても譲れないし、譲るつもりもない。そんな思いを込《こ》めてユフィを見ていると、ユフィは深々と溜息《ためいき》を吐《つ》いて瞳《ひとみ》を伏《ふ》せる。

「……どうしても行かれると言うのですね？」

ユフィの問いかけに私は力強く頷《うなず》いてみせる。視線を逸《そ》らさずに真っ直ぐユフィを見ていると、ユフィが折れてくれたのか、そっと息を吐いた。

「……わかりました。ならば、せめて私をお供に。騎士団の随伴《ずいはん》こそございましたが、私にも魔物討伐《とうばつ》の経験はあります。どうか私を連れて行ってください」

「ええ⁉　ユフィを連れて行くって、いや、でもユフィはグランツ公からお預かりしてる訳だし、何かあったらなんて説明すればいいのやら……！」

「それはアニス様だって同じ筈《はず》です。貴方が良くて私が駄目だという理由がありますか？」

ユフィの切り返しに私は思わず唸《うな》ってしまう。それを言われると私も反論が出来ない。

ここで私がユフィの同行が駄目だと言ったら、ユフィより上の立場である私なんてもっと駄目だと言われるのはご尤《もっと》もな話だ。つまりユフィの同行に反対するという事は私が向かう事にも反対してしまう事になる。つまり断る事が出来ない。

「私は貴方の助手としてここにいるのです。貴方が何を望むのか、それを知る権利もある筈です。違いますか？」

「……ふぅ、そこまで言うならわかったよ」

今度は私が深く息を吐く事になってしまった。この議論はこのままだと平行線を辿《たど》ってしまうのは目に見えてわかる。時間がない今、こうなったらユフィも連れて行くしかない。

「ただゆっくり説明している暇はないから、移動しながらになるけど良いね？　魔女箒《まじょほうき》で現場に飛んでいくけど」

「……………またアレに乗るのですか。いえ、わかりました。覚悟《かくご》は出来てます」

魔女箒で移動をすると言うと、ユフィは少しだけ躊躇《ためら》ったけど、すぐに意を決したように表情を引き締《し》めて頷いた。私はそんなユフィの仕草がおかしくてちょっと笑ってしまう。

「それなら善は急げだ！　大仕事になるよ！」

「ちなみにアニス様、今回のスタンピードの原因である魔物の情報は確認《かくにん》したのですか？」

「勿論。だから冒険者ギルドも伝書鳩《でんしよばと》を慌《あわ》てて飛ばしたんだろうね。何せ今回の相手は、誰でも知っているような大物だ」

それは前世でもファンタジーの代名詞と言われていた。この世界でも絶対強者だと称《しよう》される大物。名を聞けば誰もが畏怖《いふ》し、そしてその魔物を倒す事によって得られる名声を夢見てしまう。そんな相手だ。

「――相手は、あの〝ドラゴン〟だよ」

竜《りゆう》殺し、或《ある》いはドラゴンキラー。それは世界が変わっても、誰もが憧《あこが》れる名誉の証明である事には変わらない。息を呑《の》むユフィに対して、私は挑戦《ちようせん》的な笑《え》みを浮《う》かべた。

＊　＊　＊

私がその報《しら》せを受けたのは、日々減らぬばかりの政務の書類を片付けていた時だった。

壊《こわ》さんばかりの勢いで叩《たた》かれた国王の執務室《しつむ》の扉《とびら》。駆け込んできた顔色の悪い騎士からの報告に、私は声を荒《あら》らげるのを抑《おさ》える事が出来なかった。

「ドラゴンが現れたじゃと!? 馬鹿《ばか》な、まさか山脈の向こうから飛んで来たとでも言うのか!? 何かの間違いではないのか!?」

「残念ながらオルファンス陛下！　これは冒険者《ぼうけん》ギルドから正式に緊急《きんきゅう》案件として報告されたものです！　どうかご指示を！」

「うぬぬぬ……！　面倒《めんどう》事に面倒事が重なりおって！　連絡《れんらく》を回せ！　緊急会議を国王の名の下《もと》に開く！　直ちに招集《しょうしゅう》せよ！」

騎士からの報告に頭痛を感じながらも、国王として判断を下して指示を出す。私の指示を受けた騎士達が勢い良く執務室を飛び出して行くのを見送り、私は胃の辺りを摩《さす》った。

「えぇい……！　アルガルドの事だけでも頭が痛いというのに、何故《なぜ》にドラゴンなどと！」

ドラゴン。それはこの世界において脅威《きょうい》の代名詞の一つだ。誰もが畏怖する生命の頂点に至る者。その強靭《きょうじん》さもさる事ながら、ドラゴンの厄介《やっかい》な所は〝空を飛べる〟事だ。

ドラゴンは目撃例が少なく、滅多《めった》にその姿を見た者はいない。だからこそ出現した時の脅威に鳥肌《とりはだ》が立ち、背筋が凍《こお》り付く程の衝撃《しょうげき》を受けてしまうのだ。ドラゴンの襲来《しゅうらい》は最早、天災と言っても過言ではない。

パレッティア王国の歴史を紐解《ひもと》いても、ドラゴンが襲来したという記録や伝承はない。だが、余所《よそ》の国がドラゴンによって滅《ほろ》びたという話は有名だ。それ程の規模の災禍《さいか》を起こすのがドラゴンという魔物《まもの》である。

「落ち着け。落ち着くのだ……！　だが、しかし！　どう対処しろというのだ……！」

相手はあのドラゴン。単純な生物としての強さもそうだが、何より厄介なのが空を飛べるという点だ。防衛線を構築出来たとして、頭上を素通《すどお》りされてしまえば打つ手がない。

ドラゴンが嵐《あらし》が去るようにいなくなってくれればいいが、スタンピードが起きてしまっている以上、無視は出来ない。何故なら、魔物は魔物を狙《ねら》って喰《く》らうからだ。

スタンピードが起きてる以上は、ドラゴンは魔物を獲物《えもの》として見ている可能性が高い。獲物である魔物を倒《たお》せば嫌《いや》でも刺激《しげき》してしまうだろう。どうしたものかと痛む頭を押さえていると、ドアをノックする音が聞こえて来た。更《さら》に続いた扉の向こう側からの声に私は目を見開かせる事となる。

「――父上、アルガルドです。どうか入室の許可を」

「アルガルド⁉　お前は謹慎《きんしん》を言いつけていた筈……いや、良い、入れ！　何用だ！」

思わぬ声がドアの向こうから聞こえてきた事に動揺《どうよう》しつつも、アルガルドの入室を許可する。ドアの向こうには、感情を抑えたような無表情の息子《むすこ》の姿がある。

先日のユフィリアへの婚約破棄《こんやくはき》宣言から謹慎を言いつけて事情聴取《ちょうしゅ》していた時から、どうにもこの息子は得体の知れない空気を纏《まと》うようになっていた。政務が忙《いそが》しかったから等と言い訳にもならないが、私はこの息子の事をいまいち理解してやれなかった。

（それは、あのうつけ者の姉も同じだがな……）

脳裏《のうり》に浮かんだのは、アルガルドとは対照的《たいしょうてき》に楽観的にニコニコと笑っているアニスフィアの姿だった。アニスフィアは何をしでかすかわからないという意味での理解不能だが、アルガルドには得体の知れない不可解さを感じる。そんな事を考えているとアルガルドが話題を切り出して来た。

「失礼ながら父上。ドラゴンの出現があったと耳に致《いた》しました」

「……まったく、謹慎の身でどこから聞きつけたのか。それで何用だというのだ？」

溜息交じりにアルガルドへと真意を問えば、驚《おどろ》くべき言葉が返ってきた。

「どうか私にドラゴン討伐《とうばつ》に参加する許可を頂きたいのです、父上」

「……お前は何を言っている？」

突然《とつぜん》のアルガルドの要求に私は眉《まゆ》を顰《ひそ》めてしまった。表情を歪《ゆが》ませる私に対してアルガルドは表情を揺《ゆ》らがせる事もなく、言葉を続ける。

「端的《たんてき》に言えば、名誉が欲《ほ》しいのです」

「名誉だと？　その為《ため》にドラゴンの討伐に自らが乗り出すと言うつもりか!?」

「はい。私は欲しいものがあります。もしもドラゴン討伐を成し遂《と》げた暁《あかつき》には、私の望むものを報酬《ほうしゅう》として頂きたいのです。その為ならば、この命をかける覚悟がございます」

竜殺し。それは誰《だれ》もが認める大いなる栄誉《えいよ》だろう。成る程《ほど》、欲しいものがあるからこそ名誉を求めるとアルガルドは言っている。それならば理解するには十分な理由だ。

だが、だからこそ私は悲しかった。アルガルドにどうしてわからないのだと苛立《いらだ》ちさえ感じてしまった。何故ならば、アルガルドが求めるだろうものを想像してしまったからだ。

「……アルガルドよ。お前はそこまでユフィリアが気に入らなかったか？　それ程までに男爵令嬢《だんしやくれいじよう》の娘《むすめ》が良いと言うのか？　わからん。余にはお前がわからんのだ、アルガルドよ。その男爵令嬢は側室では駄目《だめ》だったのか？　余は側室を持たぬが、王として側室が認められていない訳ではないのだぞ。何故、そこまで頑《かたく》なにユフィリアを拒《こば》むのだ？」

アルガルドはユフィリアとの婚約破棄を望んだ。それも周囲を巻き込んでの断罪だ。

その罪状こそ読み上げられたが、はっきり言って冤罪《えんざい》だとしか思えないものばかりだった。恋《こい》に盲目《もうもく》になったのかとアルガルドを疑いもした。だが、アルガルドにそんな素振《そぶ》りは見受けられなかった。そこに激しい熱もなく、むしろ冷徹《れいてつ》さすらを感じさせる程に。

「私の心情を詳《つまび》らかにする時間はありません、父上。何も報酬を確約しろとは言いません」

どこまでも静かに、そして冷静にアルガルドは言葉を紡《つむ》いでいく。

「ですが、このまま甘んじる事だけは私には出来ないのです。ただ示された道を、ただ与《あた》えられるままに進む。そんな王が本当にこの国に必要なのですか？」

「……何が言いたい、アルガルド」

「魔法の才能さえあれば、男でさえあれば。そう囁《ささや》く声が私の耳に入らないとでも？」

アルガルドの言葉に私は苦悶《くもん》するように瞳を伏せてしまった。アルガルドの言葉が何を意味するのか、それについて思いを馳《は》せてしまったからだ。いつからだろうか、アニスフィアとアルガルド、二人が決定的な仲違《なかたが》いをしてしまったのは。

幼い頃《ころ》はまだ良かった。まだ幼き頃はアニスフィアとアルガルドは常に一緒《いっしょ》にいる程《ほど》に仲が良かった。アニスフィアがアルガルドを連れ出し、問題を起こして笑い合っていたような時期が確かにあったのだ。しかし、アニスフィアが魔学という道を見出《みいだ》してしまってから少しずつ全《すべ》てが狂っていったのだろうと思う。

魔法の才能はないが、革新的な発想と発想を実現する行動力がアニスフィアにはあった。だからこそ、それはアルガルドの苦境に繋《つな》がってしまった。アルガルドには光り輝《かがや》くような才能がない、と周囲が蔑《さげす》み出したのだ。どうするべきかと頭を悩《なや》ませている間にアニスフィアとアルガルドは仲違いをしてしまった。

修復不能なまでに仲違いをしてしまった二人は別々の道を歩み始めた。アニスフィアは自ら王位継承権《おういけいしょうけん》を放棄《ほうき》するなどして、今の立場に収まった。キテレツ王女、王族らしからぬうつけ者であると。それはアニスフィアなりの気遣《きづか》いなのだろうと私は考えている。

全ては男児であり、王位を継《つ》ぐアルガルドの為に。自らに担《かつ》がれるような素質はないと。ならば私が出来る事は正統たる王位継承者としてアルガルドを育てる事だと。いずれ子に受け継がせる国を守る事こそが、自分の使命だと心血を注いできた。

アニスフィアに比べれば凡庸《ぼんよう》と言わざるを得なかったアルガルドの伴侶《はんりょ》としてユフィリアを望み、将来を盤石《ばんじゃく》なものとするようにグランツへと掛《か》け合った。国を纏める為に派閥《はばつ》争いを激化させぬように努め、平穏《へいおん》な国作りに苦心した。

そんな中でアニスフィアの活躍《かつやく》は良くも悪くも目を惹《ひ》いてしまった。魔学という異端《いたん》の提唱者であるアニスフィアを蔑む者は多いが、その中でも理解を示す者も一定数いた。

だから誰かが囁くのだ。アニスフィアに欠けたものがあれば、或いはと。そうしてアニスフィアとアルガルドを比べる者がいるのは知っていた。

しかし、それでも次期国王はアルガルドなのだ。私が国王として即位《そくい》した時、この国は荒《あ》れに荒れていた。その過去は思い出すだけで悔恨《かいこん》たる思いばかり呼び起こす。だからこそ息子であるアルガルドには私のような思いはさせたくなかった。

与えられるだけのものを与えたつもりが、それを受けとっているアルガルドが何を思っているのか理解してやれない。まったくもって情けない話だと今更ながら思う。私はどうする事が正しかったのか、正直わからなくなってしまいそうだ。

それでも私は国王なのだ。立ち止まる事はあっても、引き返す事だけは出来ない。

「アルガルドよ。確かにドラゴンを討伐したという名声があればお前の地位も盤石となろう。その上で望みがあると言うのならば、今は少しでも国の為の力が必要だ。もう一度だけ問うが、命をかける覚悟があるのだな？」

「はい。全ては覚悟の上の提言でございます」

「良かろう。そのように取り計らう。特別に緊急会議への参列を許す。それから……」

アルガルドとの会話を続けようとした所で、再びノックの音が響《ひび》き渡《わた》った。三度目ともなれば流石《さすが》に私とて苛立ちを隠《かく》せずにいる。緊急事態とはいえ、三度目とは！　私は苛立ちながらも扉の向こうへと怒声《どせい》を張りあげる。

「えぇい、今度は何事だ！」

「へ、陛下！　大変でございます！　アニスフィア王女殿下《でんか》が！」

慌《あわ》てふためいた騎士《きし》の報告の声に私は猛烈《もうれつ》に嫌な予感がした。私の脳裏に過《よぎ》ったのは、満面の笑顔で自分の発明品を見せびらかしに来た娘の姿。その手に持っていたのは……。

「王女殿下が、ユフィリア公爵《こうしゃく》令嬢と共に例の魔道具で飛び去っていったとの目撃情報が！」

あやつは確か冒険者登録をして高位ランクの認定《にんてい》を受けていた筈《はず》。記憶《きおく》が正しければ、高位ランクの冒険者には有事の際には緊急依頼《きんきゅういらい》として優先的に情報が回される。

そこまで思い出して、私は背筋がゾッとするのを感じた。まさかだとは思いたい。だがそのまさかしか思い浮かばない。

「アニスフィアはどこに向けて飛び去った！　言え！」

「く、黒の森の方面かと思われます！」

「……あんのッ、馬鹿《ばか》娘がぁあああああッ‼」

今日一番の頭痛を感じながら、私は腹の底から怒声を張り上げる事しか出来なかった。

＊　＊　＊

「へっくしょん！　うー、風が当たるとやっぱりちょっと肌寒《はだざむ》いねぇ。ユフィは大丈夫《だいじょうぶ》？　寒くない？」

「……よくそんな平気でいられますね、アニス様は」

風を感じながら空を飛ぶ感覚は私にとって慣れたものではあるけどユフィはそうじゃない。私の腰《こし》に回した手の力は強く、体は密着している。落ちない為にも必死にもなるよね。

こうも密着するとユフィの体温とか感じて奇妙《きみよう》な感じだ。ユフィの体温だけじゃなくて鼓動《こどう》の音も聞こえてきそうで、風による肌寒さもあってユフィの存在を強く感じてしまう。あまり意識しすぎると変な気分になりそうだった私は軽く頭を振《ふ》った。

この魔女箒《まじょほうき》は馬よりも速度を出せる。まだ空に慣れてないユフィの為に、高さは程々にしてあるけど、障害物も飛び越《こ》していけるからすいすいと先に進んでいける。

「アニス様、確認したい事があるのですが」

後ろから抱《だ》きついているからユフィの声が耳元で聞こえて来る。僅《わず》かな擽《くすぐ》ったさを覚えるけど、質問に答えない訳にもいかない。前を向いたまま、私は返事をする。

「何かな？　聞きたい事って」

「アニス様が魔石を求める理由です。冒険者《ぼうけん》をしているのも、それが理由なのでしょう？」

「冒険者をしてるのは魔石だけが理由じゃないけどね。魔物の素材だってそうだし」

私の研究は国に認められたものでもないから自分でお金を稼《かせ》がないといけない。まったくお金を貰《もら》ってない訳じゃないけどね。それこそ一部の魔道具を支給するにあたっての報《ほう》償《しょう》という形で予算を貰った事もある。

だけど、あくまで国のお金は民《たみ》の為に使われるもの。結果的に魔道具が誰かの為になったのだとしても、魔学の研究はあくまで個人の研究。この国の在《あ》り方を考えても私の研究は大々的には出来ない。

「でも、魔石を求めるのが一番の理由かな。あれが今、一番熱心に研究してる素材だから」

「魔石を素材にするのですか？　一体どのようにして……？」

「これは言っても信じて貰えないだろうから、あまり言ってないんだけどねぇ。そもそもの話、魔石って何だと思う？」

ユフィの問いかけに私は問いかけで返す。つまり魔石とは何なのか？　ユフィが答えを返したのは少し間を置いてからだった。

「魔石というのは、魔石持ちの魔物にとっての核《かく》……というべきものでしょうか」

「一般《いっぱん》的にそう言われてるね。魔石持ちの魔物が危険視される程に強いのは、魔石が固有の魔法を使えるようにするからだと言われてる。でも、どうして魔石が生まれるのか？　どうして魔石が力の源になるのか？　だから私は魔石を調べたんだ」

「その上で求めるという事は、魔石について何かわかったんですね？」

「うん。わかったのは魔石は魔物の体内で変質した精霊《せいれい》石の亜種《あしゅ》のようなものなんだ」

「なっ……!?　魔石が、精霊石の亜種だと言うのですか!?」

ユフィが耳元で驚《おどろ》きの声を上げて、ちょっと吃驚《びっくり》してしまった。だけど、これぐらいの反応は予想の範囲《はんい》内だ。特に気を取られる事なく私は飛び続ける。

「そう。魔石は魔物が精霊を取り込んで、体内に変質した精霊石を生み出す事で生まれるんだ。だから魔石持ちの魔物は、魔石持ちだからこそ固有の魔法を使う事が出来る」

「……とてもじゃないですが、そんな話は信じられません」

「だから言ったでしょ、信じて貰えないって」

精霊石はこの国にとって神聖視されているものだ。幾《いく》ら亜種だとは言え、人の害となる魔物から取れる魔石が精霊石の亜種なんだって誰から信じて貰える？　どうせ荒唐無稽《こうとうむけい》な話だと一蹴《いっしゅう》されて終わるだけだ。だから、この研究結果は極《ごく》少数の人しか知らない。

「精霊石に魔力を通せばその属性の現象を起こせるように、魔石も魔力を通せば力を発揮する事が出来る。だけど魔石は魔物と深く結びついたものだ。ただ魔力を通しただけじゃ何の効果も発揮しない」

「では、アニス様はどのような活用方法を魔石に見出しているのですか？」

ユフィが聞きたい本題はそこだよね。ここまで魔石の説明をユフィにしたけれど、そのままでは魔石を使う事は出来ないって思うのは当然だ。実際に使われてる訳でもないし。

「魔石が効果を発揮するには、魔石の発揮する効果を受けとる媒体《ばいたい》がないと意味がない。じゃあどう利用するのかって言われたら、魔石を自分に使えば良いって私は考えたんだよ」

「魔石を、自分に使うんですか……？」

　ユフィの腰に回した腕《うで》の力が強くなって、思わず変な声が出てしまった。ユフィは私との距離《きょり》を更《さら》に詰《つ》めるように身を乗り出して来る。

「そんな事が可能なんですか……？　いえ、そもそも危険なのでは？」

「臨床《りんしょう》実験はちゃんとやったよ！　大丈夫、大丈夫！　安全性は問題なしだから！　技術を確立させたのは私が冒険者として活動を始めた頃だから、もうかなり前の事だよ」

「……本当に貴方《あなた》のしている事は心臓に悪いです。陛下の心中をお察し致《いた》します」

　後ろでユフィが頭を抱《かか》えたそうな溜息《ためいき》を吐《つ》いてるけれど、私は苦笑《くしょう》するに留《とど》めておく。心労をかけてるなぁ、とは私だって思ってるよ。

「でも、そうでもしないと私は魔法を使えないからね」

「……アニス様？」

　私の呟《つぶや》きにユフィが不安そうな声を零《こぼ》した。それでも私の言葉は止まらなかった。

「魔石の力はね、言ってしまえばその魔物の固有魔法の源だ。精霊に願ったり、祈《いの》ったりして形を成すものじゃない。魔石持ちの魔物という彼等の存在した証《あかし》そのものだ。そういう魔法なんだ、魔石持ちの固有魔法は。だから私は魔石が欲《ほ》しい。精霊による正しい魔法が使えない私が魔法を使う為《ため》に必要なものだから、魔石は」

そうする事が私であるという何よりの証明だから。だって私は私の原点を忘れられない。どんなに頭を悩ませても忘れる事なんて出来なかった。前世を思い出して、魔法に憧《あこが》れて、そして才能がないと突《つ》きつけられた時から始まった挑戦《ちょうせん》そのものなんだ。

「……だからアニス様はドラゴンの魔石を求めるんですか？」

「そうだね。だって相手はあのドラゴンだ！」

私の声は期待に弾《はず》んでいる事だろう。ユフィにとっては気に入らない事なんだとは思うんだけど、私は興奮を隠す事が出来なかった。それ程《ほど》までにドラゴンという名は私を惹《ひ》きつけて止《や》まないから。

「魔物どころか、生物としても頂点に近い種族とされるドラゴン。その魔石なんて求めずにはいられないよ。その力を私の技術で扱《あつか》う事が出来たなら、そう思ったらじっとしてなんかいられない」

「その先に、貴方は何を求めてるんですか？」

ユフィの腰に回した腕の力の強さが、なんとなく変わった気がした。力の強さは同じなのに、それは咎《とが》めるというよりも抱《だ》き締《し》めようとしているような、そんな違《ちが》いだ。

「貴方の魔学は素晴《すば》らしいです。魔道具も人の為にあるものです。ですが魔石を扱う技術は恐《おそ》ろしいものに感じるのです。それはまるで自分に魔物の力を宿してるようなものではないですか」

「……そうだよ。ユフィの言う事は間違ってない。この技術は自分を魔物に作り替《か》えるような技術だって言われると私は否定出来ないんだ」

「……それでも貴方は求めるのですか？　それは何の為に？」

自分を魔物にしてしまいかねない禁忌《きんき》だと。そんな手段を用いてまで何がしたいのか。その問いに返す答えはもうある。ずっと、それはこの胸に中に宿り続ける願いだ。

「それが私の願いだから。普通《ふつう》の方法で魔法が使えないなら、私はそれを選ぶしかない。私にはどうしても叶《かな》えたい願いがあるから」

「アニス様の願い？」

「魔法使いになりたいんだ。誰《だれ》かの笑顔《えがお》の為に、魔法はその為にあるんだって示したいんだ。私の魔法が他《ほか》の人と違う形でも構わない。脅威《きょうい》があるならそれに立ち向かう力を、もっと生活が楽になる道具を開発して皆《みんな》が笑顔になるように。私はそんな魔法使いになりたい。普通の魔法が使えないからって諦《あきら》められるような夢じゃないんだ」

あぁ、そうだ。私は私になってからずっと、この魔法への憧れを消せないでいる。時に呪《のろ》いのように思うけれど、この思いだけは私が私である為には裏切る事が出来ない。

「私は知りたいんだ。この先に何があるのか。自分に何が出来るのか確かめたい。そして私の進んだ道を同じように進む誰かがいるかもしれない。そんな誰かの先駆《さきが》けになれたら良いって思ってる」

だから、と。私は祈り、願うようにユフィに言葉を投げかけた。

「止めないで欲しいんだ。私がどうしても間違って、本当にどうしようもないって思う時まで。きっとユフィなら私を止めてくれるって、そんな打算もあるんだよね。ユフィって正当派の天才でしょ？　私だって流石《さすが》に国とか敵にしたい訳じゃないしねぇ」

「……国を敵に回すつもりがあるんですか？」

「私がそうしたくなくても、私がやろうとしてる事が皆に受け入れられるとは思ってないからさ。もしかしたら、なんていつも考えてたよ。この国を出て行ってやろうって思った事もない訳じゃない」

魔学はパレッティア王国では異端《いたん》の発想だ。精霊を友として、敬うべき存在として扱っているこの国では、精霊石を道具のように扱い、神秘を解明して突き詰めようとする私を好ましく思っていない人間なんて山ほどいる。

嫌《いや》な思いだってした。辛《つら》くて、悔《くや》しくて、全部捨ててやろうなんて何度思った事だろう。この国は私が生きて行くには厳しかった。自分らしくあろうとすればするだけ息苦しかった。それでも、私がここにいる理由は本当に単純な話なんだ。

「私は、それでもこの国を好きでいたいんだ。私が憧れた魔法がある国、魔法を使えなくて異端な考えを持つ私を受け入れてくれた両親に、冒険者として活動する内に触《ふ》れ合ってきたこの国の民達も。何より、魔法と共に歩んで来たこの国の文化が大好きなんだ」

私を嫌《きら》う人がいても、私が憧れた魔法を扱える貴族がどんなに私を疎《うと》んでも。それでも魔法に憧れるこの気持ちを消す事は出来なかった。だからこそ、そんな人達が愛《いと》おしい。どんなに異端の変人だと言われても、私はこの国の王女だ。王族だったから魔学の研究もここまで進める事が出来た。その報酬《ほうしゅう》分ぐらいはこの国に尽《つ》くしたいって思ってる。

「ドラゴンは空を飛べる。それは国にとって大きな脅威だ。この国でも立ち向かえる人なんて限られてる。その人達はこの国の宝だ。でもドラゴンと戦う事でそんな人達が失われてしまうかもしれない。だから私が行くんだ。私は空を飛べる技術があって、ドラゴンに立ち向かう事が出来る。自分の為だっていうのが一番大きいけど、曲がりなりにも王族の自覚はあるつもりだから」

「……アニス様、貴方は……」

「それにね、魔法使いは誰かを笑顔にする為にその魔法を使うんだから！　私の魔法はこんな時の為にあるんだって言いたいんだよ！」

私は思いの丈《たけ》を全《すべ》てユフィに伝えた。思えば、イリアや父上にだってここまで言った事はないと思う。初めて打ち明けた相手が、どうしてユフィだったのか。

ただの偶然《ぐうぜん》なのか、私にも気付いてない理由があるのか。……どっちでもいいかな。

こうして付いて来てくれたユフィにだから伝えたい事だったんだ。私が、私である為に必要な事。私が私である為にやらなきゃいけない事を。それをどうかわかって欲しい、と。

するとユフィが全身を預けて来た。元々、密着していた体がさらにくっついてしまう。

私の体を抱き締めるユフィの腕の力は強まる一方だ。

「私は魔法を使える事が当たり前でした。魔法を何の為に使うのかなんて考えた事はありません。だから私には貴方の存在が酷《ひど》く眩《まぶ》しく見えます」

ユフィの言葉から感じる思いに私は一瞬《いっしゅん》、息を止めてしまった。思わず振《ふ》り返りたくなってしまう程、ユフィの言葉は切実だった。

「私も、もっと先を見たいと思えたのです。貴方と共に進むこの道の先を」

「ユフィ……」

「貴方と進むこの道に、私はきっと私に欠けたものを見出《みいだ》す事が出来る。そう思えるのです。だから無茶だけはしないでください。貴方の願いはきっと貴《とうと》い。でも、その思いこそがアニス様を遠くへと連れて行ってしまいそうで怖《こわ》いんです。私は貴方を失うのが怖い」

ユフィの腕の温《ぬく》もりが、伝えられた言葉が私の奥底の何かを震《ふる》わせる。……あぁ、うん。

だから、ユフィだったのかもしれないなんて、さっきの疑問に答えを見たかもしれない。

まだ、はっきりと言葉にはならない。でも答えに近づいた気がする。ユフィが見出そうとしているように、私もユフィに見出したいんだ。ユフィは誰よりも私が理想とする魔法使いに近い天才だ。私の理想図を描《えが》いたような人で、ご令嬢《れいじょう》としても完璧《かんぺき》だった。

でも、知れば知る程にユフィは女の子としてはとても不器用で、放《ほう》っておけないと思えるような子だった。

私が好感を抱《いだ》いたユフィだったからこそ、私が進む道をユフィに見て欲しいのかもしれない。私が進めなかった道の先にいる彼女にこそ。そしてユフィも私の進む道の先を見たいと望んでくれた。その言葉が何よりも私に力をくれた。

「大丈夫《だいじょうぶ》。死なないし、ここで止まるつもりなんてない。だからユフィ、もっと私と一緒《いっしょ》にこの道の先を見に行こうよ！　ドラゴンなんて前座にするぐらいにさ！」

「……それはそれで頭が痛いですが、そうですね。それがアニス様らしいという事なのでしょう。本当にどうかと思うのに、何故《なぜ》なんでしょうね。不思議とそれでも貴方を止めるべきではないと思えるのです。ならばお供致します。助手として、貴方のお側《そば》で」

ユフィはまるで笑っているかのような声で言った。ちょっと振り向きたくなる程に明るい声だった。それが無性《むしょう》に嬉《うれ》しくて、妙《みょう》にくすぐったくて私も笑い声を上げた。

これからドラゴン退治に行くっていうのに馬鹿《ばか》みたいかもしれないけれど、私にとって大事な確認《かくにん》だった。ユフィも同じ思いでいて欲しいと願う程に。

「さぁ、ユフィ！　急ごうか！　速度を上げたいから風の魔法で支援《しえん》して貰《もら》って良い？」

「ようやく助手らしい共同作業ですね……無茶しない程度でお願いしますね？」

ユフィはそう言うけど、こんなに楽しい気持ちになるなら無茶だってしてしまいそうだ。心の底から込《こ》み上げて来る喜びを嚙《か》みしめるように、私はそう思ってしまった。

＊＊＊

ドラゴンの出現の報《しら》せは、ドラゴンを発見した冒険《ぼうけん》者達によって無事、冒険者ギルドに届けられた。報告を受けた冒険者ギルドがすぐに厳戒《げんかい》態勢を敷《し》き、各所へ連絡《れんらく》を飛ばした。

やがて誰もが感じ始めてきたスタンピードの予兆に黒の森近辺を守護する騎士《きし》団、付近に逗留《とうりゅう》していた冒険者達の間には緊張《きんちょう》が走っていた。無理もない話だろう。彼等にとってスタンピードの発生だけでも危機感を煽《あお》るのに十分だというのに、今回のスタンピードの原因があのドラゴンだというのだから。

「急げ！　村人の避難《ひなん》を急がせろ！　陣《じん》を布《し》け！　スタンピードの到来《とうらい》までにな！」

「おい、邪魔《じゃま》だ！　気をつけろ！」

「薬もあるだけ持ち出せ！　出し惜《お》しみしたら命が無くなるぞ！」

怒声《どせい》が響《ひび》き渡《わた》り、誰もがこれから迫《せま》る戦いに備える為に駆《か》けずり回る。その狂騒《きょうそう》の中で行き場が無さそうに肩身《かたみ》を狭《せま》くする者達がいた。

彼等は黒の森から戻《もど》り、ドラゴン発見の報せを届けたあの新米の冒険者達だった。

「ど、どうするんだよ……？」

「どうするって……ドラゴンにスタンピードだぞ？」

「どうもこうもない。俺達もここに残って戦うしかない」

恐慌《きょうこう》状態に陥《おち》っている新米の冒険者達に、淡々《たんたん》とした言葉を継《つ》げたのはベテラン冒険者の彼だった。新米の冒険者達が信じられないと言うように彼に視線を向けた。

「今から逃《に》げた所で後ろからスタンピードに追いつかれたら終わりだ。ここに残って騎士団と共に戦う方が生存率は高いぞ」

「で、でもリーダー！　スタンピードにドラゴンだぜ!?　俺達に何が出来るってんだ！」

「気持ちはわかる。だからお前達は避難民と一緒に行っても構わん。護衛という名目なら波風も大きくならんだろう」

「……リーダーは行くのか？」

「ここが退《ひ》き際《ぎわ》なのはわかってるんだがな」

問いかけに対して、彼は苦笑《くしょう》を浮《う》かべてみせる。そして大袈裟《おおげさ》に肩を竦《すく》めた。

「今回ばかりは相手が悪い。逃げても死ぬのなら最後くらい蛮勇《ばんゆう》にかけてみるのも一興さ。冒険者として華々《はなばな》しい活躍《かつやく》こそ挙げられなかった人生の最後の餞《はなむけ》になるかも、なんてな。元よりお前等を育てきったら引退するつもりだったしな」

肩を竦めながら言う彼に対して、新米冒険者の内の一人が前に進み出た。その表情には困惑《こんわく》だけではなく、彼への怒《いか》りが浮かんでいた。

「長生きするのが良い冒険者の秘訣《ひけつ》だって言ってたじゃねぇか！　名声を惜しむな、命を惜しめって！　命があれば何度だって再起出来るって！　俺達にそう教えてくれたのは他ならぬリーダーじゃないか！」

「あぁ、そうだ。だが、俺達が全員揃《そろ》って引けば臆病《おくびょう》者の烙印《らくいん》を押されかねない。相手がどうにもならん奴《やつ》だとしてもな。だが、俺が一人でも残ればそれは美談にだって出来る」

前に進み出た新米冒険者の肩を叩《たた》いて、彼は達観した表情を浮かべてそう言った。まるで悟《さと》ったような表情に進み出た新米冒険者は息を詰《つ》まらせたように唇《くちびる》を引き結ぶ。

「俺の仇《かたき》を取るんだって、逃げたあの日の悔しさを糧《かて》にするってな。どうだ？　何も悪い話じゃないだろう？」

彼の言葉に誰もが息を呑《の》む。彼の前に出ていた新米冒険者は悔しさからか、或《あ》いは恐怖《きょうふ》からなのか拳《こぶし》を震える程《ほど》に握《にぎ》りしめている。やがて仲間の内の一人が嗚咽《おえつ》を零《こぼ》し始めた。

「でも、それなら！　俺達が残っても退き際を見極《みきわ》められない馬鹿で、退いた所で臆病者って言われるじゃねぇか！　どっちに転んでも良い事なんてねぇ！」

「冒険者っていうのはそういうもんだ。だから長く生きるんだ。死ねばチャンスもない。そしてチャンスがあるならそこに命をかける。だからこそ命を惜しめと俺は教えたんだ」

「……いつもは怒鳴《どな》ってくれるのに、今回は怒鳴ってくれねぇんだな。リーダー」

「最後ぐらいは良い奴に見られてぇのさ。冒険者ってのは見栄《みえ》っ張りだぜ？」

彼からの返答に、睨《にら》むようにしながら言葉を向けていた新米冒険者が唇を噛む。やがて遠くから咆哮《ほうこう》と思わしき声や、地鳴りのような音が近づいて来るのが聞こえた。それがまた、冒険者達の恐怖心を煽る。今にも逃げ出したくなるほどに心が乱されていく。

「震えてる場合か！　冒険者を名乗るなら自分で考えて動け!!」

「……ッ、結局怒鳴るんじゃねぇかよ！　ちくしょうが!!」

彼の言葉に、泣きたいような、怒《おこ》りたいような表情で前に出ていた新米冒険者が叫《さけ》んだ。こんな状況《じょうきょう》でもなければ判断を急がせる事もなかったのに、と彼は内心で苦笑する。

彼がもう一声が必要かと声を張り上げようとした時だった。スタンピードの接近の予兆たる音とは異なるざわめきが聞こえてきた。

「――どいた、どいたぁ！　私が来たわよ！」

その声は、この状況にはとても場違《ばちが》いな調子で、だからこそ誰《だれ》の耳にもよく届く。声はまさかの上から聞こえて来た。そして、空から舞《ま》い降りて来たのは二人の少女だった。

「……まさか、冗談《じょうだん》だろ？」

彼は呆然《ぼうぜん》と、しかし言葉尻《じり》に喜色を交えて呟《つぶや》く。誰もが空から舞い降りた二人の少女へと視線を向けている。奇妙《きみょう》な箒《ほうき》の形にも似た器具を携《たずさ》え、堂々と胸を張っている姿を彼はよく知っていた。

準備に奔走《ほんそう》していた騎士達ですら、先程までの怒号《どごう》が静まり返っている。その少女の内の一人は〝王族の象徴《しょうちょう》〟とされる白金色の髪《かみ》を靡《なび》かせている。それが意味する事を誰もが理解している。彼女が何者なのかという事を。

そんな中で、呆然としていたベテラン冒険者の彼が、腹の底からおかしいと言うように笑い声を上げ始めた。

「は、ははは、はははははっ！　そうか、そうか！　アンタなら王都からでも間に合うのかよ！　マジで馬鹿じゃねぇのか⁉　おい、お前等！　馬鹿が、馬鹿が来たぞ！　とんでもない大物の馬鹿がな！」

先程の絶望した様子から喜色を交えた調子で喋《しゃべ》る彼に困惑する新米冒険者達。だが、そんな彼等の事を気にした様子もなく彼は言葉を続ける。

「珍《めずら》しい魔物《まもの》があらば文字通り風のように現れる変人！　奇妙な道具を使いこなして戦うキテレツ！　見目だけは麗《うるわ》しい我が国が誇《ほこ》る稀代《きだい》の問題児！　隠《かく》す事もない髪色から察せられる身分からこう呼ばれるんだよ！　その名も〝狩猟の略奪姫《マローダー・プリンセス》〟!!」

「――誰よ！　今、私の事をマローダーって呼んだ奴は!?　せめてマッドって呼びなさいっていつも言ってるでしょ!!」

本人はその異名に納得《なっとく》していないのか、勢い良く抗議《こうぎ》した。彼女こそ、王族でありながらも魔法が使えず、その王族らしからぬ性格と振る舞いから悪名を響かせる問題児。同時に国民から敬意と親愛を込めて、その異名を呼ばれる人。アニスフィア・ウィン・パレッティア王女殿下《でんか》。彼女は、正にこの状況を打破する為《ため》の希望そのものだった。

＊　＊　＊

空の旅を終えてやってくれば、誰だか知らないけれどあの不名誉《ふめいよ》な二つ名で呼ばれてしまった。マローダーって何よ、そこまでしてないわよ！　むしろ魔道具の開発者とかそっちの意味でマッドとか呼ばれるならまだ許せるのに！　誰が略奪者《りゃくだつしゃ》だって言うのよ！

「アニスフィア王女殿下!?　それにユフィリア公爵令嬢《こうしゃくれいじょう》まで……何故こちらに!?」

騎士の一人が、それも鎧《よろい》の装飾《そうしょく》から見れば団長とわかる騎士が真っ先に声をかけて来た。

その表情は複雑な感情を表している。黒の森近辺の守護を担当する騎士団とは冒険者として同行した事もあるけど、いきなり現れたら困惑するのはわかる。

「高位ランクの冒険者の緊急《きんきゅう》招集《しょうしゅう》を受けたから参上したよ。あぁ、こっちのユフィは私の助手で同行したわ」

「いえ、アニスフィア王女殿下が高位ランクの冒険者であらせられる事は知っていますが、だからといって王族ともあろう方が！　これはただのスタンピードではないのですよ⁉」

「ただのスタンピードだったらいても不思議じゃないんですね……」

隣《となり》でユフィが小さく呟いたけど、私は華麗《かれい》に無視をした。いや、ほら。だってスタンピードは魔物の素材を大量に獲得《かくとく》するチャンスだし。そんな事を思いつつも、顔に出さないようにしながら私は咳払《せきばら》いをしてみせる。

「私に王族の何たるかを説くのは時間の無駄《むだ》だとわかってるよね？　状況は？」

「……あぁもう！　頼《たの》もしいですが、心臓に悪い御方《おかた》です、貴方《あなた》様は！　現在、我が騎士団一同、更《さら》に現地にいた冒険者と共同で防衛線を構築している所です。ですが……」

「うん。通常のスタンピードならともかく、後ろにはドラゴンが控《ひか》えている。ここで防衛線を構築して足止めをした所にドラゴンが乱入してくれれば混乱は免《まぬが》れない」

「……はい。そうなれば被害《ひがい》は甚大《じんだい》なものとなるでしょう。最悪、壊滅《かいめつ》も考えられます」

緊張した様子で返事をした騎士団長に私も同意するように頷《うなず》く。やっぱり状況はそんなに良くない。

「かといって何もしなければ溢《あふ》れ出した魔物によって蹂躙《じゅうりん》されて被害が大きくなる可能性も高い。それにドラゴンに上を素通《すどお》りされたら近隣《きんりん》の村や町どころか、最悪の場合は王都にまで行かれてしまう。だからここで食い止めたい。合ってるよね？」

通常のスタンピードだったら防衛線を布いて迎撃《げいげき》の態勢を取れば良いんだけど、今回は後ろに控えているのがドラゴンだというのが問題だ。

それに魔物は魔物を捕食《ほしょく》しようとする傾向《けいこう》がある。魔物が他《ほか》の魔物を捕食するのは力を取り込む為なのか、単に魔物同士の縄張《なわば》り争いなのか。どっちの理由にせよ、魔物同士の争いは激しい。そして魔石持ちの魔物だと単独で強い個体が多いので群れる事が少ない。

そして周りの魔物は皆《みな》、餌《えさ》だと思うかのように襲《おそ》いかかる事が多い。

だからこそ、魔石持ちの魔物はスタンピードの原因となってしまうんだけど、今回の相手であるドラゴンは空を飛べるから防衛しようにも頭上を通り越《こ》されたら駄目《だめ》。かといって糧である逃げ出した魔物を追って、戦場に乱入されたら混乱は避《さ》けられない。

でも、ここには今、私がいる。この国で唯一《ゆいいつ》と言っても良い〝空を飛べる戦力〟だ。

「先に聞いておきます。本気ですか？　いえ、正気ですか？」

「こっちからも色々と聞き返してやりたいけど、本気だし、正気だよ。ドラゴンが出たら私が相手をする」

私の返答に騎士《きし》団長が息を呑んで私を見つめた。暫《しばら》く迷うように眉《まゆ》を寄せて唸《うな》り出す。

そんな騎士団長に私は苦笑を浮かべてしまう。私の身を案じてくれてるのはありがたい事なんだけど、そうも言ってられない状況だからね。

「貴方ならこっちの方が納得しやすいかな。これはパレッティア王国の王女としての命令だよ。私がドラゴンの相手をする間、スタンピードを押し留《とど》めて欲しい。あ、私も露払《つゆはら》いには参加するから、その素材の取り分の計算もよろしくね！」

「……本当に貴方という方は。あの魔道具を私が使えれば私が行くと言えたのですが」

「慣れない素人《しろうと》に空中戦させるなんてとんでもないよ」

「王族をドラゴンと戦わせようとする方がとんでもないです」

騎士団長の言葉に同意すると言わんばかりにユフィが頷いてるけど、敢《あ》えて無視する。

とにかく、これで王女としての命令を出したからには相手も従わなければならないという大義名分も出来た。多分。

「とにかく時間がないんだ。私は遊撃で動くつもりだから、ドラゴンが出るまでに準備を整えるのと支援《しえん》に徹《てっ》して欲しい。ドラゴンが出たらスタンピードは貴方達に任せるよ」

「それが命令だと言うなら、私には従うしかありません。それに止めても貴方は飛び出して聞かないでしょうし。どうせ今回も陛下には何も伝えていないのでしょう？」

「……イ、イリアに伝言を頼んだし」

苦し紛《まぎ》れの私の返答に、そうじゃないでしょう、というユフィと騎士団長の視線が私に突《つ》き刺《さ》さった。

「しかし、王女殿下に露払いまでさせてしまうのは……。ドラゴンを相手にするなら余計な体力の消耗《しょうもう》は避《さ》けるべきでは……」

「私の素材の取り分を奪おうって言うの⁉」

「あ、はい……わかりましたよ……」

何とも言えない表情を浮かべる騎士団長に私は頷いてみせる。スタンピードなんて頻繁《ひんぱん》には起きないんだよ⁉　いや、頻繁に起きても大問題だからそれは良い事なんだけど。でも、こういう機会でもないと素材を纏《まと》めて手に入れるのが難しいんだよね！　本業が冒険《ぼうけん》者って訳じゃないしね。

「それで、その。ユフィリア公爵令嬢も同行されるのですか……？」

「そのつもりで同行しております」

「……護衛は必要ですか？」

「私の足手纏《あしでまと》いにならない精鋭《せいえい》なら？」

「ははは、ご冗談を。……わかりましたよ、不要という事ですね」

騎士団長が溜息《ためいき》交じりに苦笑《くしよう》をしながら呟いた。高位ランクの冒険者というのは伊達《だて》じゃないんだよ。自分で言うのもなんだけど、私は国の中でも結構良い線を狙《ねら》えると思う。

余談ではあるけど、たとえ相手が魔法を使える貴族だったとしても圧倒《あっとう》出来る自信がある。むしろ貴族というのは後方で構えて魔法を使う人が多い。嗜《たしな》みとして剣《けん》を扱《あつか》う人もいるけれど、騎士を目指している訳でもないなら近づいてしまえば私の相手にならない。

そして、ある意味で私は魔法使いにとって天敵でもあるからだ。私のマナ・ブレイドは普《ふ》通《つう》の剣と違って魔法を切り裂《さ》く副次効果がある。流石《さすが》に実体を伴《ともな》う魔法には効果はないけど、魔法を切り裂くのに私のマナ・ブレイドは適してる。昔、高位ランクの冒険者で魔法を使える人と模擬《もぎ》戦をした時に凄《すご》い愚痴《ぐち》られたのも懐《なつ》かしい思い出だ。

「むしろ私がユフィの護衛を務める事になるかな。ユフィ、周りに人がいなければ大規模の魔法で殲滅《せんめつ》が出来るよね？」

「……私の全力を尽《つ》くします。我が名に恥《は》じぬ活躍《かつやく》をお約束致《いた》しましょう」

「よし、じゃあ逆に護衛がいた方が良くないかな。私がユフィを護衛しながら魔物を引きつける。それをユフィが魔法で殲滅する」

「はい」

「ドラゴンが出てきたら一度、後方に下がるから貴方達と交代する。そして私はドラゴンの相手をする。ドラゴンが出たらユフィも後方支援に回って貰《もら》うでどうかな？」

「……ドラゴンをお一人で相手するつもりですか？」

「空中戦になるだろうからね、そんなの支援出来る？」

私の指摘《してき》にユフィが難しそうに眉を寄せてしまった。まだこの世界に空中戦なんて概念《がいねん》はない。支援すると言って誤射でもされたら堪《たま》ったものじゃない。それならユフィの力はスタンピードの殲滅に使って貰った方が効率が良い。

「スタンピードの殲滅が済めばドラゴンも引き下がるかもしれない。これは効率の話だよ。わかるよね？　ユフィ」

「……わかっていても、納得出来ないものはあるのですよ」

「わかってる、そんな顔をさせてるのが私だって事も全部。その上で言う。大丈夫《だいじょうぶ》だから」

「……貴方を信じます。アニス様」

ユフィの肩《かた》に手を置いて言うと、ユフィがその手を取って、祈《いの》るように両手で握《にぎ》りしめて額をつけた。暫くそのままでユフィが動きを止めていたけど、スタンピードの近づいて来る音が遠くから聞こえてきたのを確認《かくにん》して、ユフィは私の手を離《はな》した。

「参りましょう、アニス様」

「うん。ユフィの実力、楽しみにしてるね」

本気のユフィの実力を私はまだ知らない。だからそれを見るのは正直、楽しみではある。

「お二人とも、どうかご無事で。ご武運をお祈りしております」

「騎士団長、貴方もね。貴方がいなくなっちゃうと私が黒の森に来づらくなっちゃうからね！　またお茶でもしましょう！」

神妙《しんみょう》な様子で最敬礼をする騎士団長に明るく振《ふ》る舞《ま》ってみせながら、私はユフィと一緒《いっしょ》に飛び出した。黒の森の入り口と防衛線との間には、森へと続く道がある平原が広がっていて、森の中から隙間《すきま》を縫《ぬ》うようにして魔物が一心不乱に駆《か》けて来るのが見えて来た。もう間もなく魔物の群れが溢れ出し、襲いかかって来るだろう。

「いや、これは大量だね。これが普通のスタンピードなら喜ぶ所なんだけど！」

「スタンピードで喜ぶ王女様というのは何なんでしょうね……」

「キテレツ王女様でしょ。さて、と」

溜息を吐くユフィに返答しつつ、私は懐《ふところ》に手を伸《の》ばして携帯《けいたい》用の瓶《びん》を取り出した。その中には丸薬が入っていて、その丸薬を見たユフィが眉を寄せた。

「……アニス様、それは？」

「これが私の研究の集大成の一つ。魔道具《まどうぐ》とは違って公《おおやけ》にする事は出来ないだろうもの。魔石を砕《くだ》いて、練り混ぜて作った薬だよ。私は魔薬って呼んでるけど」

前世の麻薬《まやく》の如《ごと》きものだからね、これは。これが形になるまで試行錯誤《さくご》も大変だった。だけど、この技術は危険な代物《しろもの》で世に広めてはいけないものだ。だから私は戒《いまし》めの意味も込《こ》めてこれを魔薬と呼んでる。

「魔石を素材にした薬ですか⁉」

「そうそう。他にも色々練り込んでるけどね。過剰摂取《かじょうせっしゅ》で悪影響《あくえいきょう》を及《およ》ぼすから、調薬には数年はかかったよ」

「……後でその話、詳《くわ》しく聞かせて貰いますからね」

ユフィが鬼《おに》の形相で睨《にら》んでくる。それに肩を竦《すく》めて受け流しながら、丸薬の一つを口の中に放《ほう》り込んだ。

「あぁ、そうだ。ちょっとした副作用があるけど、心配しないでね」

「本当に大丈夫なんですよね⁉」

「大丈夫、大丈夫。ちょっと気が昂《たか》ぶるっていうか、理性の枷《かせ》が外れるっていうか、そんな感じになるだけだから」

「それ何一つとして大丈夫だと聞こえないんですが⁉」

ユフィの抗議《こうぎ》の声を聞きつつも、私は口の中に入れた丸薬を勢い良く噛《か》み砕いた。砕いた丸薬の味は、はっきり言って最悪だ。気分が悪くなりそうな味を無理矢理に飲み干す。

魔薬が効果を発揮するのはあっという間だ。ぐるりと世界が回ったかのような感覚の後に来るのは、絶頂の縁《ふち》に手をかけたような幸福感だ。

「……ふふ、ふふふっ！　あははは っ！」

あぁ、楽しくなってきたな。これから始まるのは狩《か》りだ。それも、今まで見た事もない大物が待ち構えているんだから、楽しくならない方が嘘《うそ》だ。だから笑い声が出ちゃうのだって仕方ない。身を焦《こ》がすような興奮に私は口の端《はし》を吊《つ》り上げる。

全身に魔薬の効果が行き渡《わた》る。普通の魔法で言う所の身体強化、騎士が好んで使う身体能力を向上させる魔法と同じ効果だ。だけど、その効果だけに絞《しぼ》り、厳選した調剤《ちょうざい》は並の身体強化の魔法の効果を超《こ》える。それこそ、魔物じみた動きを可能とする程《ほど》に。

「アニス様……」

心配そうなユフィに安心させるように手をひらひらと軽く振ってみせる。

「大丈夫、大丈夫！　それじゃあ適当に狩ってくるから！　魔法を使うなら何か合図してね！　すぐに下がるから！」

私はマナ・ブレイドを両手に構えて走り出した。森に向かって走り出すのとほぼ同時にスタンピードの先頭集団である魔物達が姿を見せてきた。

「アハハハッ！　来た来たぁッ！　ならこっちも、いっ……くよーーーーッ!!」

私は足に力を込めて、地を這《は》うように突き進む。両手に構えたマナ・ブレイドに魔力を込めれば魔力刃《まりよくじん》が形成される。向かって来る魔物達の種類は様々だ。

狼《おおかみ》のような姿の魔物もいれば、猿《さる》のような魔物もいるし、大きな歩く花のような魔物もいる。前世では幻想《げんそう》の存在として語られるような生物が多種多様に群れを成して出て来る。

その魔物達の群れが一斉《いっせい》に私を迎撃《げいげき》しようと牙《きば》を剝《む》く。だけど――既《すで》に遅《おそ》い。

「一つ」

真っ先に飛びかかってきた狼系の魔物の首を斬《き》り飛ばす。続いて背後から飛びかかろうとしてきた猿系の魔物をもう片方の手に持ったマナ・ブレイドで突き刺す。

「二つ」

そのまま突き刺した魔物を振り抜《ぬ》いて放り投げるように円を描《えが》いて、逆の手に握っていたマナ・ブレイドで巨大《きよだい》花の根本から花と胴体《どうたい》部分を斬り飛ばす。屠《ほふ》った魔物達と交差する瞬間《しゅんかん》に飛び散った血や体液が私を濡《ぬ》らしていく。

「三つ、四つ、五つ、六つ、七つ、八つ、九つ、これで十！」

魔薬で施《ほどこ》された身体強化によって知覚する世界は、まるで時を遅くしているかのようにさえ感じる。迫《せま》る魔物の首を落とし、胴体をかち割り、時には蹴《け》り飛ばして首の骨を折る。屠った魔物の数を数えていく私の声は嬉々《きき》としたものだ。なにせ私が屠った魔物の全《すべ》てが研究素材になるのだから笑いが止まらなくなる。

「グレイウルフに、キラーエイプに、マンドレイク！　あ、あっちにはコカトリスもいるじゃない！　さすが黒の森ね！　きゃぅーん！　素敵《すてき》じゃない!!」

気分が昂揚《こうよう》として、恍惚《こうこつ》とした笑《え》みを浮《う》かべてしまうのを自覚する。これだからスタンピードへの参加は止められないんだよね！

だけど、そんな気分が良かった私に水を差す奴《やつ》がいた。それは大型で、二足歩行をする毛むくじゃらの魔物、トロールだ。手に持つ、ただ木を削《けず》ったような棍棒《こんぼう》を振り上げながら向かって来る。それも私が屠った魔物を踏《ふ》み潰《つぶ》しながらだ。

「――ちょっと」

楽しい気分が台無しにされた。思わず感情を押し殺したような低い声を零《こぼ》しながら私はトロールを睨み付ける。何してくれてるのかな？　こいつは。

「素材がダメになるでしょ!!」

こいつは邪魔《じゃま》だ、早く仕留めよう。ついでだから近づいて来ようとするのも一掃《いっそう》しよう。

そう考えて魔力をマナ・ブレイドに更《さら》に注ぎ込む。私の意志を受けたマナ・ブレイドは光を増しながらその刃《やいば》を変形させていく。変形した刀身の長さは、私の背丈《せたけ》を超えるような長さとなる。私は風車の羽のようにマナ・ブレイドを持ったまま一回転する。

トロールの振り下ろそうとした棍棒ごと本体を切り払《はら》い、更にトロールに続こうとした魔物の群れを真っ二つに切り裂く。

「くたばれ」

私の素材を傷つける無粋《ぶすい》な奴は転がってるのがお似合いだよ。いつのまにか私の周囲には魔物の骸《むくろ》で溢《あふ》れかえっていた。それでもスタンピードはこんな規模では済まされない。更に奥から出て来ようとした魔物と、私に恐《おそ》れをなしたのか足を止めた魔物がぶつかってしまっている。

「あぁ！　そんなもみくちゃになったら素材がダメになっちゃうでしょう!!」

思わずそんな憤《いきどお》りから一歩、更に前に踏み込もうとした時だった。

「アニス様、下がってください!!」

昂揚した意識が一瞬にして冷静になる。声はユフィのものだ。それが彼女の合図なのだと気付いて、私は全力で後ろに飛び跳《は》ねるようにして下がっていく。振り向けばユフィの姿が見えて、そのまま彼女の隣《となり》に飛び込むようにして着地する。

傍《そば》まで来ればはっきりとわかる程にユフィの魔力が昂ぶる。まるで世界を全て震《ふる》わせているかのようだ。その周囲には魔法として具現化する為《ため》の前段階なのか、精霊《せいれい》と思わしき光がユフィを取り囲むように舞《ま》って、魔法陣を描く様《さま》に思わず見惚《みと》れてしまう。

「此処《ここ》に望むのは灼熱《しゃくねつ》の檻《おり》、目に映す全てを包み込み、悉《ことごと》く灰燼《かいじん》と化せ」

朗々としたユフィの声は、まるで支配者の如き響《ひび》きだった。というか、詠唱《えいしょう》つきの魔法だよね、これ⁉ ユフィなら詠唱無しでも普通《ふつう》に魔法を扱《あつか》っちゃうのに、詠唱を加えての明確なイメージ付きの魔法って一体どんな威力《いりょく》に――。

「――〝エクスプロージョン〟」

宣告するように告げられた魔法が、その形を成す。ユフィが言葉にしたように現れたのは灼熱の檻だ。半円球のように広がる灼熱が魔物の群れを燃やし尽《つ》くしていく。吹《ふ》き荒《あ》れる余波の熱風ですら肌《はだ》を焼くかのようだった。アルカンシェルを構えて燃えさかる半円球の炎《ほのお》の檻を見つめるユフィの横顔はゾッとするような無表情だ。

私は――胸が高鳴る程に見惚れてしまった。魔薬の影響《えいきょう》があるのも自覚してる。でも、たとえ魔薬の効果中じゃなくても多分、私はユフィに見惚れてしまっただろう。

私が憧《あこが》れた魔法を、呼吸をするように操《あやつ》る彼女に。その才能に、ユフィリアという存在そのものが私の心を完全に捉《とら》えたと。そう思ってしまう程に彼女は美しかった。

「……って、ユフィ！　私の倒《たお》した魔物の素材まで燃えてるよ！　全部灰になっちゃう！」

「えっ？」

ユフィに見惚れて意識の外に飛ばされていたけど、私はすぐにハッとなって叫《さけ》んでしまった。私が叫ぶのと魔法の効果が切れるのが同時だったのか、灼熱の檻が縮むように消えていく。そして、ユフィが深い溜息《ためいき》と共に呆《あき》れたようにジト目を向けてくる。

「……この期《ご》に及んで貴方《あなた》という人は……」

「だってぇ！」

「……やっぱりその薬については、後で詳しく話を聞かせて貰《もら》いますからね⁉」

何故《なぜ》なのか。一面、焼け野原になった場所を思わず名残《なごり》惜しげに見つめてしまう。でもユフィの魔法はやっぱり凄《すご》い。正直、ここまでのものなのかと唾《つば》を呑《の》み込んじゃう。これが本物、これが天才。私が望んで止《や》まなかった領域に手をかけた選ばれた人。

ただ憧れてしまう。そんな思いからユフィの顔を見ていたけど、耳に届いた音に意識を戻《もど》される。そう、それはまさしく咆哮《ほうこう》と言うに相応《ふさわ》しい声だった。

「……アニス様」

「わかってる。一度退《ひ》くよ、ユフィ」

ユフィの促《うなが》すような声に頷《うなず》いて防衛線へと向けて下がり始めた時だ。私達と入れ替《か》わるように騎士団《きし》や冒険者《ぼうけん》の一団が前に出たのとほぼ同時に、その影《かげ》は空に現れた。人などよりも遥《はる》かに大きな巨軀《きょく》。雄大《ゆうだい》なまでの姿は思わず畏敬《いけい》すら覚える程だ。遠目だというのにはっきりと見えるシルエットは間違《まちが》いない。ドラゴンが遂《つい》に姿を見せたのだ。

ドラゴンはよくトカゲのようだと言われているけれど、とんでもない事だ。それよりも前世で言う怪獣《かいじゅう》のようだと言う方が正しい。

二足歩行も可能だと思われるフォルムに雄大な翼《つばさ》。そして鋭《するど》い爪《つめ》を持つ両手に凶悪《きょうあく》な牙。ここまで並べれば禍々《まがまが》しい風貌《ふうぼう》しか想像出来ないかもしれないけれど、全身を覆《おお》う紅《あか》き鱗《うろこ》の美しさや優美な角は、生命としての美しさに溢れている。最早《もはや》動く芸術と言っても良い。

「あれが、ドラゴン……！」

ユフィの大規模な魔法に反応したのか、それとも自分の糧《かて》だった魔物が人によって屠られている事実に怒《いか》りを覚えたのか。或《あ》いはただの縄張《なわば》り意識か。それはわからない。

ただ、わかるのは――あの存在は私にとって喉《のど》から手が出る程に魅力《みりょく》的な存在だという事だった。抑《おさ》えきれない興奮に胸が高鳴る。

「凄い！　本当に凄い！　あんな生き物がいるなんて！　世界はいつだって素晴らしい！」

今までたくさんの魔物を見て来た。その中には勿論《もちろん》、魔石持ちの魔物だっていた。中には息を呑む程の存在感を放つ魔物だっていた。しかし、たった今、これまで出会ってきた魔物達の記憶《きおく》の全てを塗《ぬ》り潰していくような存在感を放つ者が目の前にいる。

血が沸騰《ふっとう》するかのように全身が震えていく。これから私はあの存在に挑《いど》む。王者の如《ごと》く空を舞い、敵などいないと言うように飛び舞うあの存在へと。

「アニス様……」

心配そうに声をかけるユフィに意識が向く。不安げな彼女に私は笑ってみせた。

「大丈夫《だいじょうぶ》だって！　それよりも見てよ、ユフィ！　あんな見事な存在がこの世界にいるんだよ！　あぁ、ドラゴンなんて本当に凄い、夢を見ているみたい！　もしも、あのドラゴンの魔石を私が加工出来たら、私はどんな事が出来るようになるのかな⁉」

もっと知りたい。余す事なくドラゴンという存在を。そして暴《あば》き尽くしたい。その果てに私の糧としたい。今よりももっと先へ、誰《だれ》も辿《たど》り着いていないその先へ向かう為に。

「アニスフィア王女殿下《でんか》！」

「騎士団長！」

「……こちらが必要だと思い、お持ちしました」

スタンピードの迎撃に移り始めている騎士団と冒険者の連合軍。その指揮を執《と》る筈《はず》の人が私の魔女箒《まじょほうき》を届ける為にやってきた。私は笑みを浮かべて、魔女箒を受けとる。

「ありがとう。手筈の通り、私が空に上がるよ。ユフィをお願いしても？」

「承知致《いた》しました。改めて、ご武運を」

複雑な表情を浮かべながらも騎士団長が祈《いの》りを捧《ささ》げてくれる。私はユフィに頷いてから魔女箒に跨《また》がるように乗って、片手でしっかりと柄《え》を握《にぎ》りしめる。魔女箒を握っていないもう片方の手にはマナ・ブレイドを構えて、準備は万端《ばんたん》だ。

「ユフィ、じゃあ、ちょっと行ってくる！」

もう我慢《がまん》が出来ない。そんな思いのままに私は魔女箒に魔力を込《こ》めて、弓から放たれた矢のように空へと上がっていく。私の向かう先には、敵などいないというかのように悠然《ゆうぜん》と空を舞うドラゴンがいる。

ドラゴンは悠然と空を飛んでいたけど、まるでたった今、気付いたというように私へと視線を向けた。その仕草がまるで虫の羽音が聞こえた人のような仕草で笑ってしまう。

「初めましてェ！　そして、喰《く》らえエッ!!」

興奮のままに叫びながら、自分の身長をも超《こ》える刀身となったマナ・ブレイドの魔力刃を擦《す》れ違い間際《まぎわ》に撫《な》で切りをするように斬り付けようとする。

しかし、その刃はドラゴンの鱗に阻《はば》まれた。いや、この表現は正しくなかった。強《し》いて言うなら、阻まれるというより〝刃が引っかかった〟という表現が正しかった。

「ッ、なに、この……！」

魔力を弱めて魔力刃《まりょくじん》の出力を低下させる。刃としての機能を失った魔力刃が引っかかりを失い、代わりに残された遠心力が私を振《ふ》り回した。なんとか姿勢を戻すのと同時にドラゴンが私に視線を向けている事に気付く。

ドラゴンはその巨体をぐるりと空中で一回転するように回ってみせた。そして私に向かって来るのは——尻尾《しっぽ》だ！

「ちぃっ!!」

魔女箒に魔力を込《こ》めて急加速し、やや降下しながらも尻尾の一撃《いちげき》を回避《かいひ》する。すぐ高度を上げようとして頭上をドラゴンに取られている事に気付いた。ドラゴンは、今度はその口を開いた。人を簡単に丸呑みに出来る大きさ、そこにずらりと並んだ凶悪なまでの牙《きば》が私に迫って来る。

「喰われて、たまるもんか!!」

ドラゴンの牙が届く位置からずれる為に、体全体を横回転させながら全速で前進する。僅《わず》かにでも遅《おく》れていれば自分を襲《おそ》っていただろう牙が噛《か》み合わされる音が間近で響く。

背筋がゾクゾクして、口元が引き攣《つ》ったように笑みを浮《う》かべる。浮かび上がりそうな恐《きょう》怖《ふ》をねじ伏《ふ》せる為に私は叫ぶ。

「上等ォ！」

私は飛行する方向を反転させるように体を回してドラゴンと向き直る。

再びマナ・ブレイドの魔力刃を展開して真っ向から斬《き》り付ける。やっぱり、あの引っかかるような感覚に邪魔をされる。刃は鱗に傷一つだって付けられない。

「だからァ、どうしたァッ!!」

出力が足りないならもっとだ。私はマナ・ブレイドに込める魔力を更に注ぎ込んでいく。注ぎ込まれた魔力に反応したように光を強めていくマナ・ブレイドの魔力刃。そして突然《とつぜん》、引っかかっていた筈の抵抗《ていこう》を失ったように〝滑《すべ》った〟。

「――は？」

思わずすっぽ抜《ぬ》けそうになるマナ・ブレイドを握り直しながら、振り抜いた先を見る。

そこには私が描《えが》いた剣閃《けんせん》によって、一文字《いちもんじ》の傷を受けたドラゴンが血を流していた。何なの、この手応《てごた》えは？　あの引っかかる感覚をそのまま切り裂《さ》いたから？

「――グォォォアアアアアアアアアアアッ!!」

鼓膜《こまく》どころか、全身がビリビリと震えるような咆哮がドラゴンから放たれる。痛みからなのか、それとも傷つけられた怒りなのか。わかるのは強烈《きょうれつ》な闘気《とうき》とも取れる意識がドラゴンから私に向けられたという事だけだ。

「ようやく私を脅威《きょうい》って認識《にんしき》したって事？　そうよ！　私はここにいるわよ！」

あの引っかかりの感覚が気になるけれど、攻撃《こうげき》は通らない訳じゃない！

私は魔女箒とマナ・ブレイドを握り直しながらドラゴンへと向き直る。そして今度も斬り付けてやろうと迫《せま》ろうとした所で、ドラゴンが大きく仰《の》け反るように身を逸《そ》らせた。

「何を――!?」

するつもりなのか、という私の口から出かけた問いの返答は、暴風だった。翼の羽ばたきで起こされた風に吹き飛ばされて私は身動きが出来なかった。

「ま、ず――！」

向かい合っていた為に真っ向から強風に煽《あお》られた私は飛行の制御《せいぎょ》を取り戻そうとする。風の流れに乗るように軌道《きどう》を変更《へんこう》する為にドラゴンに背を向けるように半身になった時に目を見開いてしまった。

ドラゴンの口に淡《あわ》い光が灯《とも》っている。それは先程《さきほど》、ユフィの魔法の発動前に見た現象とよく似ていた。脳が、いや、全身の細胞《さいぼう》が叫び出す。――逃《に》げろ、と。

「う、ぁ、ぁあぁあああああああぁッ!!」

自分でも喉が裂けろと言わんばかりに叫んで魔女箒に魔力を注ぎ込む。

ドラゴンが息を吸い込むように光を口の中に溜《た》め込み、そして私に向けて放たれたのは――閃光《せんこう》。少なくとも私はそうとしか認識出来なかった。その閃光は空間を軋《きし》ませる程の余波を伴《ともな》い、雲を薙《な》ぎ払《はら》った。

何が起きたのかわからない。わからないけれど、その中で一つだけ理解出来た。

「墜《お》ちる……！」

余波に巻き込まれて空間を認識する感覚が麻痺《まひ》したのか、自分がどこに向かっているのかがわからない。なんとか制御を取り戻そうとした所で、体から何かが抜け落ちるような感覚に陥《おちい》る。まるで冷水をかけられたような、ひやりとする感覚。

（――しまった、魔薬の、効果、切れ……！）

魔薬には効果時間が存在する。安全性の為《ため》、効果時間を長く発揮しないように調薬していたのが、この瞬間《しゅんかん》に仇《あだ》となった。急に興奮を失った頭は連続するハプニングに混乱して、そして何も出来ないまま地面が迫ってるのがやっと理解出来た。

（死ぬ、だめ、着地、せめて、衝撃《しょうげき》軽減、マナ・シールド、魔力充塡《じゅうてん》、発動、間に合う⁉）

途切《とぎ》れ途切れになる思考をなんとか繋《つな》ぎ合わせて被害《ひがい》を最小限に抑えようとする。

自分が落下している先は幸いな事に誰もいない。主戦場となっている場所から少し離《はな》れているようだった。これならなんとか周りに被害を出さずに着地が――。

「――アニス様ッ‼」

その思考に割り込むように必死な声が聞こえた。そこで私は抱《だ》き留められるような衝撃に意識が一瞬途切れてしまった。

＊＊＊

「ユフィリア様は一度お下がりを！　先程の大規模な魔法は乱戦には向きません。どうか治癒《ちゆ》魔法も使えるのであれば、そちらの支援《しえん》も願いたい！」

「……わかりました、私はそちらに向かいます」

アニス様がドラゴンに向けて飛び去った後です。私は騎士団長から請《こ》われるままに後方へと下がりました。確かに私の魔法は大規模な効果を発揮出来ますが、乱戦の最中で魔法を行使するのは難しいのです。

それならばと、使える人が限られている治癒魔法による後方支援を任されたのでしょう。後方支援の必要性は私も理解出来ます。

更《さら》に言えば、負傷者を治療《ちりょう》中に護衛する人員としても期待されていたのではないかと。公爵令嬢《こうしゃくれいじょう》である私を最前線に出す訳にもいかないという理由もあると思うのですが。

私が放った魔法が功を奏したのか、スタンピードの勢いはそう強くもなく、負傷者として運び込まれる者もまばらです。だから私の意識はどうしても空へと向いてしまいます。

アニス様がドラゴンに真っ向から向かって行ったのを見た時は目を回してしまいそうに

なりました。初撃は失敗したのか、通り抜けるようにして回避しています。

ドラゴンの反撃がありながら、アニス様が応戦しているのがよく見えます。そしてアニス様のマナ・ブレイドが今まで見た事のない程の光を放ってドラゴンへ振るわれる。

その時、私はドラゴンの鱗《うろこ》が魔力の刃《やいば》を阻むように抵抗しているように見えました。ドラゴンの鱗の輝《かがや》き、それはまるで魔力で全身を覆《おお》っているように見えました。

(あれは、まさか……魔力障壁《しょうへき》？)

理屈《りくつ》で言えば、それはアニス様の使うマナ・ブレイドやマナ・シールドを発生させているのと同じ理屈です。ですがアニス様は全身を覆うようなものは現状、作るのは難しいと言っていました。

それを可能としているのが、ドラゴンという魔物の中で頂点に数えられる種族なのだと、私は自然と拳《こぶし》を握ってしまいました。あのドラゴンを傷つけるには、大出力の一撃でしか効果がありません。或《あ》るいは、ドラゴンの魔力が尽《つ》きるまで戦うかでしょう。

(アニス様だけで、それが出来るのですか……？)

アニス様は魔法が使えない〝だけ〟で、あの人は規格外なのだと、先程のスタンピードの出鼻《でばな》を挫《くじ》いたのを見せられて理解させられました。それでも胸の不安は消えません。

そして、その瞬間は訪《おとず》れてしまいました。自分を傷つけたアニス様を脅威と認識したのか、ドラゴンが翼《つばさ》で強風を巻き起こします。

あの巨体を翼だけで飛翔《ひしよう》させているとは正直考えがたいと感じていたのですが、答えが出ました。翼が飛行を可能としている魔法を行使しているのだと考えれば納得《なつとく》がいきます。ドラゴンの起こした強風に流されながらも飛行を続けようとしているアニス様に、ドラゴンは更なる行動に出ました。

それは私でも感じる〝魔法〟の発動の前兆。背筋がゾッとする程の、全身が震《ふる》えだしそうな魔力の波動。あれは、あんなものを受けては人では耐《た》えられないと確信してしまいます。その射線上にはアニス様がいるのです。

「ダメッ！」

咄嗟《とつさ》に叫《さけ》んでしまうのと同時にアニス様に光の奔流《ほんりゆう》が放たれました。それはただの魔力の波動、しかし、それ故《ゆえ》に単純な破壊《はかい》という暴力の閃光そのものです。

空気すらも震わせた一撃は空を割るのではないかという勢いでした。その一撃をアニス様は回避こそしていたものの、勢い良く地に向かって墜落《ついらく》しているのが見えました。向かっている先には誰《だれ》もいないのが幸いですが、あの勢いでは死んでしまうかもしれません。

――アニス様が、死ぬ。

私は無我夢中で駆《か》け出しました。この距離《きより》では身体強化で走っても追いつけないとわかっても、それでも駆けつけなければ、と。私はこの時、そんな思いに囚《とら》われていました。

だんだん大地に迫っていくアニス様を見る度《たび》に心臓の音だけしか聞こえなくなっていくような、極限までに集中力が高まった瞬間でした。

私の中で何かが〝弾《はじ》けました〟。極限状態の先に私が求めたのは、ただあの人の下へと辿《たど》り着く事。脳裏《のうり》に奇妙《きみよう》な感覚が過《よぎ》ります。例えるなら、バラバラになった破片《はへん》が纏《まと》まり形になっていくような感覚。自分にも把握《はあく》しきれないその感覚に私は身を委《ゆだ》ねました。

（速度を、もっと、地を駆けるよりも、もっと、速く、あの人の下へ――！）

〝そう、あの人がそうしたように〟

地を蹴《け》った足で宙へと浮いて、一直線に〝飛んでいきます〟。ぐんぐんと迫るアニス様との距離に心臓が破れそうな程に激しく鼓動《こどう》して、そして強引に着地点に割り込みました。

「――アニス様ッ！」

身体強化の効果を残していた体は落下してきたアニス様をしっかりと受け止めます。それでも衝撃は抑《おさ》えきれず、そのまま下敷《したじ》きになるように倒《たお》れてしまいました。

「ッ、ゲホッ……ゲホッ、ゲホッ！」

「アニス様ッ！　ご無事ですか!?」

「ユフィ……？　え？　受け止めて……くれたの……？」

落下の衝撃で意識が朦朧《もうろう》としているのか、アニス様が頭を押さえながら問いかけます。

しかし、すぐにハッとして目の焦点《しょうてん》を合わせて空を睨《にら》みました。そして懐《ふところ》に手を入れて魔薬《まやく》が入っている瓶《びん》を取り出しました。

それを見た私は咄嗟にそのアニス様の手を摑《つか》んでしまいました。アニス様が驚《おどろ》いたように、そして戸惑《とまど》ったように私を見ました。

「ユフィ?」

「まだ戦うのですか? お一人で? 今、貴方《あなた》は死にそうになったのですよ⁉」

今までこんなに胸が張り裂けそうになった事なんてありませんでした。ただ衝動《しょうどう》のままに私は荒《あら》く息を吐《は》きながら叫んでいました。

「その薬だって副作用があるのでしょう? それでも頼《たよ》らないと戦えないのに! それしか貴方にはないのに! あんな化物に魔法を使えずに何故《なぜ》挑《いど》もうと思うのですか⁉」

魔物と戦わなければならないのは、国を守らないといけないのは貴族の義務です。

貴族として育てられた私には骨身に染《し》み付いた教えです。だけどアニス様は違《ちが》います。

この方は魔法を使えず、王族としても鼻つまみものとして疎《うと》まれているのに。

貴族でも相手するのを躊躇《ためら》うだろうドラゴンに立ち向かうこの人が、私には理解する事が出来ないのです。義務でもなく、使命でもないのに、何故戦おうと思えるのかが。

「貴方は、何故──」

「──理由なんて、簡単だ」

どうして。ねぇ、どうしてなのですか？　貴方は、何故貴方は。

──今も、笑っていられるのですか？

＊＊＊

「貴方は、何故──」

墜落の影響《えいきょう》で朦朧としていた意識が、はっきりして来た。そしてユフィに何故と聞かれた。返す言葉はすぐに浮《う》かんでいた。きっと伝えるべき言葉を言う私は笑えてる筈《はず》だ。

「──理由なんて、簡単だ。〝それが、私が思う魔法使いだから〟」

ドラゴンの脅威《きょうい》は身を以《もっ》て思い知った。魔薬の効果が抜《ぬ》けた今、正直震え出してしまう程に怖《こわ》い。自分でも狂ったのかと思う。

──それでも、それでも逃《に》げたくない。このまま投げ出したくないって心が叫んでる。魔法を使えるようになりたい。魔学をもっと突《つ》き詰《つ》めたい。魔道具をもっと開発したい。全部否定しない。それが私を突き動かす原動力だ。でも、その願いのもっと奥底にあったものは単純な事だ。

それは私が、今の私になる切っ掛《か》けになったあの日からずっと胸に抱《いだ》いているものだ。

「あれは人の笑顔《えがお》を奪《うば》う、放《ほう》っておいてはいけないものだよ。だから戦うんだ。それが私の思う魔法使いだから。私の思い描《えが》く魔法使いは、いつだって誰かの笑顔の為に魔法を使うんだ。だから私はあれと戦う。ここで逃げたら私はもう魔法使いを名乗れない」

これは、もうただの意地なんだと思う。私が私の理想を諦《あきら》めない為に必要な事だって。

今、諦めてしまえばもう取り戻《もど》せないものなんだ。

「だって、私にはドラゴンと戦えるだけの魔法が使えるんだから」

普通《ふつう》の魔法が使えなくても、これが私の魔法だって胸を張れる力が私にはあるなら。

義務じゃない。責務でもない。使命なんかでもない。ただの自分に誓《ちか》った祈《いの》りと願いだ。

こうでありたいという自分の為に戦うと。他人の為に尽くしたい訳じゃない。誰かの為に身を削《けず》って悦《えつ》に入《い》ってる訳じゃない。私が望む景色が見たい。ただ、それだけの話なんだ。

「笑ってよ、ユフィ。私は大丈夫《だいじょうぶ》だから。次は上手《うま》くやる。それに一緒《いっしょ》に夢を見たいって言ってくれたでしょ？　誰かの願いを叶《かな》えるのは、魔法使いのやる事だ」

魔法に憧《あこが》れた。皆《みんな》を笑顔に出来るから。だから私は魔法使いになる事を諦めない。だから私は行かないといけないんだ。だから思いを伝えて、また空へと向かう為《ため》にユフィの手を解《ほど》こうとする。すると、ユフィの手が更に私の手を強く握《にぎ》りしめる。

「私には、わかりません」

「ユフィ」

「でも、でもそれが、その思いが私をここにいさせてくれるものなら、私はそれこそ守りたいんです。だから行かせたくない。貴方に死んで欲しくない」

一筋、たった一筋の涙《なみだ》を零《こぼ》しながら、ユフィは必死な表情で願ってくれた。私は視線を逸《そ》らせなかった。苦しいのを堪《こら》えながら、それでも真《ま》っ直《す》ぐ私を見つめて告げてくれたユフィの言葉が余す事なく私に響《ひび》く。

「今、行かないと貴方が貴方じゃなくなってしまうなら！　せめて私を連れて行ってください。決してお邪魔《じゃま》にはなりません。貴方の魔法を理解したいのです。空を飛ぶ術なら感覚は掴みました。補助が出来ます。魔法による防御《ぼうぎょ》も出来ます。貴方を支える事が出来ます。だから、だから、どうか——一人で、行かないで……！」

私の手を掴む両手が、まるで祈りを捧《ささ》げるかのようだった。ユフィの気持ちが伝わってくるようで、ユフィの手の暖かさが染みこむように。恐怖《きょうふ》に震える体を、それでも戦わないと、と気が逸《はや》る私の心を落ち着かせてくれる。

「一人で行かないで、か」

私は、一人じゃないんだ。私が誰よりも憧れた〝魔法使い〟に近いユフィが、私に寄り添《そ》おうとしてくれる。こんな私の見果てぬ夢を一緒に見ようと言ってくれる。

無謀《むぼう》だって怒《おこ》って、呆《あき》れて、諦められても仕方ないのに。それでも許してくれた。

「わかった、行かない。一人で行かない」

「アニス様」

「でも、止めないといけない。だから行かないといけない。私一人じゃやっぱり厳しい。

ユフィ、だからさ──付き合ってくれる？」

ゴールなんてどこなのかわからないし、ここまで言ってくれる人なんていなかったから。

改めて言われると自信なんてないし、報《むく》いてあげられるなんて思えなくなりそうだけど。

私が私でいていいと言ってくれたなら、貫《つらぬ》きたい。その為に一緒に連れて行かないとい
けないなら。どうか、付き合って欲しいと。

「はい。……はい」

ユフィが私の問いに、頷《うなず》いてくれる。それは今まで見た彼女の表情の中でもとびっきり
に綺麗《きれい》な表情で微笑《ほほえ》んで。

「貴方が、そう望んでくれるなら。どこまでもお供します」

「……ユフィは大袈裟《おおげさ》だなぁ」

自力で起き上がる。一度離《はな》してしまった手を、改めてユフィに向けて差し出す。

「大袈裟なついでに手柄《てがら》を立てに行こう。ユフィ。ドラゴン狩《が》りと行こうじゃないか！」

「はい！」

私の問いかけにユフィがはっきりとした声で返事をして、私の手を取って立ち上がる。ユフィを立ち上がらせた後で、私は魔薬を入れた瓶を取り出した。連続の摂取《せっしゅ》は後の副作用が怖いけど、気にしてられない。

覚悟《かくご》の上で丸薬を二つ嚙《かじ》り呑《の》む。魔薬の効果で一気に気分が昂揚《こうよう》して、全身に活力が満ちていく。それでも意識の手綱《たづな》は手放さないように。深く息を吸ってから魔女箒《まじょほうき》に跨《また》がってユフィに視線を向ける。

「乗って！」

私の言葉にユフィが頷いて後ろに乗る。腰《こし》に手を回されて強く抱《だ》き締《し》められる。それを確認《かくにん》してから、私は再び空へと舞《ま》い上がった。ドラゴンはまだ空に浮かんでいた。まるで私を待っていたかのようだった。表情なんてわからないけれど、歯を剝《む》いたのが笑ったように見えて不気味だった。

「余裕《よゆう》かまして……！」

魔薬の服用で恐怖心は闘争心《とうそうしん》に置き換《か》えられている。ドラゴンへ感じる不気味さも闘志に変えて私はマナ・ブレイドを展開して斬《き》りかかる。ドラゴンも学習しているのか、受けるような事はせずに回避《かいひ》しようとしている。

「アニス様！　恐《おそ》らくですが、ドラゴンは全身を魔力障壁《しょうへき》で覆《おお》っています！」

「え？　全身に魔力障壁？　それってつまり……」

「理屈《りくつ》で言えば、マナ・ブレイドと同じ原理です。だからマナ・ブレイドが防がれるのはそれが理由かと思います。逆にそれを破れば有効打になります！」

「そうか、あの斬り付けた時の違和感《いわかん》ってそういう事か！」

だからドラゴンもマナ・ブレイドを明らかに警戒《けいかい》し始めたって事か。魔法で編んだものを切り裂《さ》けるマナ・ブレイドが結果的にドラゴンの防御の要《かなめ》を打ち破れるって事に繋《つな》がってるんだ。魔力の障壁も魔法と言えばそうだからね！

「翼《つばさ》には注意を！　あの巨体《きょたい》での飛行を支えているのはドラゴン固有の魔法かと思います！　それを可能としているのが翼です！」

「さっきの強風みたいのだね！　わかったよ、じゃあ狙《ねら》うなら……！」

「「翼ッ!!」」

私とユフィの声が重なる。ドラゴンが距離《きょり》を取ろうと振《ふ》るってきた尻尾《しっぽ》を回避してみせる。滑《すべ》るように旋回《せんかい》しながら目標に狙いをつける。

「ユフィ、ドラゴンに取り付きたいけど、意表を突くには一気に加速するしかないと思う！　私の合図で加速させられる⁉」

「はい！　やります！」

「命、預かったよ！」

「とっくに預けました！」

魔女箒を握り直して、私は意識を飛行に集中させていく。狙うのは翼、片翼《かたよく》でもいいから切り落とす、と。その瞬間《しゅんかん》を掴む為に空を駆《か》ける。

ドラゴンも私達に意識を集中させているのか、なかなか背面を取る事が出来ない。必ず正面に向き直るように姿勢を維持《いじ》してくる。

「〝ウィンドカッター〟」

その最中、ユフィの放った魔法がドラゴンを強襲《きょうしゅう》した。風の精霊《せいれい》によって生み出された風の刃《やいば》はドラゴンの魔力障壁を突破《とっぱ》出来ずに霧散《むさん》していく。

けれど一瞬だけドラゴンの動きが止まった。その瞬間、私は力強く叫《さけ》んだ。

「ッ、今ァッ‼」

私の合図にユフィが飛行速度を加速させる。一気に体が引っ張られるような勢いに頭に血が上る。明滅《めいめつ》する意識の端《はし》、ドラゴンの顔の横をすり抜けるように飛翔《ひしょう》する。振り返ればドラゴンの背中が見えた。背中を目にした私は魔女箒に添えていた手を離した。

滞空《たいくう》するのは一瞬、ドラゴンが振り返るその前にマナ・ブレイドに魔力を注ぎ込んでいき、両手で握り締める。頭上に掲《かか》げたマナ・ブレイドを私はそのまま振り下ろす。

「今度は、お前が墜《お》ちろォ――――ッ!!」

一閃《いっせん》。渾身《こんしん》の一振《ひとふ》りと言っても過言じゃない振り抜きが翼の根本に食い込む。食い込んだ抵抗《ていこう》の衝撃《しょうげき》は先程《さきほど》よりも強い。全身を覆っている魔力を強化してる!? それとも重要な部位だから魔力による防御の比重が多い!?

「知、る、かァ――――ッ!!」

斬れ、斬れ、斬り落とせ。ただそれだけを願うようにマナ・ブレイドに魔力を送り込む。そして、ふっと抵抗を抜いて、するりと滑るように振り抜かれた魔力刃《まりよくじん》がドラゴンの翼を根本から斬り落とした。

「グォアアアアアアアアアアアア――――ッ!?」

悲鳴のような咆哮《ほうこう》が響き渡《わた》り、ぐらりとドラゴンが姿勢を崩《くず》して地へと引かれるように墜ちていく。私も完全に地に墜ちる前に魔女箒を片手で握って、着地する為に高度を徐々《じょじょ》に下げていく。着地と同時に急激に使用した魔力と魔薬の影響《えいきょう》で目の前がチカチカした。

「アニス様!」

「……ッ、大丈夫だよ」

ふらついた私の体を抱き締めてくれるユフィ。ユフィが抱き締めて魔女箒と固定してくれたから手を離すという選択肢《せんたくし》が取れた。あれ、絶対片手じゃ斬る事が出来なかった。

着地して、魔女箒を手放す。そのまま崩れ落ちてしまいたいのを踏《ふ》ん張りながらドラゴンが墜ちた場所を見つめた。森の奥へと墜落《ついらく》したら面倒《めんどう》だったけど、ドラゴンが墜落したのは平原のど真ん中だ。

「あれでもう飛べないなら、後は地上で戦える……！」

そうであって欲しいと願いながら私は土埃《つちぼこり》を上げながら起き上がったドラゴンを見据《みす》えた。ドラゴンはギョロリと瞳《ひとみ》を向けて、私達を睨《にら》み据えているかのようだった。

次の瞬間、私は息を呑んだ。奴《やつ》の口に、あの光が集まっている。〝ブレス〟が来る、と。

「アニス様！　退避《たいひ》を！」

ユフィの必死な叫びに私も頷こうとして、視線を逸らして——動けなかった。

「——駄目《だめ》だ」

「え？」

「後ろは……戦場だ！」

私達の背には、スタンピードを押し留《とど》めてる騎士《きし》団と冒険《ぼうけん》者達が遠目に見えた。ブレスの射程の明らかな範囲《はんい》内だ。私達がここで避《よ》ければ、あそこ一帯が薙《な》ぎ払《はら》われる。

ドラゴンにとって人も魔物も関係ない筈《はず》だ。等しく自分の糧《かて》であり、そして塵《ちり》にする事に何ら抵抗もない筈だ。だから私はここから退《ひ》く事は出来ない。

どうする、どうする、どうする。焦《あせ》ったように同じ言葉を胸中で何度も繰《く》り返す。

そして、私が出した答えは自分でも呆れるぐらい正直なものだった。さっきまで使っていたマナ・ブレイドをホルダーへと戻《もど》して、もう片方のマナ・ブレイドを抜《ぬ》き放つ。

「ユフィは全力で防御。戦場にまでブレスを届かせないで、手段は何でも良いから」

「アニス様、何をするつもりですか⁉」

「――アレをぶった斬る」

あれも〝魔法〟だ。そして物質的な要素は存在しない。純粋《じゅんすい》な魔力の砲撃《ほうげき》、だからこそマナ・ブレイドで〝ぶった斬る〟事が出来る筈だ。問題は、今まで試《ため》した事のない大出力が求められるって事だ。私の言葉にユフィは絶句して、焦ったように叫んだ。

「そんな……そんなの無茶です！」

「他《ほか》に方法がない」

「私達が急いで射線から退けば……」

「でも、そのままブレスが放たれたら私は一生後悔《こうかい》する」

だから退けない。もう視線はユフィに向けられない。ブレスは今か、今かと解き放たれる瞬間を待っている。

「マナ・ブレイド、リミットリリース」

普段《ふだん》は最大出力を制限しているマナ・ブレイドのリミッターを解き放つ。理論上だけどマナ・ブレイドに魔力を注ぎ込むことは幾《いく》らでも出来る。

だけどマナ・ブレイドは道具である以上、限界というものが存在する。このリミッターはマナ・ブレイドが自壊《じかい》しない為《ため》に出力を制限する処置だ。だからこそ、その制限を解き放つ。

出力制限を解除しなければドラゴンのブレスは切り裂けない。ドラゴンのブレスを切り裂く前に私の魔力が尽《つ》きるのが先か、リミッターを外して耐《た》えきれなくなったマナ・ブレイドが自壊するのが先か。どう考えてもこっちの不利しか考えられない分の悪い賭《か》けだ。

「でも、今更《いまさら》だ」

魔法の才能に恵《めぐ》まれなかった私は、いつだって分の悪い賭けに賭けてきた。だって私はそれしか選べないから。何度失敗しても、時には賭けた事に負けても、きっと繰り返す。

「この瞬間にしか選べない事があるなら、選んだ事を後悔しない為に自分で選び続ける」

剣《けん》一本で、ドラゴンと戦おうとしてるなんて呆《あき》れる程に英雄譚《えいゆうたん》じゃないかな。どこかで冷静なのか、浮《う》かれているのかもわからない自分がそう囁《ささや》いた。だから私は笑っていられる。次の瞬間にはあのブレスに呑み込まれて消えてしまうかもしれないのに。

「王女なんて柄《がら》じゃないし、竜《りゅう》殺しの英雄なんて称号《しょうごう》も欲《ほ》しい訳じゃない。ただ、たった一つだけ譲《ゆず》れない。魔法使いって名乗る為に、不可能を可能にしてみせないと魔法使いなんて名乗れない!!」

だから、謝らないよ。ユフィ。

「――わかりました。どうか、貴方《あなた》のお心のままに」

うん。

「だから、見せてください。私が守りますから。貴方も、貴方の背も、守りますから」

わかってる。

「私が、見ていますから――!!」

ありがとう、ユフィ。

そして、目を焼くかのような閃光《せんこう》が迸《ほとばし》った。ドラゴンから放たれたブレスが視界を白く染めていく。私は白く染まる視界に抗《あらが》うように前だけを見据えながら、マナ・ブレイドを上段から振り下ろした。

「あぁ、アァアアア、アァアアアアアアアアアアア――――ッ!!」

例えるなら、激流に向かって剣を振るって切り裂こうとするような無謀《むぼう》だ。やはり剣で切り裂けるようなものなんかじゃない。そんなの誰《だれ》でも理解出来るような話だった。

でも、——それでも、この手に握《にぎ》った剣は、ただの剣じゃない。この剣は魔法だ。

この世界でしか生み出せないもの。私の知る理屈を越《こ》えて行くもので、この世界の理《ことわり》で生み出されたもの。私は知ってる。私は憧《あこが》れてる。私が、私になった時から想《おも》い描《えが》いていた無限の可能性を。

——魔法があれば空だって、飛べる。

それは人に不可能なんてない、そう言える事だって。魔法がない世界でも出来た事ならこの世界ならもっと先にだって行ける筈だ。だから、そう、だから！

「——不可能なんて、可能にするものでしょうがァッ!!」

魔力が足りない、足りないなら注ぎ込めば良い。じゃあ魔力ってなんだっけ？　魔力は魂《たましい》から零《こぼ》れ落ちた何かだ。なら、まだ絞《しぼ》り出せる。私の魂が必要なら、まだ持っていけ!!

自分の中の見えない何かが剝《は》がれ落ちるような感覚。ただひたすら光の中で押し流されぬように力を込《こ》めながら願い、祈《いの》り続ける。斬れ、斬れ、斬れと。ただ斬るのだと。

そんな永遠に思える時間、白い光に視界が埋《う》め尽くされる中で——不意に空の色を見た。

光によって見えなくなっていた世界が裂《さ》けていくかのように色と形を取り戻していく。

視線の先に立つドラゴンの胸から胴体《どうたい》にかけて一文字の傷が刻まれているのが見えた。そして、傷がつけられた事を思い出したように血が勢いよく溢《あふ》れ出す。血が大地を濡《ぬ》らしていき、ドラゴンが声もなく膝《ひざ》をつく。そのまま力を失ったように大地に崩れ落ちていく。

それが現実の光景だとは到底《とうてい》思えなくて。私は、そこで思い出したように息を吐《は》いた。

「ッ、は、ぁ――」

喉《のど》が焼けるかのようだった。全身が余す事なく痛い。私という存在全部が軋《きし》んでいると思えるような痛みだった。それでも自分が起こした結果を確かめずにはいられないと歩みを進めていく。

どれだけ歩いたのかもわからない。大地を濡らしたドラゴンの血を踏みしめた事で漸《ようや》くドラゴンとの距離を測れたと思った。近くで見たドラゴンは傷を負い、大地に倒《たお》れ伏《ふ》しながらもまだ息をしていた。すると、ドラゴンの瞳が私を見た。けれど、そこに敵意の色はないように思えて仕方なかった。

『――見事だ、稀人《まれびと》よ』

突然《とつぜん》、脳に直接響《ひび》くような声を聞いた。目を見開いて、私はドラゴンを見つめる。

「……今の声は、貴方が？」

ドラゴンって喋《しゃべ》るの？　それ程に知能が高い？　稀人って私の事？

突然の事で思考が纏《まと》まらないまま、呆然《ぼうぜん》とドラゴンを見る事しか出来ない。

『如何《いか》にも。奇異《きい》なる稀人よ。そなたに討《う》たれるならば、それもまた導きか。真に奇っ怪《きかい》ではあったが、そなたの在《あ》り方は愉快《ゆかい》の一言なり』

「……突然喋られると、その、吃驚《びっくり》するというか……ごめんなさい……？」

まさか語りかけてくるなんて思わず、私は咄嗟《とっさ》に謝罪の言葉を口にしてしまった。するとドラゴンが眠《ねむ》たげに目を細めたように見えた。

『真に奇異なる稀人よ。何故《なぜ》そのように謝罪する？』

「……言葉を交《か》わせるなんて思わなかった。なのに私は一方的に貴方を殺そうとした」

『それは、お互《たが》い様というものだ。我とて今際《いまわ》の際《きわ》である故《ゆえ》に言葉を選んだだけの事よ。むしろ誇《ほこ》れ、お前がその身に糧として取り込んだ者共の生命の欠片《かけら》のように』

「……そんな事もわかるの？」

多分、ドラゴンが言っているのは魔石を原材料にしている魔薬の事だ。そんな事すらもわかるなんて、このドラゴンの知能はどれだけ高いんだろう。

『お前ほど奇異なる稀人は、そういないだろうな』

「稀人って、私の事？　どうしてそう呼ぶの？」

『人という矮小《わいしょう》な種でありながら己《おのれ》の魂で道を切り開く者だ。我のような至りし者を討つ時折この世に現れる稀なる者よ』

私は今、凄《すご》い話を聞いてるんじゃないだろうか。あぁ、魔薬の効果もいつの間にか切れてる。興奮が冷めて、とんでもない事をしてしまったんじゃないかという思いが溢れる。

するとドラゴンの瞼《まぶた》が下がり始めた。もうすぐこのドラゴンは死んでしまうと確信してしまう程に、その仕草は緩慢《かんまん》としたものだった。

「……もっと貴方と言葉を交わしたかった」

『我等の間に必要ない』

切実な思いを込めて呟《つぶや》いた私の言葉は、あっさりと切り捨てられた。

『そなたが何を求めているかはわからぬ。わからぬが、その先にあるものは予見出来る。そして、そなたは今までそうしてきたように我すらも喰《く》らうだろう』

細めた目が眠る直前のように、だけど目を細めて笑っているようにも見える。聞こえてくる声の調子から、ドラゴンがそんな表情を浮かべているとしか思えない。

『故に、いつの日かそなたも至る。そなたが我を喰らえば我もまた共に。——予言しよう。いずれ、そなたもドラゴンとなるだろう』

私は何も言えなかった。ただ唇《くちびる》を震《ふる》わせてしまうだけで、何か言葉にしないといけない気になるのに、言葉が浮かばない。

『そのような稀人は、そなただけだろう。真に奇っ怪な縁《えん》よ。……必要なのであろう？　その為にそなたは我と戦い、勝利した。勝者ならば我が骸《むくろ》も含《ふく》め、自由にするが良い』

「……私を恨《うら》まないの？」

『……クックックッ、ハハハハハッ！　恨む？　恨むと来たか！　真に愉快なものよ。ならば数多《あまた》の命を喰らい呑《の》む稀人よ。我は〝呪《のろ》おう〟。そして〝呪《まじな》おう〟。我が骸を使うだけでは足らぬ。その魂に刻むが良い。我という存在を未来永劫《みらいえいごう》、その象徴《しょうちょう》を背負い続けるが良い！』

脳裏《のうり》に響く言葉に力が籠《こ》もる。ぞわりと背筋が粟立《あわだ》つような、自分の中に刷り込まれるような異物感を覚える。それは〝言葉〟のようなもので、〝知識〟のようなもの。言葉として形容するのが見つからない、私に刻まれたナニカだった。

それは刻みつけられたもので、でも祈りを込められたもののようで。まるで託《たく》されたのかもしれないと感じるのは、何故なんだろう。あぁ、もっと理解したいのに時間がない。

「……私はアニスフィア・ウィン・パレッティア。貴方を殺して喰らう人だよ」

ドラゴンが息絶える前に、私は自らの名を名乗った。

その行いに一体どれだけ意味があるかわからないけど、この存在を何も言わずに見送る事なんて私には出来なかった。するとドラゴンが少しだけ瞳《ひとみ》を揺《ゆ》らしたように見えた。

『……パレッティア？　その名は、そうか！　くはははッ！　あの〝精霊《せいれい》〟の愛《いと》し子の血族か。あの血族から稀人が生まれるのは皮肉な話ではないか！　あぁ、アニスフィアよ。我を討ち果たした者。どうか、どうか〝呪われておくれ〟』

どこまでも穏《おだ》やかに、全《すべ》てを受け入れるように、最後に〝どちらとも〟聞こえる言葉を残してドラゴンは目を閉じた。それを見届けて、私もゆっくりと目を閉じた。

この偉大《いだい》な存在が確かに生きていた事を忘れないように。私は自分に刻みつけるように黙禱《もくとう》を捧《ささ》げた。黙禱を捧げていると、ふらついて足から力が抜《ぬ》けそうになった。

そのまま後ろに倒れ込む所を、後ろから抱き締《だ》められるように支えられた。

「アニス様！」

私を抱き締めたのはユフィだった。私はユフィの支えを受けながらも、なんとか体勢を立て直してユフィに向き直った。ユフィは心配そうに潤《うる》んだ瞳で私の顔を覗《のぞ》き込んでいた。

「意識ははっきりしてますか？　朦朧《もうろう》と歩き出して、独り言を呟いていたのですが？」

「……え？　ユフィには聞こえてなかったの？」

ユフィは本当に何の事かわからないようだった。じゃあ、あのドラゴンは私にだけ語りかけてたんだ。もっと話したかったな、私のまだ理解していない事とか、知らない事をドラゴンは知っているようだった。色々と気になる事も言ってたし……。

「……そうだ、スタンピードは⁉」

余韻《よいん》に浸《ひた》ってる場合じゃなかった。ドラゴンが原因で発生したスタンピードはどうなったのか。ついドラゴンを倒して終わった気になってたけど、そっちも重要だ。

「ドラゴンが倒れたのと同時に森に引き返し始めたみたいです。……ほら」

ユフィが少しだけ微笑《びしょう》を浮かべて、後ろを指し示すように視線を向ける。耳を澄《す》ませてみれば鬨《とき》の声を上げるのが聞こえてきた。それを確認《かくにん》して、私はまた力が抜けそうになる。

「……そっか、後ろには被害《ひがい》がいかなかったんだ、それなら良かった……」

「……本当に、無茶をしましたね」

「今回ばかりは否定も出来ません……」

「……ご無事で、何よりです」

ユフィの腕《うで》が強く私を抱き締める。僅《わず》かにユフィの体が震えてる事も伝わって来る程《ほど》に。

もう一回やれって言われても難しいし、出来ればやりたくない。流石《さすが》に私も反省したけど。でも、それでも、本当にもしも同じ状況《じょうきょう》になったら、私はまた立ち上がると思う。

だけど、こんなにユフィを震えさせてしまうなら。今度はもうちょっとどうにかしたいな。選択肢《せんたくし》も増やしたい。その為《ため》の道具も、知識も、手段も、やっぱり何もかも足りなくて。

「……先は、長いなあ」

　ユフィに身を預けて、今にも気を失ってしまいそうになる。それでもやっておかないといけない事がある。ユフィの体に手を添《そ》えて、一人で立つ。

「アニス様？」

「……私が、やっておきたいんだ。託されたものだから」

物言わぬドラゴンへと近づいて行き、マナ・ブレイドを手に取る。その体に手を触《ふ》れながら在《あ》り処《か》を探《さぐ》って、見つけた目標に向かって鱗《うろこ》を剝ぐようにして肉を切り開く。

「……あった」

胸部の奥、心臓と共にそれはあった。ドラゴンの魔石《ませき》だ。宝石の如《ごと》く美しいそれは名誉《めいよ》の品として飾《かざ》られるのには十分過ぎる程で。私はそれを大事に心臓から切り離《はな》した。

「……大きいな、これ。どうしよう」

流石、ドラゴンの巨体《きょたい》に見合った魔石のサイズに私は思わず苦笑《くしょう》してしまう。

すると、遠くから馬が駆《か》けて来る音が聞こえてきた。どうやら騎士《きし》団の人達が向かって来ているようだった。あぁ、もう運搬《うんぱん》も彼等にお願いするしかないよね。

そこまで考えて私は力を抜くように息を吐いた。さっきから凄く全身が痛くて、意識が朦朧としてる。でも騎士団の人達が来たら、後の事を、お願いしないと……。

「……アニス様、無理をなさらないでください」

「……ごめん、ユフィ。少し疲《つか》れちゃった……」

私がそう言うと、労《いたわ》るようにユフィは抱き締めてくれた。ユフィの抱き締めてくれる腕の温《ぬく》もりがどうしようも心地《ここち》よくて、疲れ切った反動で痛む体にありがたかった。

やがて意識が段々遠くなってきた。困ったな、やらなきゃいけない事なんて、これからいっぱいあるのにな。だけど、流石に今回は疲労困憊《ひろうこんぱい》だ。もう指一本動かすのも辛《つら》くなってきた。だから少しだけ。ほんの少しだけ休ませて。すぐに起きるからさ。

「──……本当に、お疲れ様でした。アニス様」

意識が完全に落ちる前に、とても優《やさ》しい声で労るように投げかけられたユフィの言葉が聞こえたような気がした。

エンディング

　いや、本当にすぐ起きるつもりだったの。本当だよ？　だけど私がドラゴンを倒《たお》してから目を覚ましたのは三日ほど寝込《ねこ》んだ後だった。原因は過剰《かじょう》な魔力《まりょく》消費と魔薬の過剰摂取《せっしゅ》による反動と疲労困憊。気付いたら離宮《りきゅう》の自室で目を覚ました訳で。

「おはようございます、姫様《ひめ》」

「……イリア？　ここ、離宮……？　……あれ、ドラゴンはどうなったの⁉」

「落ち着いてください。アニス様はドラゴン討伐《とうばつ》の後、寝込んで三日目となります」

「三日も経《た》ってるの⁉」

「あと目を覚まし次第《しだい》、陛下が一報を入れよとの事です。こちらにご訪問されるそうです」

「え、やだ」

　寝込んでなかったら言い訳で逃《に》げ切ろうと思えたけど、飛び出した挙げ句、寝込んだ状態で離宮に戻《もど》ってきたなんて絶対に説教案件だよ！　嫌《いや》だ、面会禁止にして！

「では、呼んで参ります」

「イリア！　話し合おう！　どうか父上を説得するのに協力を……！」

「その点につきましては、陛下とユフィリア様との間で協定が結ばれましたので、私としては大変残念無念ではございますが、ご協力は出来ません。ふふっ」

「笑ってんじゃないわよ！　あぁ、痛たたたっ⁉　全身が引き攣《つ》ったみたいに痛い‼」

「では失礼します。ふふふ……」

「いやぁ！　待ってイリア！　せめて、あと一日頂戴《ちょうだい》……！」

私の必死な訴《うった》えも虚《むな》しく、イリアは無表情のまま、不気味な笑い声を残して部屋を退出していった。逃げようかとも思ったけど、万全の状態でもないし、もうここは涙《なみだ》を呑んで諦《あきら》めて受け入れるしかないと私は悟《さと》りを開いた。

そして、イリアが部屋を退出して暫《しばら》くすると父上が姿を見せたのだった。しかも父上だけじゃなくて、ユフィとグランツ公も一緒《いっしょ》だった。この時点でもう嫌なんだけど。全力で逃げ出したい。回れ右をしたい、首も回すのもちょっと痛いけど！

「……ようやく目を覚ましたか、このキテレツ馬鹿娘《ばかむすめ》が」

「父上、このような場所にまでご足労頂き、このアニスフィア、真に嬉《うれ》しゅうございます！　ご機嫌《きげん》の程は如何《いかが》でございましょうか⁉」

「はっはっはっ、このこめかみの青筋が見えんのか？」

はい、ばっちり見えてます。朗《ほが》らかに笑ってますけど、笑顔《えがお》の圧が凄《すご》いです父上！

「この馬鹿者が‼」

「ひぃっ」

鼓膜《こまく》を震《ふる》わせるような父上の怒声《どせい》が私の脳を的確に揺らした。

「どこの王族が真っ先に最前線に飛び出して、ましてやドラゴンに突《つ》っ込むというのだ⁉

ユフィリアまで巻き込んでお前は何をやっているんじゃ‼」

「そ、それは、雲よりも高く、谷よりも深い訳がありまして……」

「あぁん？」

「ごめんなさい‼　私は勝手な事をしました‼　ましてや私だけならまだしも、ユフィを巻き込みました‼」

父上の圧力に屈《くっ》して、私は叫《さけ》んだ。それだけ父上の圧がドス黒い何かになりそうだった。

私の叫びを聞いた父上はドス黒い圧をゆっくりと鎮《しず》めて深々と溜息《ためいき》を吐《つ》いてから、眉間《みけん》を揉《も》みほぐすように指を添える。

「……本当にお前という奴《やつ》は。ユフィリアから報告は受けているぞ。お前が飛び出さねば被害が大きくなっていただろうとな」

「ほぇ？」

「通常の戦力であればドラゴンの魔力切れを狙《ねら》うしかなかっただろう。或《ある》いはお前のように魔力刃《まりよくじん》を主武装として戦うかだが、お前のように戦える者は数少ない。ましてや、その者を現場まで連れて行くとしても時間がかかっただろう。被害を抑《おさ》えるという点においてお前の行動はまさしく最善の結果を生んだのは間違《まちが》いない」

父上の言葉に私もそうだろうなって頷《うなず》く。ドラゴンは全身を魔力で覆《おお》っていたから絶対強者として君臨してたんだろうと思う。通常の魔法であればユフィ並の大出力の魔法をぶつけ続けないとあれは抜ける気がしない。

普通《ふつう》に戦ってたらドラゴンの疲弊《ひへい》を狙って、魔法で攻撃《こうげき》しつづけて魔力切れを狙うしかない。だけど、それだとドラゴンの進撃を止められない。だからもっと被害が出ていたと。

私が飛び出してドラゴンを足止めしたのは結果だけ見れば最善だった訳だ。

「だが、それが不味《まず》いというのだ。この馬鹿娘め。事態を引っ掻《か》き回しおってからに」

「いや、勝手な事をした自覚はありますが、それで助かった人がいたなら……」

「そうだな。その点はお前を褒《ほ》めてやりたいのだがな。だが、お前の立場ではそうもいかん。ましてや、お前は今回、完全にアルガルドの障害となったのだから尚《なお》のことだ」

「はい？　なんでアルくん？」

なんでそこでアルくんの名前が出てくるのか心底わからずに私は首を傾《かし》げる。

「ドラゴン討伐にアルガルドが参加を強く希望していたのだ。王子の身でありながらドラゴンに立ち向かう事で、今回の件の落とし所を付けようとしていたのだろう」

「……えっ、じゃあ私、完全にアルくんの思惑《おもわく》を潰《つぶ》しちゃったって事ですか？」

「しかも真っ向からな」

うえぇえ！　そんな事になってたなんて聞いてない！　というかアルくんも謹慎《きんしん》してたんじゃないの⁉　大人しくしてなよ、いや、私に言われたくないとはアルくんも言うだろうけどさ！

「お前はいつものように周りを気にせずやりたい放題したのだろうが、今回ばかりは流石に状況を考えなさすぎたな。これほどまでに両極端《きょくたん》な事をしでかすお前の頭はどうなってるんじゃ、まったく！　おかげでアルガルドは謹慎に逆戻《ぎゃくもど》り、お前の評価は真っ二つだ」

「独断専行した頭のおかしいキテレツ王女だというのと、ドラゴンを倒す為に一人で立ち向かった勇敢《ゆうかん》な王女だとか、そんな感じです……？」

「概《おおむ》ね、その認識《にんしき》で良い」

父上が深々と溜息を吐いた。私の評価が真っ二つに割れてるのはいつもの事だからいいけど、だからって状況を考えろって言われてもなあ……。

「……スタンピードの被害《ひがい》はどうです？」

「死傷者は少ない。重傷者もいたが、スタンピードが起きて、かつドラゴンの出現と考えれば驚《おどろ》く程《ほど》の被害の無さじゃろうな」

「なら良かったです。自分の評価よりも誰《だれ》かを救えたならそれで良いです」

自分が王族として不出来なのはとっくの昔に諦めてる事だ。自分への評価よりも私には大事な事がある。まず騎士団や冒険《ぼうけん》者達の被害がそう大きくなかった事。あと、もう一つ。むしろ私としてはこっちの方が重要だ。

「あと、ドラゴンの素材は私が倒したんだから私のものですよね⁉」

「それが目的なのはわかっておったが、まったくお前という奴は……！　あれが国にとってどれだけの宝になるのかわからんのか！」

「全部って言いませんから！　少なくとも魔石は渡《わた》せませんよ！　あれは私が託《たく》されたものなんですから！」

「なに？　託されたじゃと？」

父上が訝《いぶか》しげな表情になって私を見る。静かに控《ひか》えていたユフィとグランツ公、イリアからも視線が私に突き刺《さ》さる。ちょっと怯《ひる》みそうになるけど、私だってこれは譲《ゆず》れない。

「ドラゴンから託されたんです。だから、せめて魔石だけでも私にください」

「待て待て、アニスよ。お前はドラゴンと対話したと言うのか⁉」

「あれは独り言ではなかったのですか……？」

父上が驚愕《きょうがく》したように叫んで、ユフィは息を呑《の》みながら呟《つぶや》いた。私も今でも信じられないんだけど、話したんだから仕様がない。それに託されてなくたって欲しかったし。

「ドラゴンは私が倒したから、私にだけは声をかけたんだと思います。信じる、信じないはどっちでも良いです。独断専行した罰《ばつ》もちゃんと受けます。だからせめて魔石だけでも譲ってください」

「……はぁぁ、次から次へと厄介《やっかい》事を」

「……陛下、よろしいでしょうか？」

「……なんだ、グランツよ」

「ドラゴンの後処理についての検討もそうですが、今回のアニスフィア王女殿下《でんか》の報償《ほうしょう》と処罰《しょばつ》について私に考えがございます」

「……申してみよ」

「はい。現在、ドラゴンの討伐は国民に隠《かく》し通す事の出来ない事になっています。そしてドラゴンの討伐に貢献《こうけん》したのがアニスフィア王女殿下であるという事も。こうした状況《じょうきょう》でアニスフィア王女殿下の独断行動を咎《とが》めるような罰を大々的に広めるのは民《たみ》の反感を買いかねません。かといって、お咎めなしというのも貴族の反感を買う事に繫《つな》がるでしょう」

「アニスを罰すれば民が納得《なっとく》せず、かといってお咎めも無ければ貴族が納得しないか」

グランツ公の言葉に父上が忌々《いまいま》しそうに眉《まゆ》を歪《ゆが》めて呻《うめ》き、グランツ公も頷いてみせる。

「確かにアニスフィア王女殿下への処罰は必要でしょう。ですが、表向きは私が後ろ盾《うしだて》として立つのは如何ですか？　今回のアニスフィア王女殿下の独断専行にはユフィリアへの功績にと繋げたい思いが先行してしまったのだと」

「お父様、何を仰《おつしや》るのですか？」

ユフィが驚いたように目を丸くしてグランツ公を見る。私もちょっと吃驚《びつくり》してしまう。

「そんな事を言ったら、私がマゼンタ公爵家《こうしやく》に肩入《かたい》れした事になりませんか？」

「そうなりますな。ですが、あながち間違っているとも言えないでしょう？」

「それは、そうですけど……」

元々ユフィを私の助手に誘《さそ》ったのはユフィに功績を挙げて貰《もら》って、ユフィが婚約破棄《こんやくはき》をされた事で落ちてしまった評判を覆《くつがえ》す事が目的に含《ふく》まれてた。そして今回、ユフィは私と一緒にスタンピードを食い止め、ドラゴン討伐に大きく貢献した。ある意味では私の思い通りになったと言っても過言じゃない。

「既《すで》に行動を起こしてしまった以上、アルガルド王子殿下の思惑を潰した事は否定出来ません。ましてやユフィリアの名誉《めいよ》の回復ともなれば真っ向から対立する事になりましょう」

「だからアニスの後ろ盾にお前がなろうと言うのか、グランツよ」

「はい。私が後ろ盾となって、王家への感謝を伝えるのと同時にアニスフィア王女殿下へ感謝を捧《ささ》げたいという立場を取ります」

「それは、つまりお父様の派閥《はばつ》にアニスフィア王女を取り込むおつもりですか？」

「ユフィ。元々、私の派閥は軍閥《ぐんばつ》だ。アニスフィア王女殿下に潜在《せんざい》的に好意的な者は多い。こうも真っ向からアルガルド王子殿下とぶつかってしまった以上、その立場を宙に浮《う》かせておく訳にはいかないのだ」

「そ、それはそうですけど、私、政治的な面倒《めんどう》事に巻き込まれるのは嫌なんですけど！」

「今回は流石《さすが》に目立ち過ぎましたな。諦めて頂く他《ほか》ありません」

「そ、そんなぁ！」

うぐぐぐ！　いや、でもユフィを庇護《ひご》するって決めた以上はアルくんとは少なからず対立しなきゃいけなかった訳で。元から対立してたけど、私が表舞台《おもてぶたい》にあまり立とうとしないからあっちも積極的に排除《はいじょ》しようとはしなかった。

それに排除も何も、私は王位継承権《おういけいしょうけん》を放棄《ほうき》してるからアルくんが王になるのは邪魔《じゃま》しませんよ、って立場を取ってた筈《はず》なんだけど、アルくんがユフィに理不尽《りふじん》な婚約破棄を突きつけたりしたせいで、相対的に私の立場が上がってしまっている。

そこにドラゴン討伐《とうばつ》まで私が成し遂《と》げてしまった以上、私の立場は上がってしまう訳だ。その理由が、ユフィの名誉回復という美談になってしまうと更《さら》に話題になるだろうなぁ。まだ悪目立ちするのは良いんだけど、普通に評価されて目立つのは嫌《いや》だな、面倒くさい。

「はぁ……嫌だとも言ってられないかぁ……」

「アニスフィア王女殿下、今回の一件は貸しという事にしましょう」

「貸し、ですか？」

「ええ。今回の一件とアルガルド王子の失態と合わせて、貴方《あなた》に擦《す》り寄ろうという思惑は少なからず動くでしょう。それには私が手を打ちます。それを貸しとして頂きたいのです」

「……はぁ。つまり、貸しにしておくからいつか返せと？」

「ユフィを救って頂いた返礼でもございますが、私にも思惑がございますので」

うん、どうしたものかな。正直、私は政治的な陰謀《いんぼう》には明るくないんだよね。そもそもの話、その陰謀に巻き込まれたくないから積極的に距離《きょり》を置いてきた。

でも、今回ばかりは距離を取るのにも私がやりすぎたせいで逃《に》げられない。父上が私を扱《あつか》いかねてるのは事があまりにも大きすぎるから。国民や貴族の両者に不満がないように収めつつ、政治に纏《まつ》わる陰謀から逃《のが》れようなんて私にはどうしようも出来ない。そうなると政治が出来る人に助力を願うのが一番良い。

グランツ公はその役目を自分から買って出ようとしてくれている。つまり、今回の一件で政治的な後ろ盾になってくれるという話だ。

でも、それを了承《りょうしょう》してしまえば私がグランツ公の派閥に入ったと見なされてしまうかもしれない。いや、別にグランツ公の派閥の人達は不仲って訳じゃないんだけど。

グランツ公はこの国の宰相《さいしょう》であり、父上の相談役である。同時に各地の騎士《きし》団や国防を担《にな》う組織、〝国防省〟の上に立つ人であって、だからグランツ公の派閥っていうのは本人も言うように軍閥なんだよね。

私は冒険者として活動している時に各地の辺境騎士団と一緒《いっしょ》に行動したり、依頼《いらい》という形で助けたりもしていた時期がある。それに近衛《このえ》騎士団との関係もそう悪くない。剣《けん》の稽古《けいこ》をつけて貰ったりしたし、変わり者扱いはされてるけど仲は悪くないと思ってる。でも、だからといって頷けないのはグランツ公の思惑が読み切れないからだ。

「……グランツ公は、今回の一件でアルくんが王になるのに反対の立場を取るとか、そういう訳ではないんですよね？」

「今回の一件で資質を疑ってはおりますが、元々それはユフィリアを婚約者として求められた時から半ば知れた事。アルガルド王子殿下が国益を損《そこ》なうような愚物《ぐぶつ》になるならばともかく、まだこちらから何かしようとは考えておりませんよ」

うぅん、どっちにしろ選択肢《せんたくし》が私にはない。いっそ引き籠《こ》もってしまいたいけど、流石に事が事だから私が表舞台に立たないと波風が立ちかねない。いつもの事って言ってくれれば一番楽なんだけど、ドラゴンだからなぁ。流石にそういう訳にもいかないからグランツ公も提案してるんだろうし。これは、もう仕方ないか。

「……貸し一つ、って事で良いです。今回は助けて貰って良いですか？」

「畏《かしこ》まりました。陛下もそれで宜《よろ》しいでしょうか？」

「……はぁ、構わんよ。どの道、今回の結果が出た時点でお前もある程度の構想を描《えが》いておったのだろう、グランツ？」

「我が身はこの国の国益の為《ため》に、陛下の傍《かたわ》らでその忠義を示す者ですので」

グランツ公が恭《うやうや》しく一礼をすると、父上が嫌そうに顔を顰《しか》めた。その後、深々と溜息《ためいき》を吐《つ》きながら私へと向き直った。

「アニスよ。今回のお前への罰は、王女らしく祝賀会に参加する事だ。それをお前の罰とする。ドレスから振《ふ》る舞《ま》いまで、今回ばかりはいつもの破天荒《はてんこう》さを控えて慎《つつ》ましくせよ」

「げぇっ⁉　祝賀会って、ドラゴン討伐のですか⁉　しかも私を主役にしてですか⁉」

「当たり前じゃ、馬鹿《ばか》者！　お前が成し遂げた事だろうが！　今後は王女らしく振る舞うと姿勢で示して、少しは周囲の火消しに励《はげ》むのだな！」

今後は真っ当な王女様になろうと心を入れ替《か》えますって？　えぇ、嫌なんですけど。でも嫌だって言えないんだろうなぁ。うぅ、でも嫌だ。どうして祝賀会になんて出なきゃいけないの。しかも王女らしくって制約付きでなんて、絶対息が詰《つ》まる！　王女らしくなんて私には無理だよぉ！

「では、その場でユフィリアが正式にアニスフィア王女殿下の助手となった事を公表して今回の功績の一端《いったん》を担ったと喧伝《けんでん》しましょう。良い機会にもなりましたな」

「うぅーーーっ！　やだーーーっ！　王女らしくなんてやだーーーっ！」

「駄々《だだ》をこねるな、馬鹿娘《ばかむすめ》が！」

父上に怒《おこ》られたけど、嫌なものは嫌なんだよ！　あぁ、今から憂鬱《ゆううつ》になってきた。もうここから逃げ出したい。

「ユフィリア、アニスのマナーの復習を手伝って欲しい。あと逃げぬように監視《かんし》もな」

「畏まりました、陛下」

「あぁあああ、いやだぁあああ、マナーの復習とかやだぁぁあああ！」

「あとダンスもあるからな。王族として恥《は》ずかしくない程度に覚え直せ」

「いーーーやーーーーだぁーーーーーー！」

私の抗議《こうぎ》の声は聞こえていないのか、そのまま私を置いて父上達が相談を始める。

置いてけぼりにされた私は恨《うら》みがましく呻いてみたけど、誰からも相手にされず、頭を垂れて諦《あきら》めるしか出来なかった。

＊　＊　＊

ドラゴン討伐の祝賀会が開かれる事が決まってからは、目が回るように時が過ぎていった。体調が治れば、すぐさまドレスを新調する為の採寸からマナーやダンスの復習が始まった。幼少期にやって以来だったので、疎《おろそ》かにしていた分、詰め込み教育になった。

詰め込み教育を担当してくれたユフィとイリアが怖《こわ》かった。一回、あまりの詰め込み教育に嫌になって逃げようとしたけど、二人がかりで捕《つか》まえられた。それ以降、二人で監視を始めたので本格的に逃げる事を諦めた。

そして、あっと言う間に祝賀会の当日になってしまった。私は祝賀会が始まる前から疲《ひ》労困憊《ろうこんぱい》でげんなりとしていた。そんな私の気を更に滅入《めい》らせるのが身に纏《まと》っているドレスだ。このドレスが肩《かた》が凝《こ》りそうな程に重たい。

急ぎの仕事だったんだけど、イリアが以前から手を回していて、いつドレスを用意する事になっても大丈夫《だいじょうぶ》なように話を通してくれてたんだって。相変わらず仕事が出来る侍女《じじょ》だ。でも絶対に許さないから。いつデザインなんかしてたのよ、イリアめ……。

今回の祝賀会の為に用意されたドレスは、王族の纏うドレスとしては申し分ないほどの一品だ。着ているのが私じゃなかったら私だって素直《すなお》に凄《すご》いと思える程だ。

ふんわりしたピンク色を基調とした色合いに白いフリルで飾《かざ》って、刺繍《ししゅう》も見事な絵柄《えがら》を描いている。身につけた宝石も華美《かび》な装飾《そうしょく》が施《ほどこ》されていて、ドレスを引き立てている。

鏡の中に映る自分はとても自分だとは思えない。しっかりと化粧《けしょう》を施された私は控《ひか》えめに言っても美少女だと思う。だけど自分の姿を見れば見る程、嫌でも気が滅入る。

「いつまでふて腐《くさ》れておるのだ、お前は」

「父上」

鏡の中に映る自分を睨《にら》んでいると父上が入室して来た。その傍《そば》にはイリアが控えている。

着替《きが》えも化粧も終わってるから入っても良いって事で通したんだろうな。私と父上は一緒に会場入りする話になってたし。もう始まっちゃうのか、嫌だなぁ。

溜息を吐いていると父上がジッと私を見ていた。すると疲《つか》れたように肩を落として溜息を吐かれた。まるで残念なものを見たかのようだった。

「口を閉じていれば、お前も王女らしいのにのぅ……」

「余計なお世話ですよ！　私だって自分が王女らしいだなんて思った事もないですよ！」

私が苛立《いらだ》ったように言うと、父上も眉を上げて私を睨んだ。

「まったく……本番でそのような口を利《き》いてくれるなよ、アニス」

「……畏まりました、父上」

私は何度目かの溜息を吐いてから、スイッチを押すように意識を切り替えた。

感情を鎮《しず》め、俯瞰《ふかん》的に自分を見つめるように。自分の感情を切り離《はな》して、外側から自分を動かすような感覚だ。

淡《あわ》く微笑《ほほえ》んでから父上にお辞儀《じぎ》をしてみせると、父上が奇妙《きみよう》な顔を浮かべた。まるで幽《ゆう》霊《れい》でも見たかのような顔だった。普段《ふだん》だったら唇《くちびる》を尖《とが》らせた所だけど、笑みを浮かべたまま父上の手を取る。

「父上こそ、どうかその表情を臣下の皆様《みなさま》方にお見せにならぬようにお気をつけください」

「……本当に何度見ても豹変《ひようへん》しているかのように思えるな、お前のソレは」

「恐縮《きようしゆく》でございます」

呆《あき》れたように父上が溜息交じりに言った。私はそんな父上に小首を傾《かし》げながら微笑む。どうしても王族として振る舞わなければならない時のお姫《ひめ》様モードだ。たとえ何を言われても柔《やわ》らかく微笑み、無難な言葉で返す。父上に見せるとこんな風に気味悪がられるけど。

「それでは参りましょう。エスコートをよろしくお願い致《いた》しますわ、父上」

「……うむ」

「行って参ります、イリア」

「はい、姫様。お気をつけくださいませ」

見送りの言葉をかけてくるイリアに適当な返事をして、私は父上のエスコートを受けて祝賀会の会場へと足を踏《ふ》み入れた。既《すで》に祝賀会に参加していた貴族達は思い思いに談笑《だんしょう》をしているようだった。

祝賀会は貴族にとっては社交の場でもあり、情報を得る為には必要な事だからね。さて、この中にどれだけ私がドラゴンを討伐《とうばつ》した事を心の底から喜んでる人がいるのやら。思考の隅《すみ》でそんな事を考えながら歩を進める。

「オルファンス国王陛下、及《およ》びアニスフィア王女殿下《でんか》の入場です！」

司会進行役の一声で会場の視線が私達に集まる。父上は堂々と、私は背筋を伸《の》ばして歩いて行く。まずは父上が国王陛下としての祝賀会の際のお言葉を告げなければならない。その為に用意された壇上《だんじょう》へと上がり、父上が会場に集まった貴族達を見渡《みわた》す。

「皆《みな》、今宵《こよい》の祝賀会によく集まってくれた。楽にしてくれて構わない、今宵は祝いの席である。今回の祝賀会はこの国に迫《せま》った天災とも言うべきドラゴンの襲来《しゅうらい》、そのドラゴンを討《う》ち果たした我が不肖《ふしょう》の娘《むすめ》、アニスフィアの健闘《けんとう》を讃《たた》えるべく開かれた宴《うたげ》である」

父上の紹介《しょうかい》が入った所で、私も王女らしく慎ましい一礼をしてみせる。

「見事、功績を打ち立てたアニスフィアであるが、独断専行などの咎《とが》めなければならない過《あやま》ちも犯《おか》した。しかし、それを鑑《かんが》みてもこの功績は覆《くつがえ》しがたい。よって褒美《ほうび》を取らす事とした。そして、今回のドラゴン討伐に大きく貢献《こうけん》したのは娘だけではない。我が忠臣であるマゼンタ公爵《こうしゃく》と、その娘であるユフィリアは壇上へ！」

父上の指示に従い、事前の打ち合わせの通りグランツ公とユフィが恭しく一礼をしてから壇上に上がってきた。グランツ公はいつもより華美な装飾が施された立派な礼服姿だ。

そしてユフィだ。白銀色の髪《かみ》は結《ゆ》い上げられて、深い青色からグラデーションで薄《うす》い青へと変わっているドレスで身を飾っている。誰《だれ》もが認める美貌《びぼう》を今日は眩《まぶ》しいまでに見せ付けていて、身につけている宝石にも負けない程に文句なしの美しさだった。

「我が忠臣、グランツの娘であるユフィリアよ。今回は我が儘《まま》な娘に随伴《ずいはん》し、ドラゴンを討ち果たす一因となった事、極《きわ》めて大儀《たいぎ》であった」

「恐《おそ》れ多い事でございます、国王陛下。国難とあらばこの身は令嬢《れいじょう》なれど、戦場に立つ事も厭《いと》う事はございません。むしろ失態を犯した我が身に余る名誉《めいよ》を賜《たまわ》り、感謝しかございません。それに我が身はアニスフィア王女殿下の助手として任命された身。我が名誉の全《すべ》ては主《あるじ》の誉《ほま》れとお取り下さい。全ては素晴らしき陛下のご息女の勲章《くんしょう》でございます」

ユフィが恭しく跪《ひざまず》きながら言葉を紡《つむ》ぐ。こうも持ち上げられると普段は気恥《きは》ずかしいんだけど、今は表情に出さないように微笑《びしょう》の仮面を貼《は》り付けておく。

「うむ。ユフィリア、お前には多くの苦労を強《し》いてしまった。それを労《ねぎら》うというつもりではないが、今後も不肖の娘の傍でその忠誠を示す事を期待しているぞ」

「全ては陛下のお心のままに」

「グランツも、やはり良き娘を育てたな。改めて今後とも変わらず余を支えて欲しい」

「この身、この忠誠はいつ如何《いか》なる時もこの国、そして我が陛下の為に」

マゼンタ公爵家の親子が見事な応答をして一礼する。それを頷《うなず》きながら見届けた父上が私へと視線を向ける。両手を前に添《そ》えるようにして、私も父上に向き直る。

「アニスフィアよ、此度《こたび》の功績は見事の一言に尽《つ》きる。だが、お前は王族としての責務を疎かにしてきた。手放しで褒《ほ》められぬ事が惜《お》しい。今後は王族としても相応《ふさわ》しい振る舞いを心がけるようにせよ」

「この体に流れる王家の血に恥じぬよう、務めて参ります」

「その言葉が偽《いつわ》りとならぬように励むが良い。改めて大儀であったぞ、アニスフィアよ。お前が所望していたドラゴンの魔石《ませき》はお前のものだ。全てとは言えぬが、ドラゴンの素材も受けとるが良い」

やったー！　顔には出さないように力を込《こ》めながら、私は内心で喝采《かっさい》を挙げた。これでドラゴンの魔石は私のものだ！　嬉《うれ》しい！　頑張《がんば》った甲斐《かい》があった！　心の中で喜び舞い上がる私を父上は一瞥《いちべつ》しつつ、今日の祝賀会に出席した貴族達へ視線を向けた。

「今回、アニスフィアの魔学の研究が我が国難を解決した事は皆も知っての通りだ。今後もアニスフィアには国の為になる事を余は望んでいる。ユフィリアよ」

「はい、陛下」

「改めて正式にアニスフィアの助手として、その手腕《しゅわん》を振《ふ》るって欲しい」

「承りました。アニスフィア王女殿下と共に正しき道を模索《もさく》していきたく思います」

「うむ。アニスフィア、お前の拓《ひら》く道は未知数だ。故《ゆえ》に決して道を違《たが》える事が無きように」

「しかと心に留めておきます」

「よろしい！　では、皆！　今日は国難を退けた宴だ！　大いに楽しんで欲しい！」

父上の言葉が終われば、後はまた思い思いに言葉を交《か》わす場へと戻《もど》っていく。私も会場に降りて行けば、私に挨拶《あいさつ》をする為《ため》なのか貴族達が次々と押し寄せてくる。私だけじゃなくてユフィやグランツ公、そして父上にも人が押し寄せているのが見えた。

あぁ、だから嫌《いや》なんだよ！　こういった社交が絡《から》む場所なんて！　笑みを浮《う》かべて挨拶をしてくる貴族達の何人が心の底から私の活躍《かつやく》を喜んでるのかな、なんて考えながら挨拶を交わしていく。

「アニスフィア王女殿下、今回のご活躍、お見事でございました」

「ありがとうございます。至らぬ身には過ぎたる賞賛で恐縮です」

「そんな事はございません。私からもご挨拶させてください、王女殿下」

「ご丁寧《ていねい》にありがとうございます」

次から次へと挨拶の声をかけてくる貴族に笑顔の仮面を貼り付けたまま対処する。けど長く留《とど》まって私と会話をしようという貴族は少ない。長話をしているのはユフィや父上の方だ。二人とも、熱心に話しかけられていて話も弾《はず》んでいるようだった。

私なんて普段は社交会に出ないしね。変わり者だって知られてるから弾むような話もないだろうし、私が王族として名を連ねてるってだけで気に入らない人もいる筈《はず》だ。

私が心を入れ替《か》えて王族らしくするなんて信じる人だってそうそういないだろうしね、今までが今までだし。流石《さすが》に暫《しばら》くは大人しくはしようと思う、少なくともアルくんの問題が解決するまでは目立たないようにしないと。

「アニスフィア王女殿下、ご機嫌麗《きげんうるわ》しゅうございます。楽しんでおられますか？」

「えぇ、ありがとうございます。……あら、スプラウト騎士《きし》団長ですか？」

私は声をかけてきた相手に思わず目を丸くしてしまった。ちょっとだけ仮面を被《かぶ》り損《そこ》ねてしまった。私に声をかけてきたのは私の知り合いだったからだ。

「ご無沙汰《ぶさた》しております。お元気そうで何よりでございます」

「誉れ高き近衛《このえ》騎士団長閣下にそのようにお声をかけて頂いて光栄に思います」

パレッティア王国の王城や城下町の守護を任されている栄誉《えいよ》ある近衛騎士団。騎士団の中でもエリートが集められていると言われている近衛騎士団の騎士団長だ。

名前はマシュー・スプラウト。スプラウト伯爵《はくしやく》家のご当主であり、私に武術の手ほどきをしてくれた恩人だった。

深緑色の髪に淡い緑色の瞳《ひとみ》の温和そうな人だ。でも、その体は鍛《きた》え抜《ぬ》かれた武人の体をしている。雰囲気《ふんいき》に違わず温和な人だけど、戦場に立てば冷静な指揮官と勇猛《ゆうもう》な騎士としての顔を覗《のぞ》かせる。

普段の物腰《ものごし》の柔らかさからと有能な騎士である事から、既婚《きこん》者にも拘《かか》わらず王宮勤めの侍女《じじょ》から熱い視線を送られている。今も周囲のご令嬢から遠巻きに熱い視線を感じる。

「相変わらず人望に溢《あふ》れていて、羨《うらや》ましい限りですわ」

「からかっておいでですか、アニスフィア王女殿下。王女殿下こそ、今日は大変可愛《かわい》らしい姿をしているではございませんか」

笑みを崩《くず》さないままスプラウト騎士団長は私にそう返す。少しだけ私の肩《かた》の力も抜けた。

「今回のご活躍は耳にしました。独断専行に関しては一言申し上げたい所ですが、貴方《あなた》の尽力《じんりょく》もあって騎士団の被害《ひがい》も最小限に済みました。改めて私からもお礼を」

「いえいえ、近衛騎士団が派遣《はけん》される事も考えられる事態でしたから。今回のスタンピードに対応した騎士団にも大きな被害が無かったと聞いて胸を撫《な》で下ろすばかりです」

「私にも文が届いておりますよ。どうか王女殿下に感謝のお言葉を届けて欲しいと」

「まぁ、どうか今後も励《はげ》んで欲しいとお伝え下さい」

「はい。……それで、どうでしたか？　あの名高きドラゴンと戦った感想は」

スプラウト騎士団長が目を細めて、本題を切り出してきた。私は居住まいを正して彼の顔を見つめる。

「私が出張《でば》って良かったと思っています。従来の騎士団ではまた勝手が違った事でしょう」

「手強《てごわ》かったですか？」

「今までの中で一番手強い相手でした。魔女箒《まじょほうき》が完成していて本当に良かったです」

「あぁ、そうですね。今回のように現場への急行も、空を舞《ま》う魔物に対しても実に効果を発揮したようですね」

一つ頷いてから、スプラウト騎士団長は熱烈《ねつれつ》な視線を私に向けて来た。

「アニスフィア王女殿下の発明した魔道具は素晴《すば》らしいですね。……しかし、今後もやはり量産の見込みなどは難しいのでしょうか？」

スプラウト騎士団長の言葉に私は、つい微笑の仮面を崩して苦笑を浮かべてしまった。

「お気持ちは嬉しいのですが……やはりあまり褒められたものではないでしょう」

「何を仰《おっしゃ》いますか、とは言いたい所ですが……お気持ちはお察し致《いた》します」

私に合わせてスプラウト騎士団長もまた苦笑を浮かべてしまった。

スプラウト騎士団長にはマナ・ブレイドの開発に付き合って貰《もら》ったり、一部の王宮勤めの侍女の護身装備として普及《ふきゅう》する際に協力して貰った事もあって、私にも好意的だ。

何より魔道具を評価してくれている人で、許されるなら騎士団の正式装備として配備したいと言ってくれる人だ。だけど、この国の内情をよく理解している人でもある。近衛騎士団長という立場である為、政治にも聡《さと》い。

「陛下も頭を悩《なや》ませているでしょうな」

「どうか今後も父上を支えて頂けますよう、お願い申し上げます」

「貴方がそれを言いますか。それならもう少しお淑《しと》やかになられては如何《いかが》ですか？」

苦笑しながらスプラウト騎士団長が言う。スプラウト騎士団長は父上と同世代で、父上とも交友がある。こういう場でなければ、もっと砕《くだ》けた調子で咎めて来た筈だ。

「……それとアニスフィア王女殿下には別件でお伝えしたい事が。ユフィリア嬢《じょう》の保護についても、本当に申し訳ございませんでした。私から伝えるような言葉ではないかもしれませんが、どうか私の謝罪を受けて頂きたく」

「あぁ……ナヴルくんが今回の騒動《そうどう》に関《かか》わっていたんでしたね。ご心中お察し致します」

真剣《しんけん》な表情になってから頭を下げたスプラウト騎士団長に私も苦い顔を浮かべてしまう。

ユフィの婚約破棄《こんやくはき》に関《かか》わっていた者達の中にスプラウト騎士団長の息子《むすこ》さんもいた。

スプラウト騎士団長はグランツ公とも仲が良いと聞いた事がある。親同士が仲が良かった分、今回の事件では大きなショックを受けたんだろうなと思う。この人、いい人だし。

「スプラウト騎士団長に謝罪して頂く必要はございません。それに、私としても良い機会でした。今回のドラゴン討伐《とうばつ》にはユフィの尽力もまた欠かせなかったですから。こうしてご縁《えん》を結べたのも、言ってしまえばあの事件があったからでしょう。何も悪い事ばかりではございません。どうか気に病《や》まないでください」

「……そう言って頂けると助かります。あぁ、祝いの席で話す事ではありませんでしたね」

「いえ、お構いなく」

「それではお伝えしたい事は伝えさせて頂きましたので、私はこれで失礼しようと思います。……最後にアニスフィア王女殿下《でんか》。近衛騎士団長という立場では貴方の行いを手放しで賞賛する事は出来ません。ですが貴方がこの国にいてくれて良かったと、心から思っています」

真《ま》っ直《す》ぐにスプラウト騎士団長は私に視線を向けてから、深々と頭を下げた。突然《とつぜん》の言葉に私は下げられたスプラウト騎士団長の頭を見つめる事しか出来なかった。

呆気《あっけ》取られる私に顔を上げたスプラウト騎士団長は、真摯《しんし》に私を見つめて言葉を続けた。

「貴方がいなければ多くの人命が失われていた事でしょう。貴方の事情を踏《ふ》まえても尚《なお》、私はいつか貴方が表舞台《おもてぶたい》に上がってくる日を心から願っています」

「……身に余る言葉です、スプラウト騎士団長」

「ささやかながらですが、貴方の今後の活躍をお祈《いの》りしています。それでは、私はこれで」

「ええ」

スプラウト騎士団長は人好きのするような温和な笑顔《えがお》を浮かべて去っていく。その後ろ姿を見送って、私は深い溜息《ためいき》を零《こぼ》してしまった。まだ驚《おどろ》きが抜けきらないみたいだ。

（……吃驚《びっくり》したぁ。スプラウト騎士団長もたまにあんな事を言うからなぁ）

評価してくれる事は嬉しいんだけど、素直に受け止めるのも難しい。そんな事を考えていると会場で演奏されていた音楽が変わった。ここからダンスの時間に切り替わって、私にもダンスの申し込みをしてくる同年代の貴族の子息がやって来る。

私は適当に笑みを浮かべながら、ボロが出ないように必死だった。足なんて踏もうものなら、どんな笑いものにされるものか。

そうはならないようにとユフィとイリアが特訓してくれたけれど、正直トラウマになりそう。今後は忘れないように定期的に復習しておこう。

そして一度、二度、相手を変えてダンスをしていると、私もそろそろ疲《つか》れてきた。

(次のお誘《さそ》いが来る前にバルコニーに逃《に》げよう……)

そそくさと私はバルコニーへと逃げ込んだ。まだまだダンスの音楽は続いて盛り上がっている。だからバルコニーに来るような人はいないようだ。誰《だれ》もいないのを確認《かくにん》してから私は王女としての仮面を剝《は》ぎ取った。意識して切り替えるだけで気が楽になった。

「……社交会はやっぱり苦手だなぁ」

王族としてはどうなのかとは思うけど、苦手なのは仕方ない。元から私は変わり者だと言われて来たし、その発想から異端視《いたんし》もされていた。私を見る目は厳しいものばかり。

私はただ魔法が使いたかった。その存在を知ってしまったら、夢を見る事は諦《あきら》められない。だから通常の方法で使えないなら、新しい方法で。既存《きそん》の概念《がいねん》を壊《こわ》してでも私は魔法を手にしたかった。魔法が使えるようになれば誰かを笑顔に出来る。そして自分も笑顔になれる。そしたら皆《みんな》だって幸せになれる。

「……そんな簡単だったら良かったのにな」

でも現実は厳しい。疑似《ぎじ》的とはいえ、魔法は使えるようになった。

けれど既存の概念を打ち崩すそれは受け入れられない人も多く、認められる事はなかった。いつしか魔学の研究は誰かの為《ため》になんてしなくなった。自分の為に作って、誰かの為になりそうなものが出来れば良いと思うようになった。

この世界で私を理解してくれる人は少数派なのだと。なら、少数派の人達の為で良い。そうして離宮《りきゅう》に引き籠《こ》もった。勿論《もちろん》、スプラウト騎士団長のように評価してくれる人もいる。だけどそれは少数派なんだ。この国で私の考えを受け入れてくれる人は少ない。

「……ただ私は好きなように研究出来てればそれで良かったのになぁ」

「──あぁ、アニス様。こちらにいらしたんですか」

「ひょえっ！」

突然聞こえてきた声に肩を跳《は》ねさせる。振《ふ》り向けば、そこにはユフィがいた。私の隣《となり》に並ぶようにユフィが歩いて来る。二人でバルコニーの手摺《てす》りを背にするようにして、未《いま》だに活気が冷め止《や》まぬ会場を見つめる。

「こちらで休んでたのですか？」

「もう無理。社交会なんて慣れないし、元から好きじゃないし。ユフィこそもう良いの？」

私の問いかけにユフィが困ったように眉《まゆ》を寄せた。途方《とほう》にくれたような曖昧《あいまい》な笑みだ。

そして視線を下げながら、ユフィが小さく呟《つぶや》くように言った。

「……あれだけアニス様にダンスを仕込んでおいて情けないのですが。男性と触《ふ》れ合うのが、ちょっと息苦しくて……」

そうだった。ユフィはアルくんに手酷《てひど》くやられたばっかりだ。あれから日は重ねたとはいえ、まだまだ最近の話だ。なのに男性と踊《おど》るというのは苦痛だと思っても仕方ない。

ふとユフィの手が僅《わず》かに震《ふる》えている事に漸《よう》く気付いた。震えを隠《かく》すように己《おのれ》の腕《うで》を抱《かか》えるユフィを見た私は、自然と手を伸《の》ばしてユフィの手を取っていた。

「踊ろう、ユフィ！」

「え？　アニス様と、ですか？」

ダンスを教えて貰っていた時は、ユフィが男性パートを担当して教えてくれた。だから踊れない訳じゃない事はわかってる。だけど女性同士で踊るなんて公《おおやけ》の場ではない。だからユフィも困惑《こんわく》したような表情を浮《う》かべてる。それでも私はユフィを誘うように手を握《にぎ》る。

「ここなら人目も少ないし、誰に咎《とが》められたって知った事じゃない。ダンスが嫌《いや》な訳じゃないでしょ？　なのに勿体《もったい》ないよ、やっぱり」

「……勿体ない、ですか」

私の言葉に目をぱちくりとさせて、ユフィが小さく笑う。ユフィが私が取った手を握り返してくれたのを、私は同意だと認識してリードするように踊っていく。

教えて貰ったとは逆のパートなのに、お互《たが》いの踊りは噛《か》み合う。それが妙《みょう》におかしくて私とユフィは顔を見合わせて笑い合う。

華《はな》やかな祝賀会から外れたバルコニーで手を取り合って踊る私達は人から見れば奇異《きい》に映るだろうなと思うと笑みを浮かべてしまう。ユフィも同じなのか、小さく呟きを零した。

「……滑稽《こっけい》ですね、女二人でダンスだなんて」

「楽しければそれで良いんじゃない？」

「お父様達に見られたら呆《あき》れられてしまいますわね」

「呆れさせておけば良いんだよ！　楽しくもないダンスに何の価値があるっていうのさ！」

ステップを踏んで二人でくるりと回る。やがて音楽が止まる。次の曲に切り替《か》わるまでの、一瞬《いっしゅん》の沈黙《ちんもく》。それでもユフィは私の手を離《はな》そうとはしない。互いの手を繋《つな》いだまま視線が合う。ユフィの視線はただ、私だけを見つめていた。

「……あの日、アニス様に連れ出して貰わなかったら。たまにそう考えるんです。きっと泣いて、潰《つぶ》れて、全部が嫌になって……どうでも良くなって、壊れてたかもしれません」

「……うん」

「だけど貴方が私を連れ出してくれた。今になって漸く言葉に出来ます。私は嬉《うれ》しかったです、アニス様。何もかも失敗した私にチャンスをくれて、本当にありがとうございます」

「うん」

「ドラゴンを討伐するような無茶を、きっと貴方《あなた》はこれからもしてしまうんでしょうね。こうした社交の場も苦手でしょう。でも、それなら貴方の不足は私が埋《う》めます」

「……ユフィ」

ふと、私を真っ直ぐ見つめるユフィに雲で翳《かげ》っていた月光が降り注ぐ。月光を反射するようにきらりと艶《つや》めいた白銀色の髪《かみ》、それが夜風で僅かに揺《ゆ》れた。

「貴方は目を離しておけない大事な人。だから、どうかこれからもよろしくお願いします」

握り合わされた手の指を絡《から》めるように、そしてもう片方の手を添《そ》えるようにしてユフィは微笑《ほほえ》んで告げる。そのユフィの微笑みに私は視線を奪《うば》われてしまう。

私の魔法は、誰かを笑顔にする魔法。皆が笑顔になれたら、そんな小さな頃《ころ》の夢は形を変えてしまった。幼い夢は、大人になって少し冷たくなって、狭《せま》くなって。

私の手の届く範囲《はんい》は狭い。自分の手の長さを夢想する事はなくなった。だからこそ強く思う。この繋いだ手を離す事はしない。これこそが私の欲《ほ》しかった幸せだ。そんな実感が私の胸に火のように暖かさを灯《とも》す。

こんなつまらないパーティーが終わったら時間が出来るだろう。もっとわからない事を解明して行こう。まだ見た事のないものを見に行こう。形がないものを形にしよう。

そして――この世界で生きて行く、この人生を楽しもう。

私は今、この手を大事な人に取って貰《もら》えた。私が憧《あこが》れた魔法使《まほうつか》い。私の理想に近い彼女は私の手を取ってくれた。そして私を認めてくれた。私の憧れは、私の魔法は間違《まちが》いなんかじゃないって言ってくれた。

それが許しのように思えた。私はこの道を進んで良い。誰かに認められなくて良いなんて本当は強がりだ。受け入れて貰えるならそっちの方が良い。でも一人で歩くのに慣れてしまった。認められない事を受け入れてしまった。

でも、もしかしたら。ユフィと一緒《いっしょ》なら。私が一人で出来なかった事を彼女と一緒なら出来るのかもしれない。この胸の温《ぬく》もりを凍《い》てつかせなくても良いのかもしれない。

このまだ不確かな想《おも》いを伝えるのは気恥《きは》ずかしい。誤魔化《ごまか》すように首を左右に振ってから、心の底から笑みを浮かべてみせた。

「これからも私に付いて来てよね、ユフィ！」

あとがき

魔法《まほう》を使う女の子と言われて連想するのは、箒《ほうき》に跨《また が》って空を飛ぶ魔女《まじょ》っ子です。

初めましての方には初めまして、Ｗｅｂなどでお見かけしていただいた方には毎度お世話になっております。鴉《からす》ぴえろです。

この度は「転生王女と天才令嬢《れいじょう》の魔法革命」を手に取って頂き、真にありがとうございます。書籍《しょせき》化という事で手直しを加えた本作は如何《いかが》でしたでしょうか？

小説家になろう様で投稿《とうこう》させて頂いていた本作、当時は「転生王女様は魔法に憧《あこが》れ続けている」というタイトルで連載《れんさい》させて頂いておりましたが、話の大筋は変えずに中身はかなり改稿《かいこう》させて頂きました。読み比べて違《ちが》いを探すのも楽しみにして頂ければと思います。

改めて書籍化という事でアニスフィアとユフィリアの出会いから物語を見直し、編集様と相談を重ねて今の形に落ち着きました。当時では描写《びょうしゃ》しきれなかった事や、見直す事で見えて来たもの。改めて描《えが》きたくなったもの。それをギュッとこの一冊に込めました。

改めて作者として思った事としましては、作品の原型を世に送り出すのは原作者にしか出来ない事ですが、生まれたものを彩《いろど》ってくれるのは他ならぬ皆様《みなさま》から頂いた声でございます。改めて伝えて頂ける事で深く自分の中で刻み込まれるものがありました。

そしてイラストの力は凄《すご》い。文章で伝えられる風景、想像させられる風景には難しい面があります。そこにイラストが添《そ》えられる事で伝えられる力強さを感じました。

お陰《かげ》で自作ながら、まだまだ自分の中で解釈《かいしゃく》を深く考える事が出来ると実感しました。

改めてこの場を借りまして、イラストを描いてくださったきさらぎゆり様には感謝のお言葉を伝えさせて頂きたく思います。

一巻を出すという事で、どうしてもこの一巻の内容はWｅｂ版における一章、アニスフィアとユフィリアの出会いと、ダンスパーティーで二人で手を取り合って終わるという内容で通したいと要望を通させて頂いた編集担当様にも、心より感謝しております。

本作を手に取ってくださった皆様。本当にありがとうございます。皆様の読書の一時を彩る一冊になったのであれば心よりの幸いでございます。願わくば、また次の一冊で皆様のお目にかかれればと思います。よろしければまたお会いしましょう。

鴉ぴえろ

富士見ファンタジア文庫

転生《てんせい》王女《おうじょ》と天才《てんさい》令嬢《れいじょう》の魔法《まほう》革命《かくめい》

令和２年１月20日　初版発行
令和５年１月30日　７版発行

著者——鴉《からす》ぴえろ

発行者——山下直久

発　行——株式会社KADOKAWA
〒102-8177
東京都千代田区富士見2-13-3
0570-002-301（ナビダイヤル）

印刷所——株式会社KADOKAWA

製本所——株式会社KADOKAWA

ISBN978-4-04-073476-7 C0193 ◆◇◇

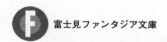

ティナ
四大公爵家のひとつ、ハワード家に生まれた公女殿下。なぜか誰でも扱える程度の魔法すら使うことができない。
変える
はじめましょう
アレン
公爵令嬢ティナの家庭教師を務めることになった青年。魔法の知識・制御にかけては他の追随を許さない圧倒的な実力の持ち主。
発売中！

切り拓け！キミだけの王道
ファンタジア大賞
原稿募集中！
賞金
《大賞》300万円
《金賞》50万円
《銀賞》30万円
選考委員
細音啓「キミと僕の最後の戦場、あるいは世界が始まる聖戦」
橘公司「デート・ア・ライブ」
羊太郎「ロクでなし魔術講師と禁忌教典《アカシックレコード》」
ファンタジア文庫編集長
前期締切 8月末日
後期締切 2月末日
公式サイトはこちら! https://www.fantasiataisho.com/
イラスト／つなこ、猫鍋蒼、三嶋くろね